KB243164

무아지경
無我之境

무아지경
無我之境

무아지경 1

이화영 新무협 판타지 소설

초판 1쇄 찍은 날 § 2003년 6월 5일
초판 1쇄 펴낸 날 § 2003년 6월 15일

지은이 § 이화영
펴낸이 § 서경석

편집장 § 문혜영
편집 § 장상수 · 유경화
마케팅 § 정필 · 강양원 · 이선구 · 김규진 · 홍현경

펴낸곳 § 도서출판 청어람
등록번호 § 제1081-1-89호
등록일자 § 1999. 5. 31
어람번호 § 제2-0213호

주소 § 경기도 부천시 원미구 심곡1동 350-1 남성B/D 3F (우) 420-011
전화 § 032-656-4452 팩스 § 032-656-4453
http://www.chungeoram.com
E-mail § eoram99@chollian.net

ⓒ 이화영, 2003

값 7,500원

ISBN 89-5505-691-5 04810
ISBN 89-5505-690-7 (SET)

※ 파본은 본사나 구입하신 서점에서 교환하여 드립니다.
※ 저자와 협의하여 인지를 붙이지 않습니다.

이화영 新무협 판타지 소설

무아지경

無我之境

1

득혼출행(得魂出行)

도서출판
청어람

無我之境

象

체구가 비대하고 얼굴이 동글동글하니
후덕해 보이는 인상의 청년

눈처럼 새하얀 달빛이 수면 위를 조용히 미끄러지고 있었다. 물은 소름이 끼칠 만큼 차갑고 미동조차 없었다.

위에서 내려다보면 늘어진 볼 살을 감싸고 있는 자신의 수염 하나하나까지 셀 수 있을 정도였다. 수염 끝에 매달린 물방울들은 부르르 떨다가 누군가 부르기라도 하듯 천천히 떨어졌다. 거울처럼 고요하던 수면이 아픔으로 동그랗게 비명을 질렀다.

이곳에는 이런 크고 작은 웅덩이가 수십 개나 있었으며 몇 곳은 사람이 들어갈 수 있을 정도의 크기였다.

그는 망설였다.

심장이 거친 말처럼 요동 치고 있었다. 마치 거인의

손이 목을 움켜쥔 채 마구 흔들고 있는 것처럼 느껴졌다.

푹 젖은 옷 밖으로 가슴이 조금씩 들썩였다. 벌써 여덟 번이나 물속에 들어갔다 온 것이다. 넓은 어깨 위로 허연 김이 무럭무럭 피어오르고 있었다.

웅덩이의 모서리에서 아슬아슬하게 움직이고 있는 작은 벌레가 보였다. 돌 하나를 힘들게 내려와서 다시 매끈매끈한 작은 돌에 도전 중이었다.

손톱 끝을 이용해 벌레를 웅덩이 쪽으로 툭 쳤다. 물속에 빠진 벌레는 손발을 파들거리다 이내 가라앉았다.

"이게 마지막이다."

그는 나직한 말소리와 함께 크게 심호흡을 했다. 그리고 물속으로 뛰어들었다.

한참이 지났다.

갑자기 물 표면이 부글부글 끓어오르더니 촤아아아― 하는 소리와 함께 하얀 거품이 위로 솟구쳤다. 마치 땅에서 솟아난 폭포처럼 천장까지 치솟은 물줄기 속에서 길쭉한 것이 땅으로 떨어졌다.

그것은 갈색의 지팡이였다. 지팡이 끝에 달려 있던 푸른 구슬이 툭 빠지더니 도르르 바닥으로 굴러갔다.

잠시 후 한 사내가 석실 안으로 조심스럽게 들어왔다.

"문주님, 차를 가지고 왔습니다. 문주님?"

사내는 책상 위에 펼쳐진 책을 힐끔 보았다. 바닥에는 물이 고인 발자국이 여러 개 있었다. 차를 내려놓고 발자국을 따라갔다.

"문주님?"

석실의 가장 안쪽까지 살폈으나 문주의 모습은 보이지 않았다. 그

대신 떨어진 지팡이와 구슬이 보였다.

사내는 주위를 살피더니 얼른 구슬을 집어 들고 총총히 사라졌다.

물은 검푸르고 고요하며 어두웠다.

*   *   *

대송(大宋) 진종(眞宗) 함평(咸平) 오년(元年:11002년) 봄.

영흥군로(永興郡路) 경조부(京兆府) 동쪽, 흥경궁(興慶宮) 근처에 유가장(柳家莊)이라는 한 채의 장원이 있었다.

"휴우, 힘들다. 예서 좀 쉬었다 가자꾸나."

한가한 오후, 유가장(柳家莊) 옆을 지나던 늙은 초부(樵夫)가 소동(小童)과 더불어 담 한 켠에서 쉬고 있었다.

짊어진 초망에는 마른풀이 한 짐이요, 옆에는 작작한 두견화가 한 묶음 매달렸는데 집에 있는 어린 딸이라도 생각하였음인가!

초부는 흐르는 땀을 소맷자락으로 씻어내며 고개를 들었다. 머리 위로 흐드러진 백목련이 눈처럼 새하얗다.

소동이 초망을 내려놓고 까치발을 들어 그 가지 하나를 꺾으려 연신 뛰어오르다 초부가 나무라는 통에 놀라 그만 넘어져 울상이다.

탐화봉접(貪花蜂蝶)이라.

어찌 꽃을 탐내는 이가 벌과 나비뿐이랴! 어린 마음에도 분한 생각이 들었는지 다시 펄쩍 뛰려는데 대문이 끼이익 하고 열리며 한 사람이 나왔다. 초부와 소동이 놀라서 그만 황망히 일어나 총총히 사라진다.

아직 온기가 가시지 않은 담 한 켠에는 이지러진 두견화 한 송이가 핏물처럼 번져 있다.

대문을 열고 나온 이는 체구가 비대하고 얼굴이 동글동글하니 후덕해 보이는 인상의 청년이었다.

번쩍거리는 금포(錦袍)에 환고(紈袴：흰 비단 바지)를 입고 겉에는 여우 털로 된 겉옷을 입었다. 요대(腰帶)에는 옥벽(玉璧)을 주렁주렁 매달아 걸을 때마다 요란한 소리가 났다.

유천복은 대문 앞에서 어느 쪽으로 가야 할지 잠시 망설이다 서쪽으로 휘적휘적 걸어갔다.

"에이, 더러워! 이게 뭐야!"

대장간 장씨가 애지중지하는 황구(黃狗)란 놈이 춘명문(春明門) 한복판에 질펀하게 싸갈긴 똥 더미를 질끈 밟던 그 순간, 알아차렸어야 했다. 덕분에 오늘 새로 신고 나온 가죽신이 보기에도 민망할 지경에 이르렀다.

"빌어먹을! 재수가 없으려니 개똥을 다 밟는구나. 이대론 춘풍루(春風樓)에 갈 수도 없겠다. 새로 온 기녀가 천하절색이라던데, 어쩐다?"

투덜거리며 온 길을 다시 되돌아보았다.

"귀찮아. 언제 또 집까지 갔다 온담."

유천복은 길옆의 풀가에 쓱쓱 신발을 문질렀다.

소상공자(小象公子) 유천복(柳天福)!
그를 모른다면 경조부 사람이 아니었다.

유천복은 경조부의 부호인 대상(大商) 유장추(柳張秋)의 외동아들이었다. 거대한 몸집으로 대상(大商)보다는 대상(大象)으로 불리는 유장추인지라 그의 아들인 유천복도 소상공자라 불렸다.

경조부의 삼대거부 중 한 사람인 유장추의 유일한 약점이라면 아들 유천복이었다.

조강지처(糟糠之妻)였던 진(進)씨가 이십 년 만에 달랑 아들 하나를 낳고 세상을 떠나자 유장추는 혼자 유천복을 키웠다. 어디 애 키우는 것이 쉬운 노릇이던가? 유모에게 맡겨 버리는 다른 아버지들과 달리 똥 기저귀까지 갈아주며 애지중지 키운 터라 눈에 넣어도 아프지 않았다.

거기다 천금을 쌓아둔들 물려줄 자손이 없으면 돌멩이나 다름없는 것이니 이런저런 이유로 아들에 대한 유장추의 사랑은 세인의 상상을 초월하는 것이었다.

유장추의 가문은 대대로 경조부에서 작은 포목점을 운영하고 있었다. 그러다 유장추의 대에 와서 그가 탁월한 능력을 발휘하여 대상인이란 명칭을 얻게 되었던 것이다.

일반적으로 소상인이 열심히 하여 대상인이 되는 것이 당연하겠으나 실제로 그런 경우는 아주 드물었으므로 유장추의 경우는 특별하다 할 수 있었다.

대부분의 상인 가문에서는 자손들에게 삼사 년의 도제 과정을 거쳐 상인의 길에 들어서게 하였으나 유장추는 유천복에게 상인이 되길 강요하지 않았다.

젊은 시절 아내를 혼자 두고 밖으로만 나돈 것에 대해 두고두고 미안한 마음이 들어 아들은 절대로 자신과 같은 철저한 상인으로 만들지 않겠다는 것이 그의 별스런 생각이었다.

그의 눈에는 낼모레면 관례식을 치러야 할 유천복이 아직도 철부지로만 보여 안쓰럽기만 하였던 것이다.

유장추의 아들에 대한 애정이 어떠하였는가 하면 유천복이 행여 돌에 걸려 넘어지기라도 하는 날에는 그 일대의 돌멩이란 돌멩이는 다 파내고 청석을 깔 정도였다. 그러다 보니 유천복 또한 그 기대를 저버리지 않고 한시도 유장추의 품을 떠나지 않았다.

개똥을 밟은 유천복은 화풀이를 할 요량으로 주변을 둘러보았다. 황구가 눈에 띄기만 한다면 다리몽둥이를 작신 분질러 버리고 장씨에게 변상을 해줄 참이었다. 그러나 대장간 문 앞에서 늘 졸고 있던 황구란 놈이 지금은 어디로 내뺐는지 보이질 않는다.

"하하! 그놈의 똥개 운도 좋구나. 그놈을 때리려면 몽둥이가 있어야 하는데, 마침 몽둥이도 없으니 오늘은 그냥 용서해 줘야지. 황구, 너 오늘 운수대통인 줄 알아라."

유천복은 산만한 엉덩이를 흔들며 다시 걸음을 옮겼다.

문득 '무불통지 천하신복(無不通知 天下神卜)'이라고 쓰여진 글귀가 눈에 들어왔다.

"점이라…… 아버지께서 말씀하시길 재수없는 일은 미리 알아두는 게 좋다고 하셨지."

뒷짐을 진 채 어슬렁거리며 점쟁이 앞으로 다가갔다. 가까이에서 보니 점쟁이의 초라한 몰골이 영 신통치 않아 보였다.

이곳에서는 처음 보는 점쟁이였다.

독비곤(犢鼻褌:품이 헐렁한 남자 바지)에 다 떨어진 갈의(葛衣)를 대충 기워 입고, 산발하여 풀어헤친 머리에는 때에 절어 붉은색인지 검은색인지 구분이 안 가는 띠를 하나 둘렀는데 역시 '천신재림(天神再臨)'이라는 글자가 삐뚤게 쓰여 있었다.

유천복은 뒤돌아 가려다가 여기까지 온 게 아깝고 다시 돌아갈 길이 귀찮아 점쟁이 앞에 쪼그려 앉았다. 남들보다 두 배는 큰 몸뚱이로 앉으려니 남들보다 열 배는 더 힘이 들었다.

고약한 냄새에 인상을 찡그리던 점쟁이는 가쁜 숨을 몰아쉬는 유천복을 보자 슬그머니 웃음을 지었다.

일견 보기에도 미련해 보이는 데다 몸에 걸친 패물들로 보아 부잣집 귀공자임에 틀림이 없었다. 피둥피둥 살이 찐 열 손가락에는 새알만한 청금석(青金石)과 호박(琥珀), 마노(瑪瑙) 등의 보석이 주렁주렁 달려 있다.

난생처음 쳐보는 점이지만 개시부터 이런 봉이 걸려들었으니 잘만 하면 큰돈을 벌지도 모르는 일이었다.

"춥지 않소?"

유천복은 점쟁이의 다 헤진 갈의를 보며 얼굴을 찡그렸다. '가난뱅이들은 겨울에도 갈의를 입는다지만 이건 너무 헤져서 옷이라고 할 수도 없군' 하는 표정이었다.

"어서 오시오."

유천복은 몰려드는 파리들 때문에 공작선(孔雀扇)을 연신 흔들었다.

"에이! 이놈의 파리들이 왜 나한테만 들러붙는 거야?"

"그게 파리들도 돈 냄새를… 어험, 아니, 귀인을 알아보는 모양이오."

점쟁이는 그가 일어설까 봐 재빨리 그릇을 앞으로 내밀었다. 그릇 안에는 점을 칠 글자가 적힌 종이가 몇 장 들어 있었다.

유천복은 공작선으로 그릇 안을 휘휘 내젓다가 종이 하나를 집어 들었다.

'일(一)? 이걸루 무슨 점괘를 낼까?'

유천복은 점쟁이가 이 일 자 하나로 어떠한 점괘를 낼지 호기심이 일어 바짝 다가앉았다.

"일(一) 자요."

점쟁이는 한참을 고민하더니 침통한 어조로 운을 뗐다.

"쯧쯧! 일(一)은 생사불명(生死不明)이라, 생(生)을 쓸 때 끝마치는 글자이면서 동시에 사(死)를 쓸 때 처음 시작하는 글자도 되오. 생사의 기로에 서 있는 모양이니 공자의 생사를 기약할 수 없구려."

혀까지 끌끌 차는 폼이 안쓰러워 죽겠다는 표정이다.

"뭐, 뭐라구요? 그런 말도 안 되는 점괘가 어디 있소? 그럼 내가 오늘 죽기라도 한다는 말이오?"

유천복은 창백한 얼굴로 튕기듯이 일어났다. 짧은 목으로 땀방울이 주르륵 흘러내렸다. 유난히 귀가 얇은 그였다. 더구나 오늘은 재수가 없는 날 아닌가! 두툼한 손으로 점쟁이의 더러운 손을 와락 움켜잡는다.

"이보오, 천신영감. 내 다른 글자를 한번 골라보리다!"

어느새 점쟁이의 호칭도 천신영감으로 바뀌었다. 점쟁이는 고개를 살래살래 흔들며 한편으로는 유천복의 안색을 살폈다.

"공자, 하늘이 내리신 운명은 바뀌지 않는 법이라오."

"내가 죽기라도 하면 집에 계신 우리 아버지는 분명 따라 죽으실 거요. 그래, 천신영감은 우리 두 부자가 같은 날 죽는 꼴을 꼭 보아야 하겠소? 그러지 말고 한 번만 다시 봅시다."

유천복이 울먹거렸다. 변을 막지 못하고 이대로 돌아간다면 그것이 아버지에게 불효가 아니고 무엇이랴? 방도를 구하기 전에는 일어서지 않으리라 굳게 다짐했다. 유천복의 얼굴에는 그의 굳은 결심이 그대로 드러났다.

점쟁이는 속으로 쾌재를 부르고 있었다.

사실, 이 점쟁이는 까막눈이었다. 아는 글자라고는 일(一), 이(二), 삼(三), 사(四), 오(五) 다섯 글자가 전부였던 것이다.

해마다 한발과 수해가 번갈아 들어 끼니조차 연명하기 힘들었다. 그러다 보니 목구멍이 포도청이라고 처자식과 머리를 맞대고 생각해 낸 것이 바로 점쟁이였다. 말만 잘하면 산 입에 거미줄 치지는 않으리라 여긴 것이다.

마침 집 앞을 지나던 도사에게 집에 남아 있던 돈 몇 푼을 닥닥 긁어 주고 측자점(側子占) 다섯 자를 배웠다. 몇 날 며칠을 외우고 또 외워 드디어 오늘, 길거리로 나선 것이다.

자칭 도사라는 자가 가르쳐 준 측자점이라는 것이 다 생사불명(生死不明), 사면초가(四面楚歌) 등등의 험악한 운세였으니 아마도 죽을 운이라 일러주고 부적이라도 팔아 몇 푼 벌이나마 하라는 은밀한 뜻이었으리라.

점쟁이의 이 깊고도 깊은 속사정을 세상 물정이라고는 도통 모르는 유천복이 눈치 챘을 리가 없다.

때가 꼬질꼬질한 점쟁이의 너덜거리는 소매 끝을 붙들고 통사정이다.

점쟁이는 애원에 못 이기는 척 다시 그릇을 내밀었다. 유천복은 한참을 고민하더니 이번에는 깨지고 더러운 그릇 속으로 직접 손을 넣어

종이 한 장을 골라냈다.

펴보니 이번에는 이(二) 자였다.

"또 숫자가 나왔네."

떨떠름하니 말했다. 그도 그럴 것이 점쟁이의 그릇 속에 온통 일, 이, 삼, 사, 오만 들어 있을 줄 그가 어떻게 알 수 있으랴.

"허허! 이런이런, 이런 낭패가 있담."

글자를 보자마자 점쟁이는 무릎까지 치며 애통해했다. 아까보다도 더욱 안되었다는 표정이다. 그는 측은하다는 듯 유천복을 보았다.

유천복은 가슴이 덜컥 내려앉았다.

"왜, 왜 그러시오?"

"공자의 오늘 운세가 정말이지 좋지 않구려."

점쟁이는 목소리마저도 약간 떨리는 듯했다.

"무, 무슨 뜻이오?"

"내 이렇게 좋지 않은 괘는 처음이라오. 이 이(二) 자로 말할 것 같으면 인거천공(人去天空)이란 뜻이오. 사람이 하늘의 허공으로 사라져 흔적도 없이 증발한다는 것을 나타내지요. 하늘[天]에서 사람[人]이 사라지면[去] 이(二)만 남게 되니 이대로 간다면 공자는 물론이고 공자의 가문도 큰 화를 입게 될 것이오."

"그, 그 말이 정말이오?"

하늘이 노래지며 다리에 힘이 풀렸다. 유천복은 망연자실하여 바닥에 털썩 주저앉았다.

점쟁이는 때는 이때다 싶었는지 점점 얼굴을 시뻘겋게 물들이며 온갖 불길한 말을 다 해댄다. 부적을 사겠다는 말이 나올 때까지 다그쳐야 했으니 점쟁이도 필사적일 수밖에 없었다.

"내 평생 수천 번 점을 쳤지만 이런 괴이한 점괘는 처음이라오. 어서 가서 부모님께 하직 인사나 올리시고 식솔들이 있으면 유언이라도 남기시는 게……."

두 겹 세 겹 접혀진 유천복의 턱이 비 맞은 강아지처럼 부르르 떨렸다. 끝내는 땅바닥을 치며 방성대곡을 터뜨렸다.

"내일이면 관례를 올릴 터인데 오늘 죽는다니 어쩌면 좋단 말이오! 엉엉!"

땅이 쩌렁쩌렁 울리는 울음소리에 주위에는 삽시간에 사람들이 몰려들었다. 다들 이 소상공자를 알고 있었기 때문에 자초지종을 들은 뒤로는 모두 점쟁이를 힐난의 눈초리로 노려보았다.

유장추는 자린고비로 유명했지만 아들인 소상공자는 씀씀이가 헤퍼 사람들에게는 평판이 좋았다. 기분이 좋을 때 잘만 구슬리면 구리 돈 몇 푼쯤은 그냥 얻을 수도 있었다.

더구나 내일은 유천복의 관례식이었다. 아들 사랑이 지극한 유장추가 그냥 넘어갈 리 없으니 경조부 일대에 잔치가 벌어질 것이 틀림없었다. 오늘 유천복의 심사가 뒤틀리기라도 하면 큰일이었다.

사람들이 저마다 한마디씩 해댔다.

"소상, 아니, 유 공자님, 울지 마시라니까요. 저놈의 점쟁이 틀림없이 사기꾼이에요."

"이 사기꾼아, 썩 꺼지거라! 유 공자는 덕을 많이 쌓았으니 분명 백 세 천 세까지 무병장수(無病長壽)할 텐데 네놈이 어디 와서 사길 치려고!"

누군가 뛰어나오더니 대번에 점쟁이의 멱살을 틀어쥔다. 점쟁이에게 삿대질을 했다.

유천복은 온통 눈물로 범벅이 된 얼굴을 들어 그 사람을 쳐다보았
다.

봉두난발에 남루한 옷차림, 누런 이빨 위로 코털이 삐죽 나와 있었
다.

거지 아삼(兒三)이었다.

아삼이 나타나자 유천복의 얼굴이 활짝 펴졌다.

"아삼, 정말 그럴까?"

소매춤으로 눈물을 훔쳐내며 훌쩍거렸다. 아삼이 점쟁이의 코앞에
다 거칠게 주먹을 쥐어 보였다.

"그렇고말고요. 걱정하지 마세요. 저놈의 점쟁이 돌팔이가 맞아요."

이 일대에서 제법 동냥질 잘하기로 소문난 아삼이었다. 특히 유천복
은 유난히 아삼에게 관대하였다. 사람들은 아삼이 몇 푼쯤 똑똑하고
유천복이 몇 푼쯤 모자란다는 것을 잘 알고 있었다.

아삼이 재빠르게 앞으로 나서며 소상공자의 비위를 맞추자 너도나
도 앞 다투어 점쟁이를 탓하기 시작했다.

"아삼의 말이 맞아요. 저자가 공자님의 후덕함을 소문 듣고는 사기
를 치려는 것이 틀림없어요."

"장씨도 그렇게 생각했나? 나도 그렇다네."

주위 사람들이 저마다 한마디씩 하느라 일대는 삽시간에 웅성거림
으로 가득 찼다.

그러나 이 한 번의 점괘에 생사가 달리기라도 한 듯 점쟁이의 반격
도 만만치 않았다.

"흥! 그렇게 나를 못 믿겠다면 어디 오늘 밤이 지날 때까지 기다려
보시오. 내 말이 맞나 틀리나!"

점쟁이의 목소리가 냉랭해졌다.

"다들 오늘은 이 공자 주변에 얼씬거리지도 마시오. 잘못했다간 줄초상이 날지도 모르오. 쯧쯧! 아깝다, 아까워! 내 재난을 면할 마지막 방법을 일러주려 했거늘……."

점쟁이가 또다시 교묘하게 말끝을 흐리자 유천복의 몸이 크게 앞으로 기울었다.

"그게 정말이오?"

아삼의 얼굴에 잠시 묘한 미소가 떠올랐다가 이내 사라졌다.

유천복은 점쟁이의 손을 덥석 부여잡고는 위아래로 마구 흔들었다.

"천신양반, 정말 피할 방도가 있겠소? 그러면 그렇지. 어서 방도를 일러주시오. 내 어떤 방법이라도 따르리다."

유천복이 생각대로 넘어오자 점쟁이는 만세라도 부르고 싶은 심정이었다. 저도 모르게 아삼을 바라보며 싱글벙글하였다. 아삼의 눈썹이 사납게 역팔자로 올라가자 점쟁이는 서둘러 헛기침을 하며 고개를 돌렸다.

유천복의 품에서 은자가 나오자 여기저기서 침을 삼키는 소리가 들려왔다. 점쟁이는 마치 생선 가게에 들어선 고양이 같았다. 손을 움찔움찔하는 것이 금방이라도 유천복의 손에 들린 은덩어리를 낚아챌 기세였다.

은자 한 냥이면 네 식구가 넉넉히 한 달을 지낼 수 있는 돈이었다. 저 정도면 은자 이십 냥은 너끈히 나갈 터이니 일이 년 동안은 끼니 걱정하지 않고도 지낼 수 있었다.

점쟁이는 미친 듯이 몇 장의 종이를 꺼내어 들었다. 뜻밖의 횡재에 목소리마저 제대로 나오지 않았다.

“이, 이 부적을 반드시 가슴에 붙이고 있어야지 그렇지 않았다가는 염라대왕이 당장에 공자를 명부에 올리려 할 게요. 기다란 두 장의 부적은 문설주 위에 십자 형태로 겹쳐 부치고 또한 네모진 부적은 네 귀퉁이를 자르고 네 번 접어 베개와 요 속에 넣으시오. 그리하면 아무리 흉신악살(凶神惡殺)이 온다 해도 공자의 근처에는 얼씬도 못할 것이오. 또한 삼(三)은 불길하니 아무리 큰일이 생기더라도 가까이 하지 마시오.”

은덩어리를 품속에 쑤셔 넣으며 점쟁이는 생각나는 대로 주워삼켰다.

“고맙소! 고맙소! 내 천신영감의 은혜는 절대로 잊지 않으리다.”

유천복은 연신 절을 하며 점쟁이가 건네준 부적을 소중히 받아 들었다.

중인들이 뿔뿔이 흩어지자 점쟁이는 누가 따라오기라도 하는지 깃발을 챙겨 쏜살같이 사라졌다. 점쟁이가 떠나기 전 아삼과 잠시 마주서 있었던 것을 눈치 챈 사람은 아무도 없었다.

유천복은 부적들을 품 안에 잘 갈무리하고 희희낙락하였다. 한시름 덜었다는 듯이 입가에는 웃음마저 걸려 있었다.

그 뒤를 아삼이 졸래졸래 따라갔다. 오늘은 소상공자를 따라다니는 것이 구걸하는 것보다 훨씬 나을 듯싶었기 때문이다. 점쟁이에게 방금 전 정보를 알려준 대가로 은자 두 냥을 받아 챙겼기 때문에 아삼의 마음은 넉넉하기만 했다.

그는 또 마을의 부랑배들이 점쟁이 뒤를 따르는 것을 곁눈으로 보고 있었다. 부랑배들에게 정보를 준 것도 자신이었다. 그 대가로 다시 은자 두 냥을 받았으니 오늘은 그야말로 운수대통이었다. 그저 마음속으

로 점쟁이가 그저 어디 한두 군데 부러지는 것으로 끝나기만을 바랄
뿐이었다.

점쟁이가 처음 이 마을에 들어와 누가 봉이냐고 물었을 때 유 공자
를 일러준 것은 역시 잘한 일이었다. 일부러 춘풍루 가는 길목에 점쟁
이가 자리를 잡도록 하고 황구의 똥을 갖다 놓은 것도 아삼이었다.

"헤헤, 이 아삼님이 아니면 절대로 생각해 낼 수 없는 방법이었지."

아삼은 만족스러운 듯 주머니를 짤랑거려 보았다. 경쾌한 소리가 들
려왔다.

소상공자가 점을 신봉한다는 것은 인근 사람이 다 알고 있는 일이었
다. 특히 유천복이 재수가 없을 때마다 인근에 있던 점쟁이들이 횡재
를 하는 것은 모두 아삼이 노력한 결과였다.

그렇게 하기 위해서 아삼은 유천복의 일거수일투족을 꿰뚫고 있어
야 했다. 대부분은 개똥을 밟게 하거나 진창을 나뭇잎으로 교묘히 덮
어 빠지게 하는 것이었다. 죽은 고양이를 보게 하는 것도 효과가 좋았
다.

아삼은 유천복의 동산만한 배를 보았다. 저 배가 시야를 가려 바닥
을 보지 못하게 하니 그야말로 보배로운 배가 아닐 수 없었다.

"보배지. 암! 보배야."

아삼은 자신의 생각대로 일이 전개되자 마음이 흡족하여 절로 웃음
이 나왔다. 누런 이빨이 튀어나올 정도로 입을 크게 벌렸지만 소리는
나오지 않았다.

거지가 너무 박장대소하면 운이 달아난다는 말을 믿었기 때문이다.
큰 길에서 작은 골목으로 접어드는 두 사람의 모습은 묘한 대조를 이
루었다. 아삼은 제멋대로 엉킨 머리에 침을 발라 빗어 내렸다.

아삼은 유천복이 산길로 접어들자 의아해하였다.

"유 공자님! 집으로 가서야지요? 이 길은 집으로 가는 길목이 아닌 데요?"

"앗! 깜짝이야."

유천복은 어깨를 움찔하였다. 아삼이 퀭한 눈을 동그랗게 뜨고 빤히 쳐다보고 있었다. 그러면 어쩐지 자신이 쥐가 된 듯한 기분이 들었다.

"아삼, 거기 있었어? 난 아삼한테 가는 길이야. 너무 놀라서 술이나 한잔할까 하고."

아삼은 코웃음을 쳤다.

'그럼 그렇지. 또 돈 벌었군.'

유천복은 가끔 아삼의 거처로 와서 몰래 술을 마셨다. 술을 마신다는 소리가 유장추 귀에 들어가면 잔소리를 들어야 하니 아삼을 찾는 것이 최선의 방법이었다. 물론 술값 외의 수고비가 조금 더 붙기는 했지만.

아삼은 종남산(終南山) 중턱에 있는 작은 사당에서 살고 있었다. 유천복은 트림을 한 후 남아 있는 술과 오리 고기를 아쉬운 듯 쳐다보았다.

"유 공자님, 날도 저물었는데 내려가시지요. 이제 곧 삼경(三更)입니다. 성문이 닫히면 오도 가도 못합지요."

벌겋게 취기가 오른 아삼이 유천복을 일으켜 세웠다. 소상공자가 얼른 돌아가야만 오늘 수입을 확인하고 잠을 잘 수 있었다.

"그래? 벌써 시간이 그렇게 되었단 말야?"

유천복은 이미 어두워진 밖을 내다보며 웃음을 터뜨렸다.

"하하! 아삼, 정말 술은 좋은 거구나. 지금이 딱 좋아. 정말 기분 좋군."

휘청거리는 거구를 지탱하느라 아삼의 이마에는 어느새 콩알만한 땀방울이 송골송골 맺혀 있다. 정말이지 더럽게 무거웠다. 아삼은 젠장을 연발했다.

"공자님, 어서 서두르세요."

"어? 저게 뭐야?"

유천복은 사당문을 나서다가 멈추어 섰다. 그의 눈에 쌓여 있던 오리 뼈가 움찔거리는 것이 들어왔다. 게슴츠레한 눈이 조금 커졌다.

"아삼, 오리 뼈가 움직인다는 얘기 들어본 적 있어?"

아삼이 한심하다는 듯이 팔을 잡아끌었다.

"너무 취하셔서 그래요. 오리 뼈가 움직이다니요?"

"아냐, 분명히 움직였어."

아삼의 팔을 뿌리치며 유천복은 다시 안으로 들어갔다.

"아! 아니라니까요. 그런 말도 안 되는……."

유천복이 어느새 오리 뼈 속을 헤집어 붉은색의 꽃잎에 검은 빛깔의 열매가 달린 풀 한 포기를 뽑고 있었다.

"꽃이잖아요?"

아삼이 형식적으로 물었다.

"그러게! 오리 뼈 속에 있던 거야. 정말 예쁘지? 어이쿠!"

유천복이 비명을 질렀다.

"아, 아삼… 이게 움직여……!"

꽃의 뿌리 쪽에 달린 검은 빛깔의 열매가 꿈틀거리고 있었다. 유천복은 미친 듯이 팔을 위아래로 휘둘렀다. 휙 날아간 열매는 벽에 부딪쳤다가 다시 바닥으로 떨어졌다.

"거미다!"

두 사람은 동시에 고함을 질렀다.

그것은 커다란 거미였다. 어린아이 주먹만한 몸통에 기형적으로 작은 머리가 앞뒤로 까닥까닥 움직이고 있었다.

두 사람은 동시에 뒷걸음질을 쳤다. 눈 깜짝할 새 두 사람 앞에 다다른 거미는 더 이상 움직이지 않았다. 누구를 먼저 공격할지 고민하는 모양이었다.

"아삼, 조심해! 저거 독거미일지도 몰라. 아삼?"

제자리에서 어쩔 줄 몰라 하던 유천복은 아삼의 모습이 보이지 않는다는 것을 깨달았다. 아삼은 어느새 멀찍이 물러서 있었다.

"아삼, 같이 가야지. 난, 난 발이 안 떨어진다구."

유천복이 울상을 지었다. 거미가 움직이기 시작한 것과 아삼이 기둥을 타고 올라간 것은 거의 동시에 이루어졌다.

"아삼!"

애처로운 목소리가 사당 안에 울려 퍼졌다. 흑진주같이 반짝거리는 까만 눈동자가 서서히 다가왔다.

유천복은 사당 안을 뛰기 시작했다. 닫힌 문을 몇 번이나 지나쳤지만 열고 나갈 엄두가 나지 않았다. 금방이라도 거미가 들러붙어 목덜미를 물 것 같았다.

"그 꽃을 버려요!"

아삼이 소리쳤다.

"무슨 꽃?"

헉헉거리며 유천복이 소리를 질렀다.

"손에 들고 있는 그거 말이에요. 아무래도 거미가 그 꽃을 좋아하는 것 같아요."

아삼이 느긋하게 말했다.

"저, 정말?"

들고 있던 꽃을 내던졌으나 이미 거미의 관심은 유천복에게 있었다. 화려한 색깔의 커다란 공이 사당 안을 빠르게 돌기 시작했다. 내려다보던 아삼이 실소를 터뜨렸다.

유천복은 침이 말라 목구멍이 아파왔다. 숨이 턱까지 차 올라 속도가 점점 떨어지자 거미가 빠르게 다가왔다.

휘이익—

돌연 사당 안으로 세찬 바람이 불어왔다. 작은 나뭇가지가 날아들어 공교롭게도 거미의 몸통에 박히고 말았다. 때아닌 날벼락에 거미가 기괴한 소리를 내며 뒤로 쏜살같이 물러섰다.

유천복은 이때다 싶어 문으로 냅다 뛰려 했으나 뒤에서 잡아당기는 손 때문에 뜻을 이루지 못했다.

"아삼! 나 때문에 내려온 거야? 그럴 필요 없는데."

아삼은 그 말을 무시하고 천장의 기둥을 보고 있었다.

유천복의 시선도 자연스럽게 천장으로 향했다. 기둥에 매여 있던 붉은 줄이 아래로 스르르 미끄러지고 있었다.

"뭘 보는 거야?"

붉은 줄이 고개를 쳐들었다. 손가락 두 개 굵기만한 뱀이 금빛의 벼슬을 세운 채 오만한 표정으로 이쪽을 보고 있었다. 일견 보기에도 맹독을 지닌 뱀이었다.

"뱀, 뱀이다! 혹시 아삼이 키우는 거야?"

유천복은 아삼의 뒤로 몸을 바짝 붙이며 물었다. 아삼이 세차게 머리를 가로저었다.

"그, 그럼 이런 것들이 왜 몰려든 거지?"

뱀이 쉬익 소리를 내며 땅으로 내려왔다.

"아무래도 저 꽃 때문인가 봐요."

아삼의 말대로였다. 거미는 새로운 적이 나타나자 재빨리 꽃이 떨어진 곳으로 이동했다. 거미와 뱀이 꽃을 사이에 두고 서로를 노려보았다. 거미가 먼저 공격 태세를 갖추었다. 뱀은 허리를 바짝 치켜들며 과장된 몸짓으로 위협을 하고 있었다. 순식간에 두 마리의 몸통이 서로 얽혀들었다.

아삼이 유천복의 옆구리를 쿡 찔렀다. 이 틈에 나가려는 것이다.

"지금이에요."

그러나 유천복은 눈앞에 펼쳐진 광경에 넋을 놓고 있었다.

"응! 잠깐만…… 우와! 대단하다."

거미의 발이 뱀의 몸통을 움켜쥐려 하자 뱀은 날쌔게 피하며 거미의 몸통을 죄었다. 뱀의 따리에 갇혀 괴로워하던 거미가 날카로운 이빨을 뱀의 몸통에 박아 넣었다. 두 마리 다 고통스러운 듯 몸을 비틀었다. 붉은 줄이 그어진 검은 공이 사당 안을 이리저리 굴렀다.

유천복은 이미 사당 밖으로 나가 있던 아삼의 소매 끝을 잡아끌었다.

"신기하군, 정말 신기해. 이 얘기를 하면 아무도 안 믿을 거야. 내 저 꽃이라도 가져가야지."

아삼이 팔을 빼며 냉소했다.

"그러다 뱀이나 거미에게 물리시면 어쩌려구요?"

"그러니까 조심해야지. 저 두 마리가 저렇게 싸우는 걸 보면 저 꽃이 영약일지도 모르잖아."

유천복이 흘리는 말에 아삼도 호기심이 동하는 눈치였다. 유천복이 멍청하긴 해도 상인의 안목이 있으니 어쩌면 그 말이 맞을지도 모른다고 생각했다. 기이한 약재라면 큰돈이 될 것이었다. 아삼도 두 마리의 대결을 침을 삼키며 지켜보았다.

시간이 지날수록 승패가 보이는 듯했다. 이미 나뭇가지에 상처를 입은 거미는 뱀의 적수가 되지 못하였다. 아무리 발버둥을 쳐도 뱀의 품에서 벗어날 수가 없었다. 뱀의 아가리가 크게 벌어지더니 거미의 몸통을 통째로 삼키기 시작했다.

"이제 그만 가세요."

아삼이 다시 옷자락을 잡아끌었다.

"으응……."

"유 공자님! 저 뱀이 거미를 다 먹고도 배가 고프면 어쩌시려구요."

"가만있어 봐. 저 꽃을 가져가야지."

유천복은 붉은 꽃에 대한 미련을 버리지 못했다.

아삼은 뱀이 다 먹을 수만 있다면 차라리 유천복을 뱀에게 던져 주고 싶었다. 그때 거미를 다 삼킨 뱀이 갑자기 괴로운 듯 몸을 비틀기 시작했다. 마치 소금을 뿌린 지렁이 같았다.

"왜 저러지?"

잔뜩 인상을 구기며 유천복이 물었다.

아삼은 속으로 생각했다.

'아마 공자님을 삼킬 생각을 하니 괴로운 모양이죠.'

한참이 지났다. 마침내 뱀의 움직임이 멈추었다. 다시 한참을 기다

려도 기척이 없자 유천복은 더 이상 참지 못하고 주춤거리며 걸어나 갔다.

"뭐 하시려구요?"

"죽었나 보려구."

유천복이 나뭇가지를 들어 뱀의 몸을 툭툭 건드려 보았다. 아무 반응이 없었다.

"아삼, 괜찮아. 이미 죽었어. 근데 이상해. 왜 죽었을까?"

궁금해서 못 견디겠다는 듯한 목소리였다.

아삼의 찢어진 눈매에 사나운 기색이 나타났다. 그는 유천복이 싫었다. 이유는 많았다.

소상공자는 끔찍할 정도로 뚱뚱하고 미련했으며 질릴 정도로 돈이 많은 아버지가 있었다. 그리고 쓸데없는 일에 참견하길 좋아하여 돈을 낭비했다. 물론 그런 점이 아삼에게는 많은 도움이 되었다. 바로 오늘과 같은 경우이다.

사람들은 아삼보다 소상공자를 좋아했다. 똑똑한 거지보다 멍청한 부자가 더 인기가 많은 것은 당연한 일이었지만 아삼은 억울했다.

노력하지 않고 유천복이 가진 것에 비해 자신이 노력하여 얻는 대가는 너무 적었다. 일 년을 동냥질해 봤자 유천복이 오늘 점쟁이에게 던져 준 은자 한 덩어리도 안 되었다. 그러니 멍청한 유천복을 속여 가진 것을 나누는 것이 공평한 것이다.

"왜 죽었지?"

유천복이 중얼거렸다. 아삼은 뱀의 목에 삐죽 솟아 나온 나뭇가지를 보고 있었다. 왜 죽었는지 이유를 알 것 같았다. 유천복을 좀 더 안달나게 하면 저 굵은 손가락에 낀 반지 하나 정도는 건질 수도 있으리라 생각했다.

그때, 사당 뒤쪽에서 고통스러운 듯 울부짖는 말의 울음소리와 함께 헐떡이는 숨소리가 들려왔다.

"아버지가 사람을 보냈을 거야."

유천복은 소스라치게 놀라 사당 안에 있는 신상(神像) 뒤로 엉금엉금 기어갔다. 평상시와 다르게 재빠른 동작이었다. 아삼은 하마터면 눈앞에 보이는 거대한 엉덩이를 걷어찰 뻔했다.

유천복은 작은 소리로 아삼을 불렀다.

"아삼, 아삼, 뭐야? 왕 노대야?"

"아직 몰라요. 잠시만요."

아삼은 사당 밖을 내다보며 일부러 뜸을 들였다.

"술 마신 걸 들키면 금족령이 내려질 거야."

유천복은 신상 뒤에서 안절부절못하다가 아삼이 말이 없자 쭈뼛거리며 기어왔다. 어느 틈엔지 유천복의 손에는 아까 먹다 남은 오리 고기와 술병이 들려 있었다. 한쪽으로 밀려난 아삼은 입술을 일그러뜨리며 다른 구멍을 찾았다.

사당의 뒤쪽에는 한 마리의 말이 쓰러져 있고 곁에는 한 사람이 지친 기색으로 서 있었다. 말의 입가에는 흰 거품이 가득 뿜어져 나오고 있었다. 오랜 길을 달려왔는지 원래는 흰색이었을 말의 털은 흙과 먼지로 범벅이었다.

염소수염에 눈이 옆으로 쭉 찢어진 중년 사내의 옷차림도 여기저기 찢겨져 나가 낭패스러운 기색이 역력했다. 사내는 주위를 두리번거리더니 품 안에서 비단 보자기에 싸인 무언가를 조심스레 꺼내었다. 그리고 사당 쪽으로 걸어왔다.

유천복은 또다시 사색이 되어 신상 뒤로 기어갔다. 아삼도 구멍에서 눈을 떼고 몇 걸음을 물러섰다.

사내는 사당에서 나는 기척을 듣자 눈빛을 사납게 번뜩였다.

"야옹~"

아삼이 숨을 멈추고 고양이의 소리를 흉내 내었다.

사내는 잠시 사당을 노려보더니 몸을 굽혀 사당 아래쪽의 흙을 부지런히 파기 시작했다. 이윽고 보자기에 싸인 물건을 구멍에 넣고 황급히 흙을 덮은 뒤 발로 꼭꼭 밟았다.

"흐흐, 나 만물통자(萬物通子) 염주행(廉珠幸)이 오늘 살아 나가기만 한다면 무림의 역사는 다시 쓰여질 것이다. 으하하하!"

만물통자 염주행!

유천복과 아삼은 몰랐으나 강북무림에서는 제법 유명한 자였다. 만물통자가 모르는 일은 천신도 모른다는 말이 우스개처럼 나돌 정도였다. 두 사람은 다시 구멍으로 다가가 밖을 내다보았다.

"아삼, 저 사람 도둑인가 봐."

아삼이 아무 말도 없자 유천복은 머쓱해져서 머리를 긁적거렸다.

염주행은 이제 일어나 말 곁에 서 있었다.

"백마야, 너도 이곳까지 오느라 수고했다."

염주행은 말의 갈기를 쓰다듬어 주는가 싶더니 손을 들어 말의 배에 일장을 내질렀다. 처절한 말의 비명 소리가 들리다가 뚝 끊어졌다.

"캑!"

유천복은 너무 놀라서 먹던 오리 고기가 그만 목에 걸리고 말았다. 목에서 끄윽 하는 소리가 새어 나오자 아삼이 황급히 입을 틀어막았다. 아삼의 얼굴도 새파래졌다. 유천복이 용을 쓰자 고기 조각이 툭 튀어나왔다. 기침을 하지 않은 것은 정말 천운이었다.

아삼이 유천복을 흘겨보았다. 고기 기름으로 번질거리는 주둥이를 한 대 팼으면 하는 눈치였다.

유천복도 머쓱한 표정이었다. 손에 들린 오리 다리를 가만히 바닥에 내려놓고는 술병을 들어 홀짝거렸다. 술이 들어가자 안정이 되는 듯했다. 만일 밖에 있는 자에게 들켰다간 자신은 점쟁이가 말한 대로 될 것이다. 어쩌면 저 말 옆에 나란히 누워 있게 될지도 모를 일이었다. 유천복은 품 안의 부적으로 손을 갖다 대고 마음속으로 염불을 열심히 외웠다.

事

황산(黃山).

끝없이 펼쳐진 구름과 안개의 바다, 주위를 둘러싼 푸른 소나무들 사이로 골짜기와 샘이 사방으로 흩어져 있어 한 폭의 산수화를 보는 듯하였다.

훗날의 호사가들은 황산의 아름다움에 대해서 극찬을 아끼지 않았다. 특히 명나라 때의 지리학자이며 여행가였던 서하객(徐霞客)은 30년에 걸쳐서 중국의 산하를 두루 여행한 후에 '오악(五岳)을 본 사람은 평범한 산은 눈에 들어오지 않는다. 그러나 황산을 보고 돌아온 사람은 그 오악도 눈에 차지 않는다' 는 말로 황산을 오악의 위에 놓았다.

황산의 남쪽, 천도봉(天都峰)을 지나 연화봉(蓮花峰)

으로 오르는 길목은 어느 때보다 어두웠다.

눈에 띄지 않는 작은 새 한 마리가 저녁 노을 자욱한 구름다리를 훌쩍 날아올라 연화봉 안쪽으로 사라졌다. 작은 새는 소나무 숲을 지나 여러 채의 목조 건물들 중 한 곳의 창문으로 날아들었다.

봉호문(蓬戶門).

황산 연화봉에 자리한 작은 문파였다. 강호에는 아는 이가 적었고, 황산 주변에 사는 사람들은 이곳을 신선들이 사는 곳이라 여겨 가까이 오려 하지 않았다.

새가 날아든 방에는 두 사람이 마주 앉아 있었다. 은은한 다향이 한가로운 정취를 자아내었으나 두 사람의 표정은 밝지 않았다.

청의에 도관을 쓴 중년인이 새의 발목에서 길쭉하고 작은 갈색 통을 풀어내었다.

백궁, 경조부.

중년인은 앞의 사내에게 종이를 보여주었다.

"백궁이 경조부로 가고 있다는군. 전룡(全龍), 어떻게 생각하오?"

한쪽 눈에 검은 안대를 두른 사내는 말없이 종이를 들여다보고 있었다.

"지금은 뭐라 말할 수 없습니다. 문주님과 수옥봉의 수옥, 그리고 염주행과 백궁이 동시에 사라졌습니다. 점을 쳐보았지만 문주님은 반사반활(半死半活)의 괘(卦)가 나오고 두 사람은 아직은 생로(生路)입니다. 곧 무슨 기별이 오겠지요."

"허허, 대대로 문주가 사라지는 것은 그렇다 쳐도 수옥봉의 수옥까지 사라지다니…… 이게 대체 무슨 일인가?”

중년인의 안색이 더욱 침통해졌다.

＊　　　　＊　　　　＊

염주행이 몸을 돌리려는 찰나 하늘에서 뚝 떨어지듯 또 한 사람이 나타났다.

“백궁(白弓), 이 지겨운 놈!”

그는 이미 사내가 나타날 줄 알았던 듯 그리 놀라지 않았다. 자세히 보니 두 사람 모두 왼쪽 가슴팍에 검은 실로 봉(蓬)이란 글자가 쓰여져 있었다.

백궁이란 사내는 이십 대 후반으로 검고 짙은 눈썹에 부리부리한 눈, 굳게 다문 입술에서 풍기는 호방한 기색이 염주행보다 나았다. 그러나 얼굴색이 검어 표정이 잘 알아볼 수가 없었다.

백궁은 숨을 고르며 차디찬 어조로 말했다.

“염주행, 이제 그만 포기하고 황산으로 돌아가 죄를 청해라!”

마치 판관이 죄인을 심문하듯 준엄한 목소리였다.

“흥! 어림없는 소리!”

염주행이 대뜸 기합 소리를 지르며 다짜고짜 한줄기 싸늘한 광채를 백궁의 가슴을 향해 뻗어냈다.

백궁은 가볍게 비켜서며 싸늘하게 외쳤다.

“염주행, 죽고 싶어 환장을 했구나. 감히 본 문의 신물을 훔치다니!”

염주행은 우수의 검을 찌르며 왼손으로 연거푸 장을 발출하였으나 백궁을 물러서게 할 수는 없었다.

"흐흐, 어차피 죽을 놈이니 말해 주마. 내가 달리 만물통자라 불리우는 줄 아느냐? 너희들이 봉호문의 신물로만 알고 있는 수옥은 만년수옥(萬年水玉)이다. '수옥득자 불로불사, 송옥득자 천광지귀(水玉得者 不老不死, 松玉得者 天光之貴)'라는 노래를 아느냐?"

적송자(赤松子)의 수옥을 얻는 자는 늙지도 죽지도 않으며, 광성자(廣成子)의 송옥을 얻는 자는 천하에서 가장 존귀해진다.

저 여덟 글자는 말을 처음 배우는 어린아이도 다 아는 노래였다. 적송자가 수옥을 먹고 환골탈태하여 하늘로 올라갔다는 이야기나 광성자가 황제의 군사가 되어 치우를 물리쳤다는 이야기는 누구나 다 아는 신화 아닌가?

염주행은 지금 그런 옛이야기가 진짜라고 믿고 있는 것이다.

백궁이 기가 막힌 듯이 웃었다.

"네놈은 지금 어린아이들이 부르는 노래를 정말로 여긴다는 것이군. 미친놈이 아닌가! 그렇다면 본 문의 문주님들께서 그걸 몰랐을 리가 없지 않느냐?"

"흐흐, 맘대로 지껄이거라. 때로는 모르는 것이 약이 될 때도 있느니, 모든 사실을 알게 된다면 역대 봉호문주들이 지하에서 눈인들 편하게 감고 있겠느냐."

염주행의 신형이 화살처럼 앞으로 튕겨 나왔으나 백궁은 방비도 하지 않은 채 염주행의 가슴팍 요혈을 노렸다. 염주행의 품 안에 수옥이 있으리라 짐작한 일초였다.

"지독한 놈, 같이 상잔(相殘)하자는 것이로구나!"

염주행이 펄쩍 뛰어 뒤로 물러나자 백궁이 분소옥쇄(粉消玉碎)의 초식으로 염주행의 왼팔을 잡으려 하였다. 소림사의 대력금강지(大力金

剛指)와 맞먹는 수법이었다. 제대로 잡히기만 하면 뼈가 산산이 부서져 다시는 팔을 쓸 수 없을 것이다. 백궁이 자신의 안위를 돌보지 않고 덤벼들자 염주행은 간담이 서늘해졌다. 감히 맞붙어 싸울 생각은 하지 않고 도망치기에 급급했다.

유천복과 아삼은 숨도 못 쉬고 구경하고 있었다. 그들이 언제 한번 이 같은 광경을 보았겠는가? 꿈에서조차 상상해 보지 못한 무공이 눈앞에서 난무하자 입 안에 고인 침도 삼키지 못하고 있었다.

백궁과 염주행의 신형이 눈앞에서 사라졌다. 이어 사당의 뒷문이 박살나며 두 사람이 사당 안으로 구르듯이 들어왔다.

유천복이 멍해 있는 사이 아삼은 번개같이 유천복의 손을 잡고 신상 뒤로 몸을 숨겼다. 싸우느라 정신이 없는 두 사람은 미처 그들을 발견하지 못했다. 아니, 보았더라도 손을 쓸 수가 없었을 것이다.

두 사람은 혼전을 거듭하다 서로 부둥켜안은 채 신상 쪽으로 굴러왔다.

숨어 있던 유천복의 얼굴이 창백해지며 벌벌 떨기 시작했다. 아삼은 재빨리 주위를 둘러보았다. 널브러진 뱀의 시체와 뱀을 먹으려다 죽은 쥐들이 보였다. 아삼은 뱀을 집어 들어 턱을 벌렸다. 날카롭게 뻗은 두 개의 독니가 보였다. 그는 입술을 오므려 유천복에게 소리 내지 말라고 손짓한 뒤 숨을 죽이고 있었다.

백궁과 염주행은 생사가 달려 있는지라 사당 안의 인기척을 느꼈지만 손을 멈추지 않았다. 서로 상대가 허점을 보이기를 기다리고 있었던 것이다. 염주행이 백궁을 신상 쪽으로 거칠게 밀었다. 백궁은 신상에 부딪치자 어깨가 따끔한 것을 느꼈다. 뭔가에 찔린 모양이었다. 생각할 겨를도 없이 손을 등 뒤로 돌리자 물컹 하는 것이 잡힌다. 마침 염주행이 필사적으로 달려드는 것이 보였다. 백궁은 손에 쥔 것을 염주행에게 힘껏 던졌다.

염주행은 눈앞으로 시커먼 물체가 날아오자 암기라고 생각했다. 방심할 수 없어 검을 든 손으로 얼굴을 가리며 왼손을 들어 물체를 쳐내려 하였다. 그런데 돌연 손바닥이 화끈하더니 삽시간에 손바닥에 은근한 통증이 느껴졌다.

"이런!"

염주행은 화들짝 놀라 뒤로 세 걸음이나 물러섰다.

원래 뱀은 완전히 죽은 것이 아니었다. 나뭇가지가 숨통에 박혀 기절했다가 쥐들이 몸통을 물어뜯는 통에 정신을 차렸다. 그런데 느닷없이 아삼이 턱을 비틀어 독니를 백궁의 어깨에 박는 것이 아닌가. 비몽사몽 중에 있던 뱀은 있는 대로 성이 났다.

거기다 깜짝 놀란 백궁이 허공으로 집어 던지자 있는 힘을 다해 염주행을 물어버린 것이다. 그리고는 염주행의 일장에 장렬하게 생을 마감하였다. 뱀의 육편이 사방팔방으로 튀었다.

신상의 뒤까지 뱀의 조각난 시체가 날아들었다. 유천복은 혹시라도 비단 옷에 오물이 묻을까 봐 전전긍긍하고 있었다. 그는 아버지가 이 일을 알아채고 꾸중할 것이 맘에 걸렸던 것이다.

염주행이 손바닥을 베어내자 검은 피가 주르르 흘러내렸다. 백궁은 이때를 놓칠세라 맹공을 퍼부었다.

"네놈이 이런 악독한 수를 쓸 줄이야!"

"무슨 개 같은 소리냐?"

백궁은 염주행을 주시하며 물었다.

"저길 보아라."

염주행이 땅바닥을 가리켰다. 몸뚱어리를 잃은 뱀의 세모진 머리통이 보였다. 백궁은 영문을 모르겠다는 표정이었다.

염주행은 어두운 밖을 내다보며 싸늘하게 웃었다.

"어차피 둘 다 곧 죽을 목숨이니 얘기를 해주지. 저기를 보아라. 머리끝에 금빛 벼슬이 보이지? 저것은 금관사(金冠蛇)라는 것으로 원래 사천에서만 볼 수 있는 독물이다. 독성이 워낙 강해 커다란 황소도 물리면 일각 안에 목숨을 잃을 수 있지."

백궁은 검게 변색된 염주행의 팔을 보았다. 그러고 보니 자신의 어깨도 벌써 마비가 오고 있었다. 백궁은 한 가닥의 진기로 얼른 심장을 보호했다.

"저기 붉은 꽃이 보이느냐? 바로 영초(靈草)라는 것이다. 보기에는 화려해 보이나 저것 역시 극독을 지니고 있다. 금관사는 영초를 좋아하지. 워낙 독물들끼리는 서로 먹고 먹히는 사슬 관계에 있거든. 그런데 희한한 것은 영초도 사천에서만 볼 수 있다는 것이다. 그것도 당문(唐門)에서만……."

염주행의 마지막 말은 묘한 여운을 남기고 있었다.

"후후, 어쩌면 이 주변에 당문의 인물이 있을지도 모르지. 백궁! 만일 당가가 나타난다면 수옥이고 뭐고 다 끝장이다. 나와 손을 잡을 생각이 없느냐? 지금이라도 늦지 않았다. 다행히 내게는 효과가 좋은 해독제가 있으니 우리 둘 다 목숨은 건질 수 있을 것이다. 우리 해독부터 하고 앞일을 의논하는 것이 어떠냐?"

"개수작 말아라!"

결연한 백궁의 말에 염주행의 얼굴이 사정없이 일그러졌다. 염주행은 어떤 말로도 백궁의 마음을 변하게 할 수 없다는 것을 깨달았다. 그렇다면 남은 것은 하나였다. 둘 중 한 사람이 죽기 전에는 이 사당을 떠날 수 없었다.

백궁은 슬슬 걱정이 되었다. 문 내의 서열로 보나 무공의 고하로 보나 원래의 자신이라면 백 초 이내에 염주행을 제압할 수 있었다. 그러나 이곳에서 두 사람 다 죽는다면 본 문의 신물인 수옥은 어떻게 한단 말인가! 내공으로 막아놓았던 독이 퍼지는지 점차로 눈앞이 흐려지고 몸이 무거워졌다. 마지막 방법을 생각해야 했다.

백궁의 비장한 얼굴을 보자 염주행은 벌컥 화를 냈다.

"어리석은 놈이 끝내 날 물고 늘어질 모양이군! 내 이렇게까지 말하며 살 방도를 알려줬는데도 죽고자 애를 쓰다니……."

염주행은 바짝 긴장하며 백궁의 움직임을 주시했다.

백궁의 양손이 두 장의 나뭇잎처럼 벌어졌다.

"잎은 떨어져 뿌리로 돌아가니 세상 모든 일이 이와 같다. 어차피 무(武)의 뿌리는 공(空)! 상대와 내가 다 공으로 돌아가는 것이다. 엽락귀근(葉落歸根)!"

백궁의 양손이 풍차처럼 돌아갔다.

"차앗!"

염주행은 일갈을 터뜨리며 먼저 달려들었다. 살기등등하여 달려드는 염주행과 달리 백궁은 이미 생사를 초월하여 자신의 몸을 무방비로 내주고 있었다. 염주행의 검이 허벅지에 박혔으나 아랑곳하지 않았다.

두 사람의 싸움이 막바지로 치닫고 있을 때 신상 뒤의 유천복은 마치 화살 맞은 참새처럼 몸을 비비꼬고 있었다.

구경을 하면서 홀짝홀짝 마신 술이 요도까지 꽉 차 올라 방광이 터질 지경이었던 것이다. 아삼의 어깨를 건드려 보았으나 아삼은 싸움에

넋이 팔려 이미 유천복을 잊은 지 오래였다.

"아삼! 저기, 아삼……."

"쉿! 조용히 하세요."

유천복은 조금 더 참아보기로 했다. 그러나 이제는 구경이고 뭐고 신경이 온통 아랫도리로만 쏠리자 더욱더 참기 힘들어졌다.

"나 정말 급해. 어떻게 하지?"

유천복의 말에 아삼은 뒤돌아보지도 않고 대꾸했다.

"그냥 거기다 해요."

"그래? 그래도 될까? 그럼 미안해. 여긴 아삼이 자는 곳인데……."

쏴아아아아—

돌연 장마철에 장대비 쏟아지는 듯한 소리가 사당 안으로 울려 퍼졌다. 그 소리가 얼마나 컸던지 아삼은 너무 놀라 간이 콩알만해졌다. 그제야 유천복의 말이 무슨 뜻인지 생각이 났다. 뒤를 돌아다보자 이미 바지를 내린 유천복도 얼굴이 시퍼렇게 질려 있었다. 자신도 이렇게 큰 소리가 날 줄을 몰랐던 것이다.

"미쳤어요? 지금 뭐 하는 거예요? 들키겠어요."

아삼이 황급히 속삭였다.

"어, 어떻게 해, 멈춰지지가 않아."

사색이 된 유천복이 급히 멈춰보려 하였으나 그게 그렇게 쉽게 될 리 없다. 더구나 한참을 참았다가 분출하는 것이라 그 기세가 가히 바윗돌을 뚫을 지경이었다.

유천복이 참으려고 하면 할수록 점점 욱일승천(旭日昇天)하는 물줄기는 용틀임을 연상시켰다.

아삼은 유천복을 휘갈겨 기절이라도 시키고 싶은 심정이었다.

놀라기로는 싸우던 두 사람도 마찬가지였다. 암기가 날아오는 듯한 소리에 염주행은 크게 놀라 사당 구석으로 몸을 붙였다. 누군가 암기를 발출하는 것이라 생각했기 때문이다.

두려움이 앞서자 염주행의 공격이 그 기세를 잃고 주춤했다. 이때를 놓칠 리가 없는 백궁이었다. 사력을 다해 몸을 날리며 장풍을 세 번이나 내지르자 고스란히 염주행의 가슴팍에 명중이 되었다. 염주행의 몸이 실이 끊어진 연처럼 날아가 벽에 처박혔다. 그는 비틀거리며 간신히 일어섰으나 붉은 피를 한 바가지나 토해냈다. 핏속에는 내장 부스러기도 섞여 있어 가히 그 위력을 짐작케 하였다.

백궁은 마지막 남은 힘을 끌어 모아 구룡권(九龍拳)을 염주행의 복부 깊숙이 박아 넣었다. 한 번의 권격으로 아홉 번의 충격이 연이어 전해지기 때문에 이미 손상을 입고 있었던 염주행의 오장육부는 토막토막 끊어졌다. 마침내 염주행은 한마디의 말도 남기지 못하고 염왕부로 끌려가는 신세가 되고 말았다.

그러나 혼신의 힘을 다한 마지막 일초로 백궁 역시 무사할 수가 없었다. 이미 꺼져 가는 불꽃처럼 백궁의 내공은 완전히 고갈된 상태였고 독은 계속되는 싸움으로 골수에까지 미친 데다 피도 많이 흘린 상태였다.

염주행이 쓰러지자 곧 이어 백궁도 사당의 중앙에 쿵 소리를 내며 쓰러졌다. 얼굴은 이미 썩어 들어가 검푸른색을 띠었고 코에서는 피가 흘러나오고 있었다.

그러나 백궁은 개의치 않고 염주행의 품을 뒤지기 시작했다. 아무리 뒤져도 수옥은 나오지 않고 몇 개의 약병만이 나왔다. 백궁은 약병마다 냄새를 맡아보더니 한 약병의 뚜껑을 열어 그 안의 내용물을 몽땅 입속에 털어 넣었다. 그런 뒤 신상 쪽을 향해 절을 했다.

"쿨럭…… 어느 선배 고인이신지는 모르겠으나 도와주셔서 감사합니다. 소생이 큰 은혜를 입었사오니 은인의 얼굴이나 뵙게 해주십시오. 쿨럭쿨럭……."

백궁은 내장 부스러기가 섞인 선혈을 울컥 토해내었다. 자신이 해독약은 먹었으나 이미 독이 골수에 퍼져 생사를 점치기 힘들다고 생각했다. 자신이 죽는다면 이 사실을 본 문에 알릴 방도가 없을 것이다. 누군가의 도움이 필요했다. 백궁은 사당 안에 있는 사람이 적인지 아군인지 알 수 없었으나 상황이 급하니 어쩔 수 없었다.

"모습을 드러내시기 어렵다면 제발 별호라도 알려주십시오!"

더욱더 큰 목소리로 청했다.

"우리보고 나오라는 건가봐. 내가 한 일을 알았겠지? 아삼, 저 사람이 우리도 죽이면 어떻게 해. 지금도 한 사람을 죽였는데 우리 둘 정도는 눈도 깜짝하지 않고 해치울 거야. 봐봐! 점쟁이 말이 맞았어."

유천복은 이제야 바지를 추켜올렸다. 서둘러 옷을 여미려 한 탓인지 앞섶까지 흥건히 젖어 있었다.

아삼은 바닥에 괴인 물구덩이를 보고는 얼굴이 일그러졌다. 사당에서도 신상 뒤의 이 자리는 그가 잠을 청하는 곳이었다. 아삼은 욕을 퍼붓고 싶은 걸 간신히 참고 있었다. 정말 초인적인 인내심을 발휘해야 하는 일이었다.

"그런 게 아니고 도와줘서 감사하대요."

"감사해? 뭐를?"

"유 공자님이 내신 소리에 그만 한 사람이 놀라 죽고 말았으니까요. 정말 대단한 소리지 뭐예요."

아삼이 옆에서 잡아먹을 듯이 노려보고 있었다.

유천복은 어깨를 으쓱하다 문득, 자신으로 인해 한 사람이 죽었다는 데에 생각이 미쳤다. 점쟁이의 점괘대로 자신이 죽을 걸 그 사람이 대신 죽었구나 생각하자 소름이 오소소 돋는다. 염라대왕이 찾아왔다가 자신은 부적 때문에 발견하지 못하고 그 사람을 데려간 거라 생각했던 것이다.

"정말 그 점쟁이 부적이 신통하군."

유천복의 감탄에 아삼은 한심한 표정을 지었다.

"한번 나가봐요. 저 사람도 곧 죽을 것 같으니 우리에게 해를 끼치지는 않을 거예요."

사당 뒤에서 쭈뼛거리며 나온 것이 약관 무렵의 청년 두 사람임을 알자 백궁은 남은 힘을 짜내어 몸을 일으켰다. 백궁은 아까 염주행이 당문의 사람이 근처에 있을지도 모른다고 한 것을 기억했다. 그러나 두 사람의 모습을 보니 당문은 아닌 듯하였다.

"쿨럭쿨럭! 젊은 소협들이로군. 혹시 개방의 제자요?"

백궁이 검은 피를 토해내며 힘겹게 말했다. 아삼의 남루한 옷차림새를 보고 미루어 짐작한 것이다. 아삼은 대답 대신 고개를 까닥했다. 그걸 보고 이자가 자신을 개방 제자로 생각했다면 그건 이 사람 잘못이었다.

"이런 곳에서 소협들을 만난 걸 보면 아직 이 사람의 운이 다하지는 않은 모양이오. 보다시피 이 꼴이니 염치를 무릅쓰고 부탁 한 가지 하겠소."

백궁은 신상 옆에서 머뭇거리며 나오지 못하는 유천복을 힐끔 보았다. 미련해 보이는 뚱뚱한 청년보다 그나마 이쪽이 조금 나아 보였다.

유천복은 백궁에게 들리지 않을 거라고 생각하며 아삼을 부르고 있었다. 제 딴에는 아주 작은 소리라 생각하면서.

"아삼, 너무 가까이 가지 마. 저자가 벌떡 일어나 공격하면 어쩌려고 그래."

아삼은 심드렁한 태도로 슬쩍 백궁의 상처를 살폈다. 철철 흘러내린 피가 조그만 웅덩이를 이룰 정도였다. 아삼은 신상 뒤의 오줌 웅덩이를 떠올리며 뒤를 돌아보았다. 유천복이 젖은 바지를 손으로 움켜쥐고 있는 것이 보였다.

'멍청이. 아까 먹은 약이 무엇인지는 모르나 이대로 두면 이자는 얼마 안 가 죽을 게 뻔하다.'

아삼의 눈알이 좌우로 빠르게 회전했다. 이럴 경우 칼자루를 쥔 쪽은 급할 것이 없었다. 원하는 것을 얻기 위해서는 상대를 안달나게 하는 것이 중요했다.

예상대로 백궁은 아삼이 아무 반응도 보이지 않자 품에서 배 모양으로 생긴 금원보(金元寶) 한 개를 꺼냈다. 족히 이십 냥은 나갈 것 같았다.

무심하던 아삼의 눈이 순간적으로 가늘어졌다. 마치 어부 뒤를 따라가다 떨어진 물고기를 발견한 고양이의 눈 같았다. 오늘은 횡재수가 있어도 단단히 있는 날이었다.

"내 미안한 부탁이오만, 이걸 갖고 가서 의원을 좀 불러다 주시오. 후일 다시 사례를 하겠소."

아삼은 병아리가 모이를 채가듯 백궁의 손에서 금원보를 낚아챘다.

"상처가 심한 줄은 알지만 아직 오경(五更)이 넘지 않았으니 성문이 닫혀 있을 것이오."

아삼은 금덩어리를 이빨로 깨물어보았다. 선명한 이빨 자국을 보자 저절로 눈꼬리가 부드러워진다.

경조부의 내성 바깥쪽 외곽성(外廓城)에는 동서남북으로 문이 있었다. 그 문을 기점으로 바둑판 모양의 도로가 펼쳐졌는데 동서로 열네 개의 대가(大街)와 남쪽으로 열한 개의 대가가 있었다. 그중에서도 성문으로 통하는 도로는 폭이 아주 넓었으며 특히 중앙축 선을 가로질러 남북 방향으로 뻗은 주작대가(朱雀大街)는 폭이 오십여 장에 이르렀다.

이들 도로에 의해 일반 주민이 거주하는 각각의 방(坊)들이 구획되어 있었으며 밤이 되면 성문과 방문을 모두 닫았다. 닫아두는 시간은 삼경(三更)에서 오경(五更)까지였다. 닫힌 후에는 특별한 임무가 있거나 급한 병자가 발생하여 밤길을 재촉해야 하는 사람들을 제외하고는 거리 출입을 할 수 없었다. 물론 야간 출입자들은 관에서 발급하는 야간통행증을 지녀야 했다.

염주행이란 자는 말을 몰고 왔으므로 당연히 야간통행증을 지녔을 것이고 이자는 아마도 담을 넘었을 것이다.

그리고 야간통행증은 아직 염주행이라는 자의 품속에 있을 것이다. 그러나 아삼은 다른 말을 했다.

"야간통행증을 구하면 의원을 부를 수 있겠지만… 그걸 구하려면 값이……."

영악한 아삼의 말에 백궁의 얼굴이 잠시 흐려졌다. 그는 점점 의식이 흐려지는 것을 느끼고 있었다.

"나를 도와주면 이런 것을 하나 더 주겠소."

아삼은 어떻게 해야 가장 좋을까 궁리하고 있었다. 그사이 백궁은 의식을 잃기 전에 마저 이야기를 하려고 안간힘을 쓰고 있었다.

"이 사람은 황산 연화봉에 있는 봉호문의 문도로 백궁이라는 사람이오. 지금 문파에 저자로 인해 크나큰 변이 생겼으나 이 사람이 미처 그 사실을 알리지 못하였소. 만일 이 사람이 살아나지 못하거든, 부탁하건대 소협께서 황산에 가시어 이 사실을 본 문에 알려주시기만 한다면 틀림없이 큰 보답을…… 쿨럭!"

백궁은 피를 너무 많이 토해 더 이상 말을 잇지 못하고 간곡한 표정으로 아삼을 쳐다보았다.

아삼은 조금 더 앞으로 다가갔다. 하지만 부탁을 들어줄 생각은 전혀 없었다. 그런 일에 목숨을 내거는 것은 바보들이나 하는 짓이다. 그는 차가운 표정으로 입술을 꽉 깨물고 있었다.

'나는 태어나면서부터 거지였지. 부모가 누군지도 모르고 어딜 가나 사람들에게 손가락질을 받고 발길에 채이며 돌멩이보다도 못하게 살아왔다. 만일 내게 힘이 있었다면, 내가 무공의 고수였다면 아무도 나를 그리 대하지 못했겠지. 힘이!'

아삼의 눈빛이 무섭게 번뜩거렸다.

유천복은 어느새 신상 옆에서 한 발자국씩 다가와 아삼의 뒤에 서 있었다. 그는 백궁의 처참한 모습을 보며 울상을 지었다.

'오늘 보니 무공을 한다는 것은 너무 끔찍한 일이구나. 누군가를 죽이지 않으면 내가 죽는 게 아닌가! 이 두 사람도 무공을 몰랐다면 이렇게 죽을 지경에 이르게 싸우지는 않았을 것을…… 쯧쯧! 나는 절대로 무공만은 배우지 말아야지. 그래야 오래오래 살 수 있지. 그렇지만 이 사람의 부탁은 들어준다고 해야겠다. 죽고 나면 알 게 뭐람.'

그리고 곧 숨이 끊어질 듯한 백궁을 불쌍한 듯이 쳐다보았다. 유천복이 고개를 빼꼼히 내밀고는 끄덕거렸다.

"하하하! 고맙소, 고맙소."

백궁은 크게 웃더니 얼굴에 화색이 돌며 벌떡 일어났다. 죽기 직전 일시적으로 기력을 회복하는 회광반조(廻光返照) 현상이었다. 움직이지도 못할 것 같던 사람이 일어서자 유천복과 아삼은 기겁을 하며 뒤로 물러섰다.

백궁은 두 사람에게 큰절을 세 번이나 한 뒤 쿵 소리를 내며 뒤로 쓰러졌다.

"아삼, 이 사람 정말 죽었나 봐!"

백궁은 금방 뻣뻣하게 굳어 칠공에서 피를 흘리고 있었다. 아삼은 손가락을 백궁의 코 밑에 갖다 대었다. 아직 미약하나마 한 가닥의 숨이 붙어 있다는 것을 알 수 있었다. 의원에게 보이면 살 수 있을지도 모를 일이었다. 그러나 아삼은 마음이 이미 확고히 굳어 있었다. 그는 얼굴에 희미한 미소를 띠며 유천복을 보았다.

"죽었군요. 그런데 공자님은 정말 저 사람 말대로 황산에 가실 거예요?"

아삼이 책망하는 듯한 어조로 말하자 유천복은 난처한 기색으로 양손을 벌려 보였다.

"거길 어떻게 가. 난 한 번도 경조부 밖으로 나가본 일도 없는데. 게다가 아버지가 아시면 날 가두려 하실 거야. 아까는 그냥 그 사람이 너무도 간곡하게 부탁하니까 들어주는 척한 거지 뭐. 산 사람 소원도 들어준다는데 죽은 사람 소원이야 들어주는 척한다고 뭐가 어떻게 되려고. 덕분에 저 사람은 마음 편하게 죽었잖아. 그럼 된 거 아냐?"

유천복은 두려움이 사라진 듯 백궁을 발로 툭툭 건드려 보았다. 별 생각 없이 말하는 유천복을 보며 아삼은 그러면 그렇지 하는 표정을 지었다. 그러나 어차피 이번 일은 자신이라도 그렇게 말할 수밖에는 없었을 것이다.

아삼이 갑자기 바닥에 떨어진 검을 주워 들었다. 유천복은 싸늘하게 변한 아삼의 태도에 머뭇거리며 한 발자국 뒤로 물러섰다.

"아삼…… 왜 그래?"

아삼은 유천복을 밀치며 백궁에게 다가섰다. 그리고 검을 머리 위로 크게 올렸다가 맹렬히 아래로 꽂았다. 그는 다섯 번이나 같은 동작을 반복하였다. 마치 핏물이 든 자루에서 피가 뿜어져 나오듯 해 두 사람의 몸은 금세 시뻘건 핏물로 흠뻑 젖었다. 유천복이 기절할 듯이 소리쳤다.

"아, 아삼, 왜 그러는 거야?!"

"호, 혹시라도 이자가 살아나면 우린 죽은 목숨이에요."

아삼은 아무렇지도 않은 척 피가 뚝뚝 떨어지는 손을 옷에 문질렀으나 덜덜 떨리는 목소리만은 감출 수 없었다.

"그게 무슨 소리야?"

얼굴이 샛노래진 유천복이 우물거렸다.

"이런 흉악한 자들이 비밀을 알고 있는 자를 살려둘 리 없잖아요. 공자님은 설창(說唱)을 그렇게 좋아하시면서 그래, 그런 것도 몰라요?"

듣고 보니 그랬다. 원래 무림의 사람들은 비밀이 새어 나가는 것을 가장 싫어하다고 하지 않던가? 그래도 이건 너무 심하다고 생각했다.

"그, 그렇다고 이미 죽은 사람을 또 죽일 필요는 없잖아."

아삼은 기분이 나빠졌다. 그는 빨리 유천복을 보내고 염주행이 사당 아래 파묻은 물건을 꺼내어 보고 싶었다.

"이런 사람들은 보통 사람들과는 달라요. 언제 다시 살아날지도 모른다구요. 그건 그렇고, 이제 유가장으로 돌아가서야죠? 장주님께서 찾느라 야단일 텐데요."

아직 오경이 되지는 않았으나 소상공자라면 성문을 여는 것쯤이야 일도 아닐 터였다.

"으응……."

유천복이 건성으로 대답하자 아삼은 짜증이 나서 또 한 번 재촉하며 뒤를 돌아보니 유천복의 모습이 보이질 않았다.

유천복은 어느새 사당 밖으로 나가 염주행이 묻어 놓은 것을 꺼내고 있었다. 아삼이 밖으로 나가자 막 비단 보자기를 풀어보려 하던 참이었다.

"아삼, 빨리 와봐. 그자가 이곳에 뭘 묻는 것 같더니 역시 있었어."

아삼은 제기랄을 내뱉으며 유천복의 곁에 가 앉았다.

붉은 보자기를 풀자 그 안에는 작은 목합이 들어 있었다. 유천복은 목합을 성급히 열어보려 하였으나 아삼이 만류했다.

"잠깐만요. 와자(瓦子:간이 시장)에서 들은 이야기론 이런 상자에는 꼭 무슨 장치가 되어 있다고 했어요."

"맞아! 나도 들은 적이 있어!"

아삼은 근처에서 기다란 나뭇가지를 두 개 주워 왔다. 하나로는 목합을 누르고 다른 하나로 뚜껑을 밀어 열었다. 뚜껑이 열리자 '탕' 하는 소리가 나며 그 안에서 바늘이 달린 용수철이 네 개나 튕겨져 나왔다.

아삼은 그러면 그렇지 하는 듯 자랑스러운 표정이었고 유천복은 놀라움을 감추지 못하고 소리쳤다.

"정말이네! 보나마나 이 바늘에는 독이 묻어 있을 테지?"

유천복은 그 바늘에 자신이 찔렸을지도 모른다는 생각은 벌써 잊어버리고 튀어나온 바늘들을 나뭇가지로 요리조리 살펴보았다.

아삼이 다시 나뭇가지로 용수철 사이를 헤집었다.

바늘은 목합 바닥의 네 귀퉁이에서 튀어나오도록 장착되어 있었다. 목합의 중앙에는 다시 붉고 보드라운 천이 깔려 있고 달걀만한 푸른 보석이 놓여 있었다.

아삼과 유천복의 얼굴로 환한 빛이 비추었다.

맑고 투명하기가 가을밤의 찬이슬 같고 북두성(北斗星)처럼 영롱한 빛이 주변을 대낮처럼 환히 밝혔다. 두 사람의 입에서 탄성이 새어 나왔다.

그것은 푸르스름한 빛을 내면서도 따스한 느낌이 드는 것이었다. 마치 어린아이에게 젖을 물리는 어머니의 눈빛처럼 한없이 사랑스러웠으며, 절세미인의 입가에 머무는 살풋한 미소처럼 거역하기 힘든 유혹의 빛깔이었다.

아삼이 넋을 잃은 사이 유천복이 냉큼 보석을 집어 올려 손바닥 위에 놓았다.

"조심……!"

아삼이 소리쳤다. 어쩌면 보석에도 독이 묻어 있을지 모르는 일이었다. 그러나 유천복은 아무런 이상도 없어 보였다. 아삼은 떨떠름한 표정을 지었다. 순간적으로 유천복이 중독되길 바랐다. 어찌 되었든 보석을 둘이 같이 발견한 것이니만큼 자신에게도 반의 권리가 있었다. 거기에 생각이 미치자 아삼의 입이 저도 모르게 크게 벌어졌다. 이제는 거지 노릇을 하지 않아도 되는 것이다.

염주행의 말이 떠올랐다.

'수옥득자 불로불사 송옥득자 천광지귀'라고 했다. 이것이 수옥이라 했으니 이것만 있으면 늙지도 않고 죽지도 않는단 말인가?

"아삼, 정말 예쁘지? 아버지께서 보면 좋아하시겠지?"

유천복은 빨리 보석을 가져가 유장추에게 보이고 칭찬받고 싶은 생각뿐이었다.

아삼의 눈빛이 유천복의 옆얼굴에 머물렀다. 속이 꽉 찬 만두처럼 터질 듯한 볼 사이로 코끝만이 조금 보였다. 입을 헤벌리고 있는 표정이 평소보다도 멍청해 보였다. 오늘따라 유천복이 자신의 사당에 온 것이 못내 아쉬웠다. 자신이 혼자 그 광경을 목도하였더라면 지금쯤 저 보석은 자신의 손바닥 위에 놓여져 있을 게 아닌가!

아삼은 자신의 시뻘건 손을 내려다보며 침을 꿀꺽 삼켰다. 머리카락이 쭈뼛거리며 일어섰다. 머리끝에서부터 스멀거리며 내려가던 기운은 얇은 바지춤을 새벽녘의 그것처럼 꼿꼿하게 세워놓고 있었다. 꽉 쥐고 있던 손바닥이 끈적거리자 아삼은 바지춤에 손을 문질렀다. 심장이 목구멍으로 튀어나올 듯이 두방망이질을 쳤다.

"아버지 방에서도 이만한 것은 본 일이 없는 것 같아. 굉장히 예쁘지?"

똑같이 염주행의 말을 들었건만 유천복과 아삼은 전혀 다른 생각을 하고 있었다.

모든 것을 가지고 태어난 유천복과 달리 아삼에게 소유한다는 것은 살아가는 이유였다.

철이 들 무렵부터 자신의 손에 들어온 것은 절대로 놓치지 않겠다고 결심했었다. 평생 굶지 않을 만한 재물 정도는 이미 모아놓았다. 그러나 그것만으로는 자신의 갈증을 채울 수 없었다. 아삼은 남들이 자신을 우러러보기를 바랐다. 염주행의 말대로 사내로 태어난 이상 천하를 한번 호령해 보고 싶었다. 아니, 적어도 저 멍청이 유천복이 자신의 가랑이 사이로 개처럼 기는 꼴을 보고 싶었다.

그리고 기다린 보람이 있었는지 이제 하늘은 그에게 손을 내밀고 있었다.

주변을 둘러보았다. 사당 안에 던져진 피 묻은 검이 보였다. 가까운 곳에 있는 굵은 나무토막도 눈에 들어왔다.

아삼은 잠시 갈등하였다. 사람을 찌른 것은 오늘이 처음이었다. 무엇이든 처음이 어려운 법이다. 한 번 한 일을 두 번 하지 못할 리 없었다.

그러나 그는 몽둥이를 주워 들었다. 유천복을 죽일 수는 없었다. 지금으로서는 자살 행위나 마찬가지였다. 아삼은 유장추의 날카로운 눈빛을 떠올리며 몽둥이를 힘껏 움켜쥐었다.

'대상나으리, 당신의 금쪽 같은 자식놈에게 내가 자비를 베풀었다는 것을 잊지 마시오!'

유천복은 보석을 눈에 바짝 댄 채 무엇인가 중얼거리고 있었다. 한쪽 눈을 감고 있어 그는 아삼이 무엇을 하는지 알 수가 없었다.

"여기 이 속에 뭐라고 쓰여 있어. 뭐라고 쓰인 거지? 가만… 잘 안 보이는데……? 천존신장(天尊神將) 여도위일(與道爲一), 망무가망(忘無可忘), 무가망자(無可忘者), 인거천공(人去天空) 도재천지(道在天地)라고? 또 인거천공이라고? 이것 봐, 아삼! 인거천공이래. 그 점쟁이가 한 말이야! 그 점쟁이 정말 잘 맞추네. 어떻게 내가 이런 일을 당할 줄 알았을까? 아삼?"

유천복은 자신이 발견한 사실이 자랑스러운 듯 아삼을 보았다. 순간 수옥에서 희뿌연 그림자가 스며 나와 순식간에 유천복의 콧속으로 스며 들어갔다.

그러나 유천복과 아삼은 그걸 볼 수 없었다. 눈앞에 별이 번쩍 하더니 머리통이 화끈 달아오르며 유천복은 그 자리에 쓰러졌다.

아삼은 손가락이 부러져라 움켜쥐고 있던 몽둥이를 얼른 땅에 팽개쳤다. 너무 세게 쥐고 있던 탓에 손에 쥐가 났다.

썩은 나무토막처럼 누워 있는 유천복을 보며 아삼은 땅에 굴러 떨어진 수옥을 집어 들었다. 아삼의 눈 속에서 오색 영롱한 빛이 광채를 발했다. 입이 저도 모르게 벌어지려 했다.

"소상공자, 내게 고마워해야 할 거요. 죽이지 않는 것만 해도 다행인 줄 아시오."

아삼은 쓰러진 유천복을 바라보았다. 몇 대는 내려쳐야 될 줄 알고 긴장했었던 것이 조금 우스워졌다. 혹시 죽은 것이 아닐까 했지만 그럴 리는 없었다. 아니, 죽으면 오히려 큰일 나는 것이다. 산만한 배가 여전히 오르락내리락하고 있었다.

사당 안으로 들어가 피 묻은 옷을 벗고 여벌의 옷으로 갈아입었다. 언제 이곳을 뜨게 될지 몰라 항상 만반의 준비를 해두었던 것이다. 아삼은 새 옷에 오줌이 묻지 않도록 조심하며 신상의 아래에 파묻어 놓은 보퉁이를 챙겨 들었다. 그동안 모아온 전 재산이었다.

아삼의 시선이 여기저기 흩어져 있는 금관사의 시체에 가 머물렀다. 그 주변에 수십 마리의 작은 쥐들이 죽어 넘어져 있었다. 아삼은 영초와 금관사의 머리, 그리고 죽은 쥐 몇 마리를 주워 품속에 갈무리하였다.

만사불여튼튼이라고 이것들도 언젠가는 요긴히 쓰일 일이 있을 것이다. 백궁과 염주행의 품을 뒤지니 재물은 더 이상 없고, 염주행의 품 속에서 기름 먹인 베에 싼 얇은 책이 나왔다. 슬쩍 보니 꼬불꼬불하니 모르는 글자투성이인지라 그대로 품속에 쑤셔 넣었다. 야간통행증은 피가 묻어 오히려 의심만 살 것 같았다.

종남산을 내려가는 아삼의 발걸음은 가벼웠다. 유천복의 점괘가 영 엉터리는 아니라는 생각이 들자 자신도 모르게 웃고 마는 아삼이었다.

아삼이 사라지고 유천복이 쓰러진 자리에 한 사람이 나타났다. 얼굴 이 밀랍처럼 희고 새까맣고 긴 머리를 아무렇게나 늘어뜨린 키가 큰 사내였다. 얼굴에 난 몇 개의 흉터가 사내를 더욱 음울하게 보이도록 만들었다.

사내는 비스듬히 나무에 기대서 있었다. 그 자세가 어찌나 교묘하였 던지 유심히 보지 않으면 마치 나무의 일부라고 여겼을 것이다. 등에 멘 장검은 달빛마저도 빨아들일 듯 검어 마치 몸에 붙어 있는 것처럼 보였다.

사내는 고양이처럼 날렵하게 움직였다. 조심스레 주위를 살피며 재 빨리 유천복에게 다가갔다. 발자국 소리도 들리지 않았다. 통통한 유 천복의 몸이 숨을 쉴 때마다 들썩거렸다. 그는 씹고 있던 나뭇가지를 뱉어냈다.

"쯧쯧, 소상공자님. 내게 감사해야 할 거요. 내가 나뭇가지로 거미 를 쫓아내지 않았다면 벌써 흑지주의 밥이 되었을 테니 말이오. 그나 저나 저 거지 놈, 생각보다 독하군. 쫓아야 하나?"

사내는 멀리 산 아래로 총총히 사라지고 있는 아삼을 보았다. 잠시 생각하는 듯하더니 좌우로 목을 비틀어 우두둑 하는 소리를 냈다.

"따라가 볼까? 아니지, 아니지. 흐웅! 수옥이라…… 뜻밖의 수확인
걸. 미끼가 제법 근사하니 고기들이 몰릴 테고, 이만한 정보라면 비싸
게 팔아먹을 수 있겠지. 거지 놈아, 지금은 마음껏 즐거워하거라. 성문
을 나서기 전에 피떡이 될 터이니. 쯧쯧, 무림이 그렇게 녹록한 곳이
아니거늘. 자고로 사람이 분수에 넘치게 너무 커다란 욕심을 부리면
안 되는 법이라니까. 이 흑수수(黑手手) 마유(麻油)님이야말로 현명한
분이야. 후후! 그건 그렇고, 꽤 아팠겠는걸. 호오, 저 혹 좀 봐. 그렇게
갑자기 내려칠 줄은 나도 몰랐다구. 쳇! 그 뚱보코끼리가 이 일을 트집
잡으면 어쩐다……."

사내는 불쌍하다는 듯이 쓰러진 유천복의 볼을 손바닥으로 가볍게
두드렸다. 그리고 부지런히 움직여 유천복의 몸에 있는 몇 가지 물건
들을 취했다.

"그나저나 이 아까운 패물들을 두고 가다니…… 나중에 패물들이
없어진 걸 알아도 저 거지새끼가 가져간 줄 알겠지. 암튼 고맙소. 내
잘 쓰리다, 공자나으리."

마유의 모습이 훌쩍 나무 위로 뛰어올라 사라졌다.

일각(一刻) 정도가 흘렀을까? 유천복은 머리가 깨지는 듯한 통증에
눈을 떴다. 휘영한 달빛이 눈에 들어왔다. 유천복은 그제야 어찌 된 일
인지 알 수 있었다.

"아이구, 머리야! 아삼도 참, 달라고 하였다면 내가 주지 않았을까
봐. 그깟 돌 하나 때문에 날 패다니… 만나기만 해봐라. 나도 꼭 한 대
때려주고 말 테다. 아이쿠! 정말 아프군. 정말 운이 없는 날이야. 개똥
을 밟지 않나, 머리에 혹이 나질 않나. 그래도 이 정도로 끝난 걸 보면

부적이 정말 신통해.”

투덜대다가 감탄하다가를 반복하며 비틀비틀 일어섰다. 머리에 난 혹을 걱정스레 만져 보았다. 크기가 주먹만한 것이 아버지가 이걸 보면 당분간은 금족령(禁足令)을 내리실 게 자명했다.

유천복은 울상을 지으며 한숨을 내쉬었다. 그러다 무슨 생각을 했는지 사당 안으로 들어가 두 사람의 시신을 끙끙거리며 밖으로 끌고 나왔다.

“당신들이 살아서는 죽자 사자 하고 싸웠으나 이제 나란히 동무하여 북망산에 오르게 되었으니 저승에 가서는 싸우지 말고 친하게 지내시오. 죽고 나면 부귀영화가 다 무슨 소용이란 말이오. 그깟 돌 하나가 뭐 그리 대단하단 말이오. 으으, 춥다. 어라? 옷이 없네?”

구덩이를 팔 마땅한 도구가 눈에 띄지 않자 유천복은 대충 나뭇잎을 모아 두 사람의 몸을 덮어주었다. 잠시 두 사람의 명복을 빈 뒤 몸을 부르르 떨며 내려갔다.

유천복마저도 내려간 뒤 산은 예전의 고요함을 되찾았다. 간간이 울어대는 밤 부엉이 소리만이 지난밤의 일을 떠올리듯 처량하게 울어대고 있었다.

鬼

이놈의 귀신, 훼이, 물러가라!
나는 부적을 갖고 있다구!
아버지, 저 좀 살려주세요! 귀신이 따라와요!

유가장의 아침은 분주하기 이를 데 없었다.

오늘이 소장주의 관례(冠禮)를 치르는 날이었기 때문이다.

관례란 남자가 이십 세가 되면 행하는 일종의 성인식이었다. 보통은 관례와 더불어 정혼을 하는 것이 일반적이었다. 일반인들이나 무림인들은 이 같은 예법에 구애받지 않았다. 그러나 귀족들은 관례를 지내고 관을 쓰지 않는 것은 예에 어긋나는 것으로 여겼으며, 또한 '군자는 죽어도 관을 벗지 않는다' 라고 하여 매우 중시하였다. 유장추는 귀족은 아니었으나 귀족의 예법을 따르는 것을 무척 좋아하였다.

고소한 기름 냄새가 온 집 안을 뒤덮고, 부엌에서는

산동에서 온 젊은 요리사가 부지런히 아침 식사 준비를 하고 있었다. 바싹 튀긴 홍린어(紅鱗魚)와 끓인 우유에 제남(濟南)의 특산물인 포채(浦菜), 교백(僑白)등을 넣은 청탕연와채(淸湯燕窩菜)는 보기만 해도 군침이 돌았다.

유장추의 방에는 이른 아침인데도 몇 명의 손님이 함께 자리하고 있었다.

불(佛), 무(武), 의(醫)에 능통하여 삼수승(三秀僧)이라 일컬어지는 광무(廣無) 대사가 앞에 놓인 비취 찻잔을 들어 차향을 음미했다. 푸른색의 찻잔과 선명한 등황색의 찻물이 잘 어울렸다. 유장추는 광무 대사의 자랑거리인 반백의 긴 수염이 혹시나 찻잔에 빠지지 않을까 내심 걱정하였다.

"허허. 유 장주의 취향을 알 것 같구려. 이것은 복건에서 직접 가져온 철관음(鐵觀音)이군요."

용하게도 수염을 한쪽으로 밀며 차를 음미하는 광무 대사의 노련한 솜씨에 감탄하는 유장추였다. 유장추도 두껍고 커다란 손으로 찻잔을 들어 올리며 미소를 지었다.

"하하하! 대사님의 미각(味覺)이 더 뛰어나십니다. 이 사람이 이제 나이가 들어 그런지 입 안이 텁텁하여 차까지도 달지 않으면 마시지를 못하게 되었습니다그려."

철관음은 복건성(福建省)에서도 안계현(安溪縣)에서만 생산되는 차로 여러 번 우려내어도 향기와 맛이 변하지 않는 것이 특징이었다. 향이 높고 맛은 달며 마신 후에는 입 안에 과일 향이 남아 뒷맛이 개운하였다.

다들 한마디씩 차맛을 칭찬하자 유장추는 멋쩍은 듯 너털웃음을 터뜨렸다.

"더욱 놀라운 것은 찻물이구려."

광무 대사가 다시 치켜세우자 유장추는 껄껄 웃었다.

"허허, 본래 대륙의 물은 황진(黃塵)이 많아 그다지 좋다고 할 수 없지요. 그래서 선인들이 물의 품격을 정해놓은 것이 아니겠소. 흔히들 차를 끓이는 데 가장 좋은 물은 산에서 나는 물, 그중에서도 황석(黃石)에서 나는 물을 으뜸으로 칩니다. 소승도 차를 좋아하여 어지간한 물맛은 다 보았습니다만, 이렇게 좋은 물은 처음인 것 같습니다."

묻는 듯한 광무 대사의 말에 유장추가 더 이상 참지 못한 듯 입을 열었다.

"잘 보셨습니다. 이 사람이 젊은 시절 동쪽의 반도국으로 장사를 간 적이 있었지요."

"반도국이라면 고려국(高麗國) 말씀이오? 그렇다면 이해할 만하오. 원래 반도국의 물을 최상으로 치지 않소."

"그렇다고들 하지요. 그 당시에 우연히 월산(月山)이라는 곳을 들르게 되었는데 그곳에는 작은 절이 하나 있었지요. 그곳의 주지스님이 자신의 절 북쪽 바위 뒤편 아래 감로수(甘露水)가 세상에서 더없는 최상의 물이라며 입에 침이 마르도록 칭찬하길래 설마 하는 심경으로 물맛을 보았는데, 이 사람은 그만 기절할 뻔하였다오. 한 모금 마시자마자 머리가 상쾌해지며 온몸이 씻은 듯이 개운해져서 그간의 여독이 일시에 풀리는 것 같았습니다. 너무 놀라 샘물을 자세히 들여다보니 물위에는 유천(乳泉)처럼 흰빛이 돌고 있지만 떠보면 그냥 맑은 물색이니 그야말로 음수 중의 음수(陰水)이더이다. 그때부터 일 년에 한 번 사람을 보내어 물을 떠오도록 하고 있답니다. 하하, 그 뒤로 이 사람의 입

맛이 이렇게 고약하게 변해 버렸다오. 다른 물로 끓여낸 차는 도통 먹지 못하게 되어버렸으니 말이오."

"정말 그런 물이 있단 말이오?"

사람들이 믿지 못하겠다는 듯이 반문하였다.

"틀림없는 사실일 것이오. 소승이 보장하리다."

광무 대사의 말에 모두 고개를 끄덕이며 감탄해 마지않았다. 실내에는 한동안 정적이 흐르고 다만 찻잔이 달그락거리는 소리만이 울려 퍼졌다.

"요즘 유가장이 팔린다는 소문이 돌더군요."

광무 대사가 생각났다는 듯이 묻자 유장추는 잠시 노여운 기색을 띠었다.

"어림도 없는 소리지요. 어디 굴러온 돌이 박힌 돌을 빼내려고 하는지, 상도(商道)의 기본조차 모르는 무뢰배 같은 놈들이라오. 몇 번 찾아왔길래 호통을 쳐서 쫓았더니 다시 오지 않는군요."

유장추는 몇 년 전에 경조부에 터를 잡은 추가장을 떠올리며 분통을 터뜨렸다.

오 년 전만 해도 경조부의 상권은 유가장과 용가장(龍家莊), 장안표국(長安鏢局)이 주축이 되어 이끌었다. 세 가문은 친분도 두텁고 왕래가 잦아 상거래에서 생기는 많은 문제들도 대화로 풀어갈 수 있었다. 그러던 것이 장안표국의 총관으로 추관(推觀)이란 사내가 들어오면서 모든 것이 변하였다.

표두와 가솔들이 이유를 알 수 없는 질병과 변괴로 모두 급사하고 반년 사이에 장안표국은 결국 추관이란 자의 손아귀에 떨어지고 말았다.

그에 이어 추관은 온갖 부당한 방법으로 재물을 축적하였고 간교한 계략으로 용가장을 무너뜨렸다. 그 후 용가장은 북문 밖으로 밀려나 간신히 명맥만 유지하고 있는 형편이었다.

일 년 전부터는 유가장에도 그 마수를 드러내고 있었다. 유가장을 팔라고 집요하게 요구하고 있는 것이다. 유씨 집안이 경조부에서 장사를 한 것은 이미 백 년도 더 된 일이었다. 추관은 그 기반을 송두리째 넘기라는 협박을 하고 있었다.

유장추는 마음을 가라앉히려는 듯 뜨거운 차를 단숨에 들이켰다.

수염을 기른 청수한 백삼중년인이 분위기를 바꾸려는 듯 말을 꺼냈다.

"그런데 유 공자께서는 통 보이질 않는군요?"

천왕문(天王門)의 문주인 소면호(素面號) 능운겸(菱雲謙)이었다. 무림의 태산북두라 일컬어지는 검황(劍皇) 능소천(菱素天)의 아들로 항간에서는 그의 무공이 이미 연로한 능소천을 넘어서는 경지에 이르렀다는 소문이 나돌았다.

천왕문과 유가장은 오래전부터 친분을 유지해 오고 있었다. 유가장이 오늘날 이만큼의 부를 이룰 수 있었던 것도 알고 보면 다 천왕문이 뒤를 봐주었기 때문이다. 또한 천왕문 역시 유가장의 금력에 도움을 받았으므로 뗄래야 뗄 수 없는 긴밀한 관계를 맺고 있었다.

능운겸이 유천복을 거론하자 다른 사람들도 이곳에 온 지 며칠이 되었지만 도착한 날 잠시 인사를 나눈 뒤로는 유 공자의 모습을 보지 못했다며 궁금해했다. 유장추는 잠시 헛기침을 하였다.

"휴우! 여러분들 보기가 민망하오이다. 이 사람이 말년에 겨우 얻은 자식인데다 지 어미 없이 크는 것이 안쓰러워 귀여워만 했더니 제멋대로라오. 요 며칠 그 아이가 어디서 무얼 하고 다니는지 통 알 수가 없소. 무슨 생각을 하고 있는지도 모르겠고⋯⋯. 어제는 글쎄 강도를 만났는지 옷과 패물까지 다 빼앗긴 채 오경이 넘어서 들어왔소이다. 야밤에 늦게 다녀 불상사를 당했다고 호통을 쳤더니 아직까지 제 방에 있는 모양이오. 이제 혼사를 치를 때도 되었는데 명색이 사내라고 영 밖으로만 나돌려 하니⋯⋯ 허허허."

유장추는 말을 끝내며 은근히 능운겸의 옆에 앉은 홍의소녀에게 시선을 주었다. 볼수록 마음에 쏙 드는 소저였다. 이번 관례식에 특별히 자제들을 함께 동행하도록 한 것은 그중에서 유천복의 신부감을 골라보려는 의도가 다분히 섞여 있었다.

능운겸의 옆에 서 있던 홍의소녀는 유장추의 말에 입술을 삐죽 내밀었다. 소녀는 미목(眉目)이 단아하고 피부가 백옥같이 희어 가히 빙기옥골(氷肌玉骨)이라 칭할 만하였으나 눈빛이 거만해 보이는 것이 흠이라면 흠이었다. 그녀는 능운겸의 무남독녀로 강호에서는 매련화편(梅蓮花鞭) 능초영(菱楚英)이라 불렸다. 능초영은 이제 열여섯으로 혼기가 꽉 찬 나이였다.

이제껏 말이 없던 지인 대사가 조심스럽게 입을 열었다.

"실은 어제 저희 절 뒤쪽에서 이상한 일이 있었다고 합니다. 아침 전에 절에서 사람이 왔는데 간밤에 절 근처의 사당에서 괴인들이 사투를 벌였다고 하더군요. 직접 보지는 못하였으나 아침에 나가보니 사당 주변이 어수선하고 발자국들이 어지럽게 나 있더랍니다. 이런 일이 통 없었던 터라 스님들이 두려워 떨고 있었습니다."

지인 대사의 말에 광무 대사는 고개를 끄덕거렸고 다른 이들은 걱정스러운 듯이 얼굴이 굳어졌다. 무림인들이 싸우는 일이야 늘상 있는 일이고 그것이 꼭 종남산이 아닌 곳에서만 벌어진다고 할 수는 없는 일인지라 지인 대사는 괜한 걱정을 끼치는 것이 아닌가 하여 자신의 경솔함을 탓했다.

그때였다. 온 집 안을 뒤흔드는 장소성이 울려 퍼졌다. 그 소리가 어찌나 크던지 종루각(鐘樓閣)에서 진시(辰時)를 알리는 종소리마저도 들리지 않을 정도였다.

사람들이 어리둥절해 있는 가운데 엉덩이에 불화살을 맞은 말처럼 유천복이 대청으로 쏜살같이 뛰어들어 왔다. 그는 누가 뒤에서 쫓아오는지 두 손으로 머리를 감싸 안은 채 계속해서 소리를 지르고 있었다.

—내가 누구냐? 여기는 어디지?

유천복은 허공을 향해 미친 듯이 손을 내저었다. 그의 손에는 몇 장의 누런 부적이 들려 있었다.

"이놈의 귀신, 훠이, 물러가라! 나는 부적을 갖고 있다구. 아버지, 저 좀 살려주세요! 귀신이 따라와요……! 이 귀신아, 네가 누군지 내가 어떻게 아느냐!"

유천복은 끊임없이 머리 속을 울리는 소리에 거의 기절할 지경이었다.

아침이 되어 일어나자마자 머리 속에서 이상한 소리가 들려오기 시작했다. 혹시 꿈을 꾸는 것이 아닌가 싶어 볼을 꼬집어보기도 하였고 머리를 흔들어보기도 하였지만 그 이상한 소리는 그치지 않았다.

유장추는 그런 아들의 괴이한 모습에 놀란 표정으로 서 있었다. 어느새 대청 앞마당에는 객방에 든 손님들과 하인들, 그리고 이제 막 도착한 손님들까지 이 희한한 광경을 보기 위해 몰려들었다.

"아버지! 저 좀 살려주세요!"

유장추는 자신의 품으로 구르듯이 뛰어드는 유천복의 기세에 하마 터면 엉덩방아를 찧을 뻔하였다. 그러나 아들의 상세는 정말 심상치 않은 듯했다. 온몸에 식은땀을 흘리며 병자처럼 부들부들 떨었고 눈동 자는 공포에 질려 심하게 흔들리고 있었다.

"무슨 일이냐? 왜 그러느냐?"

어젯밤 아들을 너무 심하게 야단친 것이 아닌가 걱정이 되었다. 아 들녀석이 워낙 예민하다 보니 조금만 심하게 야단을 쳐도 악몽을 꾸기 때문에 혼내놓고도 은근히 우려하던 참이었다.

주방의 허 노파가 눈치 빠르게 꿀물과 청심소환단(淸心小丸丹)을 들 고 황급히 달려왔다. 유장추는 아들의 꽉 다문 입술을 억지로 벌려 환 단을 밀어 넣었다.

"왕 노대, 의원을 부르게! 어서 의원을 불러! 천복아, 무슨 일이냐? 응? 나쁜 꿈을 꾸었느냐? 말해 보거라."

유장추의 목소리를 듣자 유천복은 그제야 얼굴을 쳐들었는데 온통 눈물, 콧물 자국으로 범벅이 되어 있었다. 그 광경을 보고 있던 능초영 은 코웃음을 쳤다. 벌벌 떨며 아버지를 찾는 유천복의 모습에 크게 실 망하였던 것이다.

"아버지, 귀신이에요. 귀신이 따라다닌다구요…… 으아악! 또! 또!"

유천복이 다시 비명을 지르더니 일어나 펄쩍펄쩍 뛰기 시작했다. 커 다란 몸집이 위아래로 경중경중 뛰어오르자 대청 마루가 들썩들썩거리 며 기왓장까지 흔들거렸다. 한참을 껑충거리던 유천복은 기력이 달리 는지 자리에 풀썩 주저앉아 눈물이 가득 고인 눈으로 유장추를 바라보 았다.

"아버지, 어제 불경한 짓을 저질러서 신께서 노하셨나 봐요."

사람들은 유천복의 횡설수설을 들으며 어리둥절한 표정을 지었다.

유천복이 누군가와 얘기를 하고 있는 것은 틀림없는데 도대체 누구와 이야기를 하고 있단 말인가? 사람들은 주위를 두리번거리며 혹시 낯선 사람이 없는지 경계하였다. 누군가 유천복이 미쳤다며 혀를 차는 소리가 들려왔다.

유천복은 주위를 둘러보다가 능초영과 눈이 딱 마주쳤다. 능초영이 샐쭉한 표정으로 고개를 돌리는 순간, 머리 속이 아득해지면서 아무 생각도 나질 않았다.

긴 치마와 짧은 저고리에 피백(披帛:여자들이 걸치는 목도리)을 걸치고 이마에 화전(花鈿:꽃잎 무늬)을 그려 넣었는데 월궁항아(月宮姮娥)인 듯 무산신녀(巫山神女)인 듯 그 자태가 아름답기 그지없었다.

넋을 잃은 유천복의 모습이 어찌나 멍청한지 능초영은 그만 웃음을 터뜨렸다. 옥소를 부는 듯한 웃음소리에 유천복은 다시금 정신이 몽롱해졌다.

눈치 빠른 유장추가 슬그머니 아들을 그쪽으로 밀었다. 느닷없이 유천복이 다가오자 능초영은 얼굴을 찡그리며 뒤로 주춤 물러섰다. 유천복은 얼굴이 시뻘게져서 저도 모르게 더듬거리며 말하였다.

"저, 저는 성은 유씨이고, 이름은, 이름은 천복입니다……. 나이는 스물이고 본관은, 본관은…… 누가 똥대가리야? 네놈이야말로 똥, 똥, 똥귀신이다!"

유천복이 소리를 버럭 지르자 사람들은 더욱 걱정스러운 표정이었다. 유장추는 일단 아들을 중인들에게 인사시킨 뒤 일의 전후를 물었다.

그러나 유천복은 반쯤 혼이 나갔는지 능초영을 향해 헤벌쭉 웃기만

했다. 그가 웃자 팽팽한 살들이 뒤로 물러나며 몇 개의 주름을 잡고 있었다.

"천복아. 어찌 된 일인지 말해 보거라."

그 말에 정신이 든 유천복은 어제 있었던 일들을 하나도 빠뜨리지 않고 얘기했다. 점쟁이를 만난 일, 아삼과 무신당에서 낯선 괴인들의 싸움을 구경한 일, 그리고 사당 아래에서 보석을 꺼내었다가 아삼에게 머리를 얻어맞고 빼앗긴 일 등을 얘기하다 보니 은근히 이마에 난 혹이 아파왔다. 물론 머리 속에서 떠드는 소리 때문에 제대로 얘기했는지 확신할 수는 없었다.

"뭐라고? 아삼이 널 몽둥이로 때렸다고?!"

그 부분에서 유장추가 격분한 듯 소리치는 바람에 이야기는 잠시 중단되었다. 유장추는 주먹으로 탁자를 쾅쾅 내려치며 노기충천하여 소리쳤다. 그러다 중인의 시선들이 모이자 애써 화를 삭였다.

지금까지 키워오며 자신도 손 한 번 대지 않은 귀한 아들이었다. 비싼 돈을 들여 호위까지 붙였는데 그런 일을 당하다니 당장에 밥값도 못하는 그놈을 해고하리라 생각했다. 생각할수록 울화가 치밀어 유장추는 탁자에 놓여 있던 식은 차를 벌컥벌컥 마셔대었다. 당장에 그 거지 놈을 잡아오라고 하여 치도곤을 내야 직성이 풀릴 것 같았.

중인들은 다들 지인 대사가 한 말을 떠올렸다.

"그리고 아침에 일어났는데 글쎄, 갑자기 누가 말을 걸잖아요. 자기가 누구냐며 자꾸 나한테 물어요……. 아, 글쎄 내가 어떻게 알아? 좀 가만히 있어봐! 아무리 주위를 둘러봐도 아무도 없는데 계속해서 말소리가 들리니 저는 정말 제가 미쳤는 줄 알았어요."

―정말 미치고 싶은 건 나야.

유천복은 머리 속에서 들려오는 말을 무시하고자 머리를 세차게 흔들었다.

중인들은 서로 얼굴을 쳐다보며 의아한 표정을 지었다. 유천복의 이야기가 기기묘묘했으니 그 같은 일은 들은 바도 본 적도 없었기 때문이다.

광무 대사가 조심스럽게 말했다.

"과연 강호에 떠도는 소문이 사실이었군요."

"강호에 떠도는 소문이라니요?"

"근자 들어 강호에 수옥이라는 기보가 나타났다는 소문이 돌고 있소. 그 수옥이 어디에 쓰이는지는 모르나 얻는 자는 가히 천하를 호령할 수 있다 하니 유 공자가 보았다는 것이 바로 그 수옥인 듯싶소."

광무 대사의 말에 능운겸이 맞장구를 쳤다.

"수옥득자 불로불사, 송옥득자 천광지귀라는 노래 말씀이군요. 저도 들은 바가 있습니다만 그저 아이들 농이려니 하고 넘어갔습니다."

"소승도 거기까지밖에는 모른다오. 그저 소문이려니 했는데 그런 것이 실제로 돌아다닌다면 또다시 강호에 피바람이 불지도 모르겠소. 혹시 공자께서는 어디서 그와 같은 소문을 듣고 꿈을 꾼 것이 아니오?"

"꿈이 아니라니까요!"

유천복은 억울하다는 듯이 가슴을 마구 쳤다. 유천복의 솥뚜껑 같은 주먹에 두드려 맞아 얇은 속옷 위로 출렁거리는 살들이 비치자 능초영이 웃음을 참지 못하고 키득거린다. 말을 하는 동안에도 노골적으로 쳐다보는 유천복의 멍청한 표정 때문에 그녀의 웃음소리는 점점 높아만 갔다.

능운겸은 딸이 경망스럽게 보이는 듯하여 눈살을 찌푸렸다. 그러나 한번 터진 능초영의 웃음은 멈출 줄을 몰랐다. 할 수 없이 능운겸은 헛기침을 하며 웃고 있는 딸의 몸을 은근슬쩍 가린다.

잠시 뒤 왕 노대가 의원과 함께 왔다. 의원에게 몸을 내어 맡긴 유천복은 아예 의자를 돌린 채 넋을 놓고 능초영만 보고 있었다.

"능 아저씨, 따님이, 따님이 웃음이 참 많네요……. 혹시 좋아하는 사람은? 아니, 이게 아니잖아. 천왕문은 개봉부에 있지요? 저는 한 번도 경조부를 나가본 적이 없거든요."

눈치도 없는 유천복은 친근한 척 말을 건넸다.

몇 명의 의원들이 유천복을 몸을 한동안 살폈으나 모두 고개를 가로저었다. 유장추는 더욱 안달이 나서 좌불안석이었다.

유천복의 말을 듣고 있던 광무 대사가 물었다.

"유 공자, 귀신이 누구라고 하오?"

"누구냐는데?"

—그걸 내가 어떻게 알아?

유천복은 귀신의 말투가 건방지다고 생각했다.

"모른대요. 바보가 틀림없어요."

중인들은 다시 수군거리며 곁눈질을 하였다.

"허허, 참으로 기이한 일이오. 어제 유 공자가 겪었던 일로 인해 충격이 너무 큰 탓이 아니었는지 모르겠소. 능 대협은 아시겠소?"

광무 대사가 혼잣말을 하는 유천복을 측은한 듯이 바라보았다. 유장추의 얼굴은 거의 사색이 되다시피 하였다.

"저도 이 같은 일은 전혀 들어본 바가 없습니다."

능운겸 역시 처음 들어보는 듯했다. 사람들은 유천복이 계속해서 중얼거리는 소리에 귀를 기울였다.

"거봐! 들은 적이 없다잖아!"

—무식한 놈들만 모여 있나 보군.

"음… 유 장주님, 아드님의 병이 실로 위중한 듯싶소. 이심동체(異心同體)의 광증(狂症)이 심해져 행여라도 망자실혼(忘自失魂)이 될까 두렵소이다. 소승의 견식이 짧아 저러한 광증을 듣도 보도 못하였으니 차라리 하남부(河南府:낙양)로 가는 것이 좋을 듯싶소."

"하남부라니요?"

"아! 죽은 사람도 살린다는 천금손가(天金孫家) 말씀이시군요."

능운검이 고개를 끄덕거렸다. 유장추는 침통한 기색으로 아들을 쳐다보았다.

"싫어요, 아버지. 저 혼자서 어떻게 하남부를 가요?"

유천복이 고개를 세차게 흔들었다.

유장추는 가슴이 찢어지는 듯하였다. 태어나서 한 번도 자신의 품을 떠난 적이 없는 아들이었다. 그러나 이제 건강한 몸도 아닌 병든 몸으로 먼 길을 떠나보내야 하는 것이다. 유장추는 그러다 문득 좋은 생각이 떠올랐다.

"하남부라…… 능 대협, 천복이 초행길이니 영애와 동행하도록 하면 어떻겠소? 젊은이들끼리니 심심하지도 않을 것이오."

유장추가 능운검의 눈치를 살피며 말했다. 유천복은 대번에 안색을 바꾸어 뛸 듯이 기뻐하였다.

"능 소저와 함께라면 괜찮아요."

그러나 정작 능운검은 난처하기 짝이 없었다.

'너구리 같은 영감!'

유장추의 속셈을 모르는 바 아니나 미련한 유천복을 사위로 삼을 생각은 꿈에도 해본 적이 없었다. 어찌 금지옥엽을 저런 돼지와 짝 지워 줄 수 있단 말인가? 능운겸은 안색을 굳혔다. 그런데 어쩐 일인지 능초 영도 아버지를 향해 같이 가게 해달라고 졸라댄다.

"아버지, 저도 이번 기회에 유 공자와 견문도 넓힐 겸 강호를 돌아보고 싶어요. 먼 곳도 아니고 북경 정도니 허락해 주세요."

능초영도 이번이 강호에 처음 나오는 것이니만큼 좀 더 많은 곳을 돌아보고 싶었다. 한참을 졸라대자 능운겸도 어쩔 수 없다는 듯이 떨떠름한 표정으로 허락을 하고야 만다.

중인들의 의견이 빠를수록 좋다 하니 유장추는 아들의 관례를 형식적으로 간단히 치른 뒤 곧바로 행장을 차려 떠나도록 했다.

유천복을 끌어안고 눈물을 글썽이는 유장추를 위로하며 광무 대사가 말했다.

"오늘이 유 공자의 관례날이니 내 자를 지어주리다. 유 공자의 자는 '무아(無我)' 요. 금강경(金剛經)에 이르기를 무릇 형상있는 것은[凡所有相] 모두 허망하다[皆是虛妄] 하였소. 모든 형상이 실체가 없다고 보면 자신이 참된 내가 아니니, '무(無)' 가 곧 '아(我)' 요, '아' 가 곧 '무' 가 되는 것이오. 이는 공(空)을 말함이니 몸속에 귀신이 들어온들 어떻겠소. 부디 깨달음을 얻어 병을 치료하기 바라오."

유가장의 두 부자는 닭똥 같은 눈물을 흘리며 서로를 걱정하였다.

"무아야, 부디 몸조심하거라. 어디를 가든지 숙소를 일찍 정하고 충분히 쉬어야 한다. 밤에는 절대로 밖으로 나가지 말고 잘 때도 속옷을 벗지 말아야 한다. 세상은 험하고 너는 아직 어리니 이 아비의 가슴이 찢어지는구나."

"아버지!"

유천복은 끝내 땅바닥에 엎어지며 대성통곡을 하자 유장추도 폭포수처럼 눈물을 쏟았다. 주변 사람들이 두 부자의 엄청난 이별 장면에 눈살을 찌푸렸다.

"유 장주님, 걱정하지 마셔요. 소녀가 비록 아버지의 가르침을 일 할도 깨닫지 못하였으나 행여 도중에 무뢰배를 만난다 하여도 유 공자님을 지키는 데에는 모자람이 없을 것입니다."

능초영이 산뜻한 아미를 치켜올리며 배시시 웃는다. 유장추는 손수건으로 눈가를 연신 찍어내었다. 유천복 역시 눈가가 잔뜩 짓물러 있었다. 부자는 서로에게 몸조심할 것을 여러 번 신신당부한 뒤에야 간신히 손을 놓았다.

젊은 두 남녀가 길을 떠나다 보니 사람들의 눈을 의식하지 않을 수 없어 왕 노대와 몇 명의 하인들이 함께 동행하기로 하였다.

유천복과 능초영이 떠나자 중인들도 유장추에게 인사를 하고 뿔뿔이 흩어졌다.

날씨는 청명하고 도화꽃과 푸른 버들이 울창한 연못가에는 사람들이 구름처럼 모여들었다. 그중 한 버드나무 아래 흰 두루마기에 유생건을 쓴 선비 한 명이 떠나는 유천복의 모습을 물끄러미 보고 있었다. 마치 시골에서 유람을 하기 위해 갓 상경한 사람처럼 이리저리 두리번거리는 폼이 엉성하기 짝이 없었다.

"구걸을 할 때는 이런 풍경을 보고도 지나쳤는데 이제 보니 정말 아름답구나……. 이게 다 멍청한 유 공자 덕분이야. 내가 아직도 경조부에 있을 줄은 생각도 못했겠지? 후후, 그래서 등잔 밑이 어둡다고 하는 거군."

그 서생은 바로 아삼이었다.

종남산을 내려갔던 아삼이 어째서 이곳에 있는가?

아삼은 유천복을 때려눕힌 뒤 종남산을 내려와 성문이 열릴 때를 기다렸다. 유장추가 자신을 쫓을지도 모르니 오히려 숨어 있는 것이 더 안전할 것 같았다.

그 길로 포목행가(布木行街)로 가서 새 옷을 사서 걸쳤다. 그러자 아무도 그를 거지였던 아삼이라고 눈치 채지 못하였다.

"내가 가진 은자가 얼마나 되나 계산해 보아야겠다."

아삼은 포목점에서 나와 맞은편에 있는 저당고(抵當庫:전당포)로 들어갔다. 그리고 돈을 저울에 달아보고 바꾸고자 했다.

가게 주인은 속으로 생각했다.

'시골 촌놈 주제에 돈이 얼마나 있다고 저울에 달아보겠다는 거야. 닷 냥이 다겠지. 문을 열자마자 이런 놈이 오다니 오늘은 재수가 없군.'

주인은 아삼이 허리춤에서 끌러놓는 전대를 탐탁치 않게 바라보고 있었다. 그런데 보따리 안에는 크고 작은 은자들이 가득했으며 더구나 금원보와 패물도 있었다. 황급히 저울 위에 올려놓고 무게를 달아보니 이백 냥이 조금 넘었다.

뜻밖에 돈이 많자 주인은 아삼을 다시 보았다.

'사람은 외모로 볼 게 아니고 바다는 말(斗)로 헤아릴 것이 아니라더니, 이놈이 돈을 이렇게 많이 가지고 있을 줄이야……'

보아하니 시골 졸부의 자식놈이라도 되는 모양이었다.

그는 가게에 있는 돈을 모두 털어 아삼에게 주었다.

아삼은 가지고 다니기 편하도록 이십 냥짜리 큰 덩어리 다섯 개와 열 냥짜리 여덟 개, 한 냥짜리 열 개, 나머지는 모두 잔돈으로 바꾸었다.

돈을 들고 거리로 나서자 세상이 다르게 보였다. 자신이 하루에 한 푼을 벌기 위하여 구걸하는 동안 다른 사람들은 이렇게 살고 있었구나 생각하자 억울하기만 했다.

"내 다시는 거지로 돌아가지 않겠다!"

다시 한 번 굳게 다짐하는 아삼이었다.

아삼은 가장 먼저 유가장의 동정을 살펴보았다. 혹여라도 유장추가 자신을 쫓을지도 모르는 일이었다. 만일 그렇다면 산속으로 들어가 몇 년간은 나오지 않을 생각이었다.

한데 어쩐 일인지 관례가 있는 날임에도 불구하고 유가장은 조용하였다. 한참 만에야 유천복이 여행 갈 차비를 하고 나서는 것이 보였다.

'흥, 시절이 좋으니 유람이라도 가려는 게지.'

유천복이 떠나고 유가장에서 자신을 쫓는 기색이 보이지 않자 아삼은 마음이 편해졌다. 오히려 긴장하고 있던 자신이 우스워졌다.

오후로 접어들자 어제의 결심이 흔들렸다. 자신이 백궁을 죽인 것이나 유천복을 때려눕힌 것이 다 꿈속에서 벌어진 일 같았다. 자신이 어딜 가서 무공을 배워 천하제일인이 된단 말인가?

아삼은 생각을 달리하기로 했다. 멀리 가서 수옥을 팔면 한 재산 될 것이니 그것을 가지고 새로운 삶을 살겠다고 생각했다. 그는 도화 만발한 유가장의 담을 다시 쳐다보았다.

"있는 놈은 역시 다르구나. 유 공자는 그 수옥이 아깝지도 않았나. 하긴, 집 안에 그런 게 산더미처럼 쌓여 있을 테니……."

아삼은 그 길로 기루인 춘풍루(春風樓)로 갔다. 오늘 하루를 사람처럼 살아본 뒤에 길을 떠나고 싶었던 것이다. 막상 그렇게 생각하자 무엇부터 시작해야 할지 난감하였다. 결국 평상시 유천복이 하던 대로 해보기로 하고 자주 가던 춘풍루를 찾은 것이었다.

구걸을 하기 위해 문가까지 온 적은 있었지만 아삼은 한 번도 그 안에 들어가 본 적이 없었다. 문가를 어슬렁거리는데 사내 한 명이 재빠르게 튀어나오더니 팔을 끌다시피 하여 안으로 안내했다.

금칠한 문 안의 주홍색 난간에는 가는 대나무가 빽빽이 심어져 있고 문설주는 모두 호화로운 비단으로 되어 있었다. 안으로 들어가자 넓은 주랑(柱廊)이 곧장 뻗어 있었으며 남북의 천장 가까운 곳에는 작은 방으로 보이는 곳이 이어져 있었다.

아삼은 두리번거리지 않기 위해 노력하며 사람들을 피해 한쪽 구석에 앉았다. 다른 사내가 다가와 공손히 물었다.

"헤헤, 혼자 드세요?"

아삼은 이 사내가 낯이 익었다. 생각해 보니 구걸을 하다 이자에게 혼쭐난 적이 있었다. 잔뜩 거드름을 피우며 말했다.

"나 혼자 마시니 고기와 좋은 술을 내오거라. 햇과일도 한 접시 가지고 오너라."

요리 이름을 모르니 더 자세하게는 주문할 수가 없었다.

그런 아삼의 모습에 사내는 속으로 시골 촌놈이 꽤나 거들먹거린다고 욕을 했다.

아삼은 하루 종일 춘풍루에 앉아 오가는 사람들을 보며 앞일을 생각했다.

"나를 움켜잡지 마세요. 나를 움켜잡으면 내 마음이 너무 치우쳐요.

나는 곡강 연못 옆의 버들가지, 이 사람도 꺾고 저 사람도 움켜잡지만,
사랑은 한순간뿐."

앳된 기녀의 노래 가사가 나른한 봄날 오후를 붙잡고 있었다.

저녁이 되자 기루의 안팎으로 홍등이 휘황찬란하게 내걸렸다. 화려하게 단장한 기녀들은 삼삼오오 주랑 앞에 모여 앉아 손님이 부르기를 기다리고 있었다.

아삼은 그중 한 명을 끼고 방으로 향했다.

"뭘 보세요. 어서 오시지 않구요."

동그란 눈을 가진 기녀가 예쁜 손으로 잡아끌었다.

아삼은 신선이 된 것 같았다. 이십 년을 살도록 한 번도 여자를 가까이 해본 적이 없었는데 오늘 선녀같이 아름다운 여자가 자신을 떠받들자 기분이 말할 수 없이 좋았다.

주랑에서 또다시 누군가 부르는 노랫소리가 들려왔다. 춘풍루 안에서 먹고 마시고 떠드는 사람들은 모두 즐거워 보였다.

'그래, 이게 사람 사는 낙이라는 거구나. 무공을 모르면 어떠랴. 돈만 있으면 다 되는 거 아닌가. 돈만 있으면 죽음도 비껴간다고 하질 않던가.'

아삼은 노랫가락에 파묻혀 꿈같은 하룻밤을 보냈다.

다음날, 아삼은 춘풍루를 나왔다. 이왕이면 산수 좋은 강남으로 가는 것이 좋을 것 같았다.

성을 나와 작은 산길로 접어들었을 때 아삼은 새로운 삶이 난관에 부딪쳤다는 것을 알았다.

앞에 선 자들은 하나같이 날이 시퍼런 칼을 쥐고 있었다. 아차 싶

었다.

'제기랄! 돈을 바꾸는 것이 아니었다. 너무 들떠서 미처 그것까지 생각하지 못했구나!'

나타난 자들은 모두 셋이었는데 그중 한 명은 며칠 전 자신이 점쟁이의 횡재를 알려준 자였다. 이들은 하나같이 일하지 않고 노는 것을 좋아하고, 남의 돈으로 먹고 사는 것을 당연하게 생각하는 자들이었다. 특히 유람을 하기 위해 오랜 기간 돈을 모아 처음 대도시로 나온 시골 서생의 돈을 가장 좋아하였다. 타지에서 온 사람이라 강도를 당한다 한들 하소연할 곳도 없고 설사 죽이더라도 알아볼 사람이 없었기 때문이다.

"왜 이러시오?"

아삼은 일단 말을 하며 눈치를 살폈다.

"흐흐…… 시절이 좋아 유람이라도 나온 모양인데 우리 같은 사람도 유람할 수 있게 좀 도와주쇼."

턱이 뾰족한 자가 말했다.

"나는 가진 돈이 없소."

"흐흐, 왜 이러실까. 다 알고 왔는데……."

이미 저당고 주인으로부터 정보를 듣고 온 것이었다.

아삼은 입술을 깨물었다. 얼마 지나지 않아 아삼은 꽁꽁 묶인 채 그들에게 끌려가는 신세가 되었다.

강도들은 한적한 곳에 이르자 아삼의 전대를 끄르며 저희들끼리 희희낙락했다.

"허억! 이게 뭐야?!"

얼굴이 온통 얽은 자가 목구멍에 뭐가 걸린 것처럼 탁한 음성을 내뱉었다. 수옥을 발견한 것이다. 세 사람은 한동안 말을 잇지 못하였다.

그들은 아삼을 다시 보았다. 이렇게 큰 재물을 지니고 다니는 사람치고는 너무 평범한 인상이었다.

"혹시 도둑놈 아닐까? 이거 가졌다가 괜히 덤터기 쓰는 거 아냐?"

턱이 뾰족한 자의 말이었다. 그러나 얼굴에 나타난 표정은 그와 정반대였다.

"그럼 더 잘되었군. 도둑의 물건이야 임자가 없으니 우리가 가져도 죄가 될 게 없잖아?"

들창코가 강력히 주장했다. 다른 두 사람도 동시에 미친 듯이 고개를 끄덕였다.

세 사람은 서로를 쳐다보며 한동안 말이 없었다. 그들의 얼굴에는 한결같은 표정이 떠올라 있었다.

아삼은 자신이 어제 수옥을 처음 보았을 때를 떠올렸다. 산에서 내려온 이후로 누구에게 들킬까 봐 한 번도 다시 꺼내본 적이 없었다. 이럴 줄 알았으면 실컷 보아두기라도 하는 건데…….

아삼은 세 사람의 얼굴이 각각 탐욕으로 물드는 것을 볼 수 있었다. 그리고 그들은 경계의 눈초리로 서로를 감시하기 시작했다.

전대 안에는 사당에서 가져온 금관사의 머리와 염주행의 품에서 빼낸 책이 기름종이에 싸여 있었으나 수옥에만 정신이 팔린 강도들은 신경을 쓰지 않았다. 돈과 수옥만을 빼내고 나머지 것들은 그냥 팽개쳐두었던 것이다.

일행 중 하나가 숲으로 사라지더니 축 늘어진 누런 개 한 마리를 끌고 왔다. 아삼은 그 개가 대장간 장씨네 황구라는 것을 알았다.

'자식처럼 생각했었는데…… 장씨 아저씨, 꽤 상심이 크겠군.'

황구는 얼마나 두들겨 맞았던지 온몸이 피투성이였다. 사내들은 익숙하게 숲 한 켠에서 세 발 달린 커다란 솥을 꺼내었다. 불을 지피고 물을 길어 와 솥에 붓는 폼이 한두 번 해본 솜씨가 아니었다.

아삼은 한쪽 구석에서 눈치를 보고 있었다.

세 사람은 음식이 익는 동안 아무 말도 없었다. 아삼은 그 속을 빤히 읽을 수가 있었다. 아마 서로 자신이 수옥을 차지해야겠다고 생각하고 있을 것이다.

두 명의 사내가 서로 눈짓을 하는 것이 보였다.

그리고 얼마 후 턱이 뾰족한 사내가 죽었다.

두 사람은 호탕하게 웃으며 피 묻은 칼을 내던지고 개고기를 먹었다. 그리고 잠시 뒤, 또 한 사람이 쓰러졌다.

"흐흐… 내 계집에게 쓰려던 미혼약을 이런 곳에서 쓰게 될 줄이야……."

남은 자는 쓰러진 자의 등에 몇 번이나 칼을 휘둘렀다. 삽시간에 주변에는 혈흔이 낭자했다. 아삼은 어제 백궁을 찌르던 자신의 모습을 보는 듯했다.

곰보사내가 살기를 드러내며 다가왔다. 아삼은 재빨리 머리를 굴렸다.

"이보시오. 내 부탁 하나만 들어주시오."

시퍼런 칼을 머리 위로 쳐드는 곰보사내에게 아삼이 황급히 말했다.

"어차피 죽을 놈이니 말해 보거라."

"그 기름종이에 싼 것은 우리 집안 대대로 내려오는 책이오. 내 죽기 전에 그 책을 선조들이라 생각하고 하직 인사를 하고 싶소."

"멍청한 놈! 죽기 직전에도 선비 행세를 하겠다 이거지? 내 너 같은 놈을 보면 배알이 다 뒤틀리지만 오늘만큼은 들어주마. 흐흐, 네놈이 아니었다면 어디서 이런 재물을 얻었겠느냐."

곰보사내는 흔쾌히 아삼의 말을 들어주었다. 아삼이 책에다 절을 하는 것을 보고는 비웃음을 감추지 못했다.

"으악! 아이고, 나죽네!"

갑자기 아삼이 배를 잡고 쓰러졌다. 곰보사내는 무슨 일인가 하여 가까이 다가왔다.

"왜 그래?"

곰보사내가 아삼의 어깨를 잡는 순간 그는 자신의 손등에 박힌 불그스름한 물체를 볼 수 있었다.

"헉!"

그는 당황하여 칼을 휘두르려 했으나 아삼이 팔목을 잡고 놓지 않았다. 곰보사내는 순식간에 숨이 막혀 그대로 죽고 말았다.

금관사의 독은 워낙 독하므로 내공을 익히지 않은 일반 사람들이 물리자마자 즉사하는 것은 당연했다.

아삼은 자신의 물건들을 챙기며 중얼거렸다.

"아삼아, 아삼아, 어찌 그리 멍청하냐! 네가 할 수 있으면 남도 할 수 있다는 것을 왜 몰랐느냐. 이자들 말대로 유람 나온 선비처럼 굴었으니 화를 당해도 싸다. 강남에 갈 때까지는 거지 행세를 하는 것이 오히려 낫겠구나. 아무도 나 같은 거지가 이런 재물을 가지고 있으리라고는 생각하지 못하겠지."

아삼은 곰보사내의 손에서 수옥을 집어 들었다. 수옥에 묻었던 지푸라기 같은 것을 털어내었다. 아삼은 시커먼 지푸라기가 스르르 자신의 발등을 타고 올라오는 것을 느끼지 못하고 있었다. 지푸라기는 빠르게 아삼의 귓속으로 빨려 들어갔다.

수옥의 푸르스름한 광채가 유난히도 영롱한 빛을 발하고 있었다. 물끄러미 보고 있으려니 돌연 살심이 치솟았다. 어제 유천복을 죽이지 못한 것이 못내 후회되었다. 어차피 보는 눈도 없었는데 괜한 인정을 베풀었다고 생각한 것이다. 혀를 내밀어 입술을 핥는 아삼의 눈빛이 유난히 충혈되어 있었다.

산을 내려간 아삼은 돼지고기 한 근을 사 들고 저당고로 갔다. 돈을 후하게 쳐줘서 감사하다며 고기를 내밀자 가게 주인의 입이 함박만하게 찢어졌다.

'그놈들은 여태 뭐 하는 게야? 이러다 이놈이 덜컥 가버리기라도 하면 어쩌려구. 그나저나 이 미련한 서생은 저 죽을 줄도 모르고 선심을 쓰는군.'

저당고 주인은 조금 미안한 생각이 들었으나 이내 잊고 말았다. 그는 오늘 저녁 돼지고기로 포식할 생각에 일찌감치 문을 닫고 집으로 들어갔다.

아삼은 저당고 주인과 그의 마누라, 그리고 어린 두 딸이 돼지고기를 먹고 피를 토하며 쓰러지는 것을 보고서야 발길을 경조부 동남쪽에 있는 곡강지(曲江池)로 향했다.

성문은 이미 닫혔으나 곡강지만은 멀리서 오는 유람객들을 위하여 성문을 열어놓고 있었다. 그곳에서 하루를 더 노숙한 뒤 날이 밝으면 떠날 생각이었다.

성문 입구에는 낮과는 또 다른 광경이 펼쳐져 있었다. 유람객들이 떠난 자리에는 귀시자(鬼市子:야시장)가 들어섰고 반찬거리를 사려는 사람이나 성밖에서 고기나 곡식을 팔기 위해 온 사람들로 북적거렸다.

아삼은 누가 자신을 알아볼까 봐 고개를 숙이고 빠른 걸음으로 그곳을 지나쳤다. 옷을 바꿔입기 위해 거지들을 찾았으나 이상하게도 눈에

띠지 않았다. 한참을 헤맨 끝에 이쪽으로 달려오는 한 무리의 거지들을 발견하였다. 소리쳐 부르려다가 문득 이상한 예감이 들었다.

자고로 거지는 몰려다니는 법이 아니었다. 구걸을 하려면 동정을 사야 하는데 저렇게 몰려다니면 그럴 수가 없었다. 그것도 대경실색한 얼굴이면 더욱 그러했다. 대여섯 명의 거지들은 성문 입구에서 이를 잡고 있는 한 명의 거지를 발견하자 살았다는 듯이 우르르 몰려갔다.

반안(潘安)은 부하들이 사색이 되어 몰려들자 얼굴을 찡그렸다. 이름과 달리 그의 얼굴은 추하기 이를 데 없었다.

"이놈들아! 내 그렇게 몰려다니지 말라고 몇 번이나 이야기했느냐? 어디 무서워서 식은 밥 한 덩이라도 주겠느냐, 이 망할 것들아!"

"그, 그게 아니라…… 요괴가, 요괴가……."

"이놈들이 썩은 음식을 처먹었나, 왜 이렇게 떨어?"

반안은 팔을 걷어붙이며 들고 있던 막대기를 부하들 머리 위로 후려치려 하였다.

"아삼이 누구냐?"

뾰족한 목소리가 들려온 것은 그때였다. 거지들이 일제히 소리를 지르며 반안의 뒤로 몰려갔다.

"저, 저 요괴예요! 요괴의 손에 벌써 세 명이나 죽었다구요!"

반안의 등에 달라붙어 있던 거지 하나가 소리쳤다. 반안의 눈앞으로 흰옷을 입은 여자 하나가 서 있었다. 방금 전까지는 분명히 없었는데 언제 나타났는지 알 수가 없었다. 때마침 달빛을 가리고 있던 구름이 물러나며 여자의 얼굴이 드러났다.

"히익, 요괴다!"

거지들이 일제히 아우성을 쳤다. 멀지 않은 곳에 숨어서 이들을 지켜보던 아삼도 소리를 지를 뻔하였다.

그 얼굴을 본 반안은 부하들이 보고 있다는 것도 잊고 파랗게 질리고 말았다.

달빛 아래 드러난 얼굴은 시체처럼 푸르스름했다. 흐릿하고 탁한 눈동자는 흰자위가 없었고, 얇고 새빨간 입술이 벌어질 때마다 하얀 입김이 풀풀 새어 나왔다.

"아삼이 누구냐?"

여자가 다시 물었다. 듣기만 해도 모골이 송연해지는 음성이었다. 거지들은 일제히 반안을 쳐다보았다.

"네놈이 아삼이냐?"

"아니다, 이 요녀야! 왜 내 부하들을 죽인 것이냐?"

반안은 여자가 요괴가 아니라는 것을 알자 용기가 생긴 모양이었다. 막대기를 휘두르며 한 발자국 앞으로 나섰다.

"더, 덤벼라, 요녀!"

그것이 마지막이었다.

여자의 손 안에서 반안의 머리가 펑 하고 터지더니 핏물이 확 튀었다.

"으아아악!"

터진 수박 속처럼 으깨진 머리통이 땅바닥에 닿을 무렵 거지들이 일제히 비명을 지르며 한데 엉켜 귀시자 쪽으로 내달렸다.

여자는 천천히 움직여 거지들의 뒤를 따라갔다. 발을 움직이는 것 같지도 않은데 어느새 가장 뒤에 달려가던 거지를 잡아채더니 목을 비틀어 팽개쳤다. 귀시자는 삽시간에 아수라장으로 변하였고, 흰옷이 번쩍이는 곳마다 거지들의 시체가 뒹굴었다.

아삼은 멍청히 서서 그 광경을 지켜보았다. 그의 머리는 빨리 도망가라고 말하고 있었지만 발은 땅에 붙은 듯 움직이지 않았다.

여자가 찾고 있는 것은 아삼, 자신이었다.

구취개(口臭丐) 종평(種平)은 언제나처럼 유락원(遊樂園) 한 귀퉁이에서 거적을 돌돌 말고 누워 있었다. 드러난 발목으로 스며드는 새벽 한기가 뼛골을 얼려 버릴 정도로 시려웠다. 그래도 몸을 새우처럼 웅크리면 반 시진은 더 누워 있을 수 있었다. 거적 속에는 아직도 온기가 많이 남아 있었던 것이다. 그 따스한 유혹을 물리치고 일어나기란 여간 어려운 일이 아니라는 걸 종평은 잘 알고 있었다. 그리고 그는 부지런한 사내가 아니었다. 마침내 거적에서조차 찬이슬의 기운이 서서히 등골을 타고 올라왔다.

종평은 아교로 붙여놓은 듯 떠지지 않는 눈을 엄지와 검지 두 손가락을 이용하여 간신히 벌렸다. 동쪽 하늘이 서서히 밝아오고 있었다.

"이런 염병할! 또 날이 밝았네. 어찌 된 게 꼬박꼬박 졸다 보면 날이 저물고, 잠시 눈 좀 붙였다 깨면 아침이니 이런 개 같은 경우가 있나. 일월성신(日月聖神)이 꾀가 나서 반밖에 일을 하지 않고서야 이럴 수가 없지. 제기랄! 감투 쓴 놈들은 하나같이 똑같다니까."

꾸루룩.

뱃속에서 도랑물 빠지는 소리가 들려오자 종평은 어제부터 아무것도 먹지 않았다는 것이 떠올랐다. 아무리 게으른 자라도 살기 위해서 하루 한 끼는 먹어줘야 했다. 그 진리를 알고 있는 종평은 하는 수 없이 거적을 돌돌 말아 등에 지었다. 끼니는 거를 수 있어도 맨바닥에서는 자지 못하는 것이 그의 습성인지라 이 한 장의 거적은 사치품이라

할 수 있었다.

종평은 원래부터 거지는 아니었다. 어려서는 부유했으나 부모가 병으로 죽고 나자 개 떼처럼 몰려든 친척들이 그를 돌보아준다는 명목으로 재산을 전부 뜯어가고 나이가 들었을 땐 이미 거지가 되어 있었다.

그래도 종평은 거지 생활에서 세 가지 장점을 찾아내었고 그것은 그의 적성과도 잘 맞았다.

첫째는 악다구니를 쓰는 무서운 마누라가 없다는 것이다.

예로부터 이르기를, 마누라라는 것은 젊고 예쁠 때는 마치 살아 있는 보살 같아 무섭고, 세월이 지나 자식들이 집 안에 가득할 때는 구자마모(九子魔母:불경에 나오는 여신으로 동자를 잡아먹는다)처럼 변하니 무섭고, 늙으면 검은 얼굴에 온통 분을 발라 마치 구반도(鳩盤荼:사람의 정기를 빨아먹는 귀신) 같으니 무섭다고 하였다.

그런 점에서 종평은 자신이 거지가 된 것을 아주 잘한 일이라 생각하였다.

둘째는 책임질 자식들이 없으니 혼례시킬 걱정이 없었고, 남의 집 아들딸과 비교하지 않아도 되니 또 좋았다.

셋째는 가진 것이 없으니 도둑맞을 걱정을 하지 않아도 되고 천지 아래 내 집 아닌 곳이 없으니 이보다 더 부자가 어디 있겠는가!

종평은 이 세 가지를 떠올릴 때마다 자신이 거지가 된 것은 그야말로 삼생의 복이라고 여기며 행복해하였다. 그러나 그가 오십 평생을 누려오던 행복이 바로 이날, 거적을 들추고 일어나는 순간 끝이 났다는 것을 예상할 수는 없었다.

그는 수레바퀴 자국에 고인 물로 입 안을 헹구고 뻐근한 목을 좌우로 움직인 뒤 가벼운 체조를 하였다. 마대에서 둥근 쇳조각을 꺼내어 얼굴을 비추었다. 팔자수염을 매만지고 입을 벌려 이빨도 살펴보았다. 색깔도 누렇고 제멋대로 났으나 아직까지는 부러진 곳 하나 없었다. 그는 이빨을 위아래로 딱딱 부딪쳐 보았다. 말발굽이 관도에 부딪칠 때 나는 소리와도 같이 경쾌한 소리가 울렸다. 아침 일과를 끝내자 더욱 배가 고파왔다.

"그나저나 이 망할 놈들이 단체로 기루라도 갔나, 어째서 한 놈도 나타나질 않지? 거지란 자고로 의리 빼면 시체라고 했거늘. 요즘 젊은 것들이란 노인을 공경할 줄 모른다니까. 그저 지들 아가리만 챙길 줄 알지. 끌끌."

그때 마침 종평의 눈에 두 명의 거지가 천천히 다가오는 것이 보였다.

"저런 빌어먹을 놈들! 이왕이면 일어나기 전에 나타날 것이지. 어디서 술은 처먹고 비틀거리며 다니는 꼴이라니… 젊었을 때 몸 관리 잘하라고 그렇게 얘기했건만 귓구멍들이 다 막혀 처먹었나."

종평은 요즘 거지들의 세태를 근심하는 몇 안 되는 원로 거지들 중 하나라는 것에 매우 자부심을 느끼고 있던 터였다.

그러나 종평이 두 명의 젊은 거지를 따끔하게 훈계하기 위해 다가섰을 때 느낀 것은 두려움이었다. 그것은 오랜 경험에서 비롯된 것이었으며 대부분의 경우 피비린내를 동반하였다.

예상은 틀리지 않았다. 나타난 두 명의 거지는 그야말로 목불인견(目不忍見)의 처참한 모습을 두루 갖추고 있었던 것이다. 마치 방망이로 잘 다져진 고깃덩이가 인간의 모습을 하고 굴러오고 있는 듯했다.

종평은 소스라치게 놀라 달려갔다. 어느새 반쯤 감겨 있던 눈에서 형형한 안광이 드러났다.

"아니, 이게 대체 어떻게 된 일이냐?"

업혀 있는 자는 종평도 알고 있는 짝눈이란 자였다. 워낙에 양쪽 눈의 크기가 달라 짝눈이라 불리던 자였으나 지금은 퀭한 구멍이 두 개 뚫려 있을 뿐 눈동자라고 부를 만한 것은 보이지 않았다. 거기다 한쪽 다리마저 잘려져 살아 있는 것만으로도 기적이었다.

짝눈을 업고 있는 거지도 형편은 마찬가지였다. 전신이 피칠갑을 두른 듯하였고 얼굴마저도 피 범벅이라 누군지 알아볼 수도 없었다.

"말해 보거라, 이게 무슨 일인지!"

종평이 자신의 유일한 사치품인 거적에다 시체나 다름없는 짝눈을 눕히며 물었다.

"요괴였어요. 흰옷을 입은 요괴……."

왜소한 체격에 눈이 고양이처럼 생긴 거지는 그제야 턱을 덜덜 떨며 간신히 입을 열었다.

종평은 살점이 뭉텅 뜯겨져 나간 목에다 호골산(虎骨散)을 있는 대로 뿌려주었다.

그 거지는 온몸을 사시나무 떨듯이 떨며 횡설수설하기 시작했다. 종평은 한참을 듣고서야 일의 전후를 알 수 있었다.

간밤에 곡강지에 흰옷을 입은 여자가 나타나 이유도 없이 거지들을 살해하였다. 여자는 아삼이란 거지를 찾는다고 하였으며 그자를 내놓지 않으면 개방이 큰 화를 당할 거라는 말을 남겼다고 했다. 그리고 자신들 두 사람의 목숨을 살려 이 같은 일을 위에 고하도록 하였다는 것이다.

"아삼? 대체 그자가 누구냐? 우리 분타에 그런 자가 있었던가?"

종평은 아삼이라는 이름에 고개를 갸웃하였다. 고양이처럼 생긴 거지는 종평의 등에 가로질러 매달린 마대를 슬쩍 쳐다보았다.

'매듭이 여섯 개! 이자가 개방의 영흥군로 분타주인 종평이라는 자가 맞군.'

아삼은 자신이 제대로 찾아왔다는 것을 알자 안도의 한숨을 내쉬었다.

개방(丐幇)!

천하의 거지들로 이루어졌으며 강호에서 가장 큰 방파였다.

개방은 개봉부(開封府)의 총타(總舵)를 비롯하여 중원 남북 이십사 개로(路)에 총 이십사 개의 분타(分舵)가 있었다. 종평은 그중 영흥군로의 분타주를 맡고 있는 육결제자(六結弟子)였다.

육결제자는 법개(法丐)라고도 하며 개방의 제자들이 뽑는데 그 조건이 매우 엄격하였다. 필히 방규를 모두 알아야 하고, 방 내의 사정에 훤해야 하고, 두뇌가 총명하며 사리판단이 분명한 자라야 했다. 이기심을 버리고 강직한 마음이 있어야 하며 비록 추남일지라도 자비로운 마음을 지녀야 하였다.

종평의 등에 두른 마대에는 여섯 개의 매듭이 지어져 있었으니 그것이 바로 육결제자라는 표시였다.

종평은 아삼의 말을 듣자마자 그 요녀가 누구라는 것을 알아챘다.

"혈매화(血梅花) 소취란(蘇醉蘭)! 그 요녀가 개방과 무슨 원한이 있길래?!"

유수같이 맑은 눈이
가슴으로 들어와 콱 박혔다

밤!

만월(滿月) 위로 지나가는 회색구름이 오히려 아름다운 상흔(傷痕)처럼 느껴지는 밤이었다. 푸른 달빛은 교교히 연못가로 쏟아졌다.

연못 위를 가득 메운 넓은 잎사귀, 층층이 포개진 잎 사이마다 빼꼼히 얼굴을 내민 하얀 꽃송이는 더러는 교태롭게, 더러는 아직도 부끄러운지 봉우리마다 입막음을 하고 있었다.

소슬한 밤바람을 따라 흘러드는 연꽃 향기는 지나는 나그네의 가슴을 설레게 하고 버드나무의 늘어선 줄기마다 검은 달빛이 내려와 긴 그림자를 드리웠다.

그 그림자들 사이에 석상처럼 한 사내가 앉아 있었

다. 손에 들린 술병만이 위아래로 움직이며 그가 사람이라는 것을 알려주었다. 술을 마시지 않을 때도 입술은 끊임없이 벌어졌다.

"이 몸을 그리워도 말고 또한 싫어하지도 말아라……. 그리움도 없고 싫어함도 없어야 비로소 자유로이 노니는 사람이니라……. 그리움이 없어야…… 도영(陶英)아! 너는 내가 그립지 않느냐? 보고 싶지도 않더냐? 그래, 그곳이 좋은 게지."

사내는 희뿌옇게 밝아오는 동녘 하늘을 보고 있었다. 술병을 든 손등 위로 하얀 꽃잎이 내려와 잠시 머물다 춘풍에 이리저리 춤을 춘다. 사내의 목울대가 연달아 움직였다.

"오늘따라 술이 너무 독하구나. 하하… 독하지 않으면 술이 아니지. 독하지 않으면 터질 듯한 이 심장의 고통을 무엇으로 달래랴."

새벽 한기는 옷섶을 아무리 추슬러도 피부 속으로 비수처럼 파고들었다.

찰랑.

가벼워진 술병 너머로 언뜻 하얀 조각달 하나가 비쳤다. 무성한 나뭇가지에 갈가리 찢겨진 달빛은 창백한 얼굴 위로 빗줄기처럼 쏟아져 내린다.

사내는 스러져 가는 달빛을 안주 삼아 마지막 남은 술 한 모금을 입 안으로 털어 넣었다. 독한 술 냄새가 꽃 향기에 섞여 봄바람 속으로 번져 갔다.

날이 밝자 사람들이 점점 연못가로 몰려들었다.

사내는 여전히 꼼짝 않고 그 자리에 있었다. 사이가 좋아 보이는 한 쌍의 남녀가 다가왔다. 비대한 몸집의 공자와 제비처럼 날렵한 몸매의 소저였다.

곱게 채색된 여자의 옷차림을 보자 그의 뇌리에 창백한 얼굴의 한 여자가 떠올랐다.

이마가 수려하고 눈동자가 맑으며 매화 향기가 잘 어울리는 여자였다.

"도영(陶英)……."

사내의 입에서 목쉰 소리가 흘러나왔다. 서글픈 목소리가 아직도 귓전을 생생하게 울리고 있었다.

"오라버니, 늘 있다가 없는 것은 그리움으로 남는다는 걸 아니까 선뜻 돌아설 수 없는 건지도 몰라. 그게 두려워서 사람들은 알면서도 모르는 척하나 봐. 그분을 알지 못했다면 얼마나 좋았을까! 아니, 차라리 나를 잊을 수만 있다면… 전부 잊고 예전으로 돌아갈 수 있다면……."

연못가의 남녀를 지켜보던 사내의 눈이 푸른 안개에 축축이 젖어들었다.

"도영아, 하늘은 너무 넓구나. 너무 넓어서 혹여라도 널 찾지 못할까 걱정이 되는구나."

춘삼월(春三月).

관도는 남녀노소 할 것 없이 봄의 정취를 즐기러 나온 사람들로 북적거렸다. 가는 곳마다 젊은 청춘남녀들이 삼삼오오 무리를 지어 유유자적하였다.

유천복은 능초영과 길을 나서는 것이 황홀하기만 하여 얼굴에서 웃음이 떠나지 않았다. 될 수 있는 한 도착하는 시간을 늦추고 싶어 게으

름을 부리다 보니 경조부를 떠난 지 열흘이 되어서야 서경하남부(西京
河南府:낙양)에 도착하였다.

낙양에 도착하자마자 유천복은 왕 노대와 하인들을 객점에 억지로
떼어놓았다. 사흘 동안 용문동(龍門洞)과 관제묘(關帝廟)를 구경하고
금곡원(金谷園)에 이르렀을 때였다.

웅장하기만 한 용문동과 그에 비해 초라하기 짝이 없는 관제묘와는
달리 금곡원은 그 규모와 아름다움이 남달랐다. 멀리 망산(邙山)을 보
고 있던 능초영은 이윽고 고개를 돌려 연못 주변을 감싸고 있는 온갖
백화와 도화림(桃花林)을 보며 경탄을 금치 못했다.

능초영은 삼 장쯤 떨어져 술을 마시고 있는 한 사내를 보았다. 사내
는 한 손에 술병을 들고 있었는데 거의 입에 대고 있다시피 하였다.

'이렇게 아름답고 화창한 봄날에 주박사(酒博士)라니…….'

가만히 보니 이미 상당히 취해 몸을 제대로 가눌 수도 없는 듯했다.
능초영은 아미를 찡그리며 몸을 돌렸다.

"유 공자님, 이곳 좀 보세요. 정말 아름답지요? 서진(西晉)의 석숭(石
崇)이 왕개(王愷)와 부를 겨루기 위해 이 별장을 지어 사람들의 원성을
산 것은 마땅하나, 후세에 이 같은 금곡춘청(金谷春晴)을 남기었으니
그도 한 가지 좋은 일은 한 셈이네요. 우리는 그를 나무라지 말아요."

전대의 부패한 호족들이나 왕족들의 이야기는 지금도 이야기꾼들의
입에 종종 오르내리곤 하였다. 그중에서도 왕개가 사람의 젖으로 돼지
를 키워 잡아먹은 이야기나, 석숭과 왕개가 서로의 부와 사치를 겨루기
위해 맥아당(麥芽糖)으로 식기를 씻고 섶 대신 백랍(白蠟:밀랍)을 사용
하여 식사를 지은 이야기는 힘든 하루하루를 보내는 백성들에게는 거
짓말 같은 이야기였다. 유천복이 재빨리 맞장구를 쳤다.

"능 소저의 말씀이 백 번 옳소. 이렇게 좋은 누각을 지어 우리의 눈을 즐겁게 해주니 그가 필경 나쁜 사람은 아닐 것이오."

―너 바보냐?

"내가 왜 바보야?"

"호호. 귀신이 뭐라고 하나요? 하긴 석숭이 좋은 사람은 아니죠."

"그래요? 능 소저가 그렇다면 그런 거지요."

―그렇게 똑똑하면 내가 누군지나 알아보라고 해라.

"또 시작이다. 네 이름을 능 소저가 어떻게 알아. 너는 귀신이 어찌 그렇게 모르는 것 투성이냐?"

머리 속의 귀신은 한동안 말이 없었다.

"유 공자님, 귀신에게도 이름을 지어주는 것이 어때요?"

능초영은 유천복의 혼잣말에 익숙해진 탓에 웃으며 말했다.

"이름이요? 귀신 따위에게 이름은 뭐 하러 지어줘요. 그냥 귀신이라고 부르면 그만이지. 그럼 네가 귀신이 아니고 사람이란 말야? 넌 아마 백일적(白日賊:사기꾼)이었을 거야. 그러니 살아생전 워낙에 나쁜 짓을 많이 해서 죽었는데도 지옥에 못 가고 이렇게 남의 몸에 붙어사는 신세가 된 거지. 어휴! 그 점쟁이 말대로 내 운수가 사납기는 한 모양이야. 부적을 가지고 다녀도 이 같은 일을 당하다니……."

유천복은 원래 그다지 말을 많이 하는 편이 아니었다. 그러나 이 같은 일을 당하고 보니 머리 속에서 말을 걸어올 때마다 대꾸를 하지 않을 수 없었다.

"계속 귀신이라고 하면 지나는 사람들도 이상히 볼 터이니 이름이 있는 것이 좋겠어요."

능초영이 한마디 하자 이내 말을 바꾸었다.

"능 소저께서 정히 그렇게 하시겠다면……. 너는 능 소저 덕분에 그
나마 이름이라도 갖게 된 줄 알아."

유천복은 자기 가슴을 내려다보며 윽박질렀다.

"그런데 뭐라고 짓지요? 석숭이라고 지을까요? 너도 나쁜 놈 맞아.
뭐라고? 너, 말 다했어? 이리 나와! 가만두지 않을 테다!"

귀신이 뭐라고 했는지 유천복이 오동통한 두 손을 불끈 쥐고는 허공
을 향해 휘둘렀다.

"유 공자님의 자가 무아이고 그 귀신은 아는 바가 극히 적으니 무지
아(無知我)라고 부르는 것이 어떨까요?"

"하하! 그거 정말 좋은 이름이네요. 무지자(無知者)라…… 들었지?
네 이름은 이제부터 무지자란다. 이봐, 무지자! 유지자 좋아하시네. 히
히, 무지자! 무지자!"

유천복은 일부러 못 들은 체하고 '아(我)'를 '자(者)'로 바꾸었다.
이래서 그의 이름은 무지자(無知者), 무식한 놈이 되었다.

─이런 후레자식 같으니……. 내가 여기서 나가기만 해봐라! 네놈을
똥물에 튀겨 버리고 말 테다!

"하하, 나와봐. 나와보라고. 말로는 뭘 못하겠냐?"

무지자가 길길이 날뛰며 욕을 하였으나 할 수 없는 노릇이었다.

그가 기억이 나는 것이라고는 이 비곗덩어리에 들어와 있었다는 것
뿐이다. 아무리 애를 써도 자신이 어째서 이놈의 몸속으로 들어와 있
는지 생각이 나질 않았다. 일의 전후 사정을 들어본 바로는 그 수옥이
라는 것을 만진 것이 수상했지만 그 또한 알 수 없는 일이었다.

무지자는 그 후로도 유천복의 말끝마다 끼어들었다. 유천복은 그가
하도 떠들어서 나중에는 능초영이 무슨 말을 하였는지 하나도 기억이

나지 않을 지경이었다.

"그러니까 무지자는 분명히 자신이 천하제일인이라고 생각하고 있단 말이지요?"

능초영은 말주변없는 유천복보다 무지자와 말하는 것이 훨씬 더 즐거운 듯했다.

─사실이 그래.

"그게 사실이래요."

유천복이 시큰둥하게 무지자의 말을 전했다.

"호호, 사룡쟁천(四龍爭天)에 무지아(無知我)를 더하면 오룡쟁천이 되겠네요."

"그게 뭐요?"

"강호인들이 하는 말이에요. 오십여 년 전 일세를 풍미했던 검황 능소천, 단천비검(斷天飛劍) 구막영(歐幕影), 무광(武狂) 양황(楊黃), 도왕(刀王) 뇌전도(雷電刀)를 일컬어 그리들 말하지요."

"능소천이라면 혹시 천왕문의?"

"네, 조부님이세요."

능초영의 얼굴에 자랑스러움이 묻어났다.

"할아버지가 더 이상 적수를 찾지 못해 은거하시지만 않았어도 더 재미있는 이야기를 해드릴 수 있는데……. 한 번은요……."

그때부터 능초영의 무림 이야기는 저녁 무렵까지 계속되었다. 유천복은 지루함을 참지 못하고 몰래 하품을 했다. 소화(笑話)라면 재미있게 들었겠지만, 그는 원체 긴 얘기를 싫어했다.

앵두 같은 입술에서 흘러나오는 이야기마다 혈류표저(血流漂杵)요, 시산혈해(屍山血海)니 끔찍하기만 하였다. 그러나 능초영이 그 얘기를 즐거하니 억지춘향으로 맞장구를 칠 뿐이었다.

"내 평생 그런 자들을 만날 리 없겠지만 만일 만나더라도 능 소저가 있으니 천만다행이오. 그런데 다른 자들도 능 소저의 할아버지만큼 강한가요? 그 사룡쟁천인가 하는 사람들 말이오."

—다 헛소리다. 넌 소문난 잔치에 먹을 거 없단 말도 모르냐?

유천복이 겉으로지만 매우 관심있다는 듯이 묻자 능초영이 방긋 웃는다. 추수같이 맑은 눈이 가슴으로 들어와 콱 박혔다. 유천복은 황홀해져서 정신없이 능초영의 얼굴만 바라보았다. 능초영은 흥이 돋는지 곱게 핀 살구꽃을 하나 따서 머리에 꽂았다.

"강하겠지요. 저는 어릴 적에 할아버지가 펼치시는 무공을 딱 한 번 본 적이 있는데 정말 엄청났어요. 아버지는 죽었다 깨어나도 할아버지와 같은 경지에는 이르지 못할 거라고 탄식하셨지요."

두 사람은 이야기에 열중하여 낯선 이들이 다가오고 있는 것도 모르고 있었다.

—손님!

무지자가 짧게 말했다.

"손님?"

유천복이 되풀이했다.

그 말이 끝나기가 무섭게 검은 복면을 한 자들이 나타났다. 두 사람은 마주 보며 서로에게 물었다.

"혹시 능 소저께서 아는 분들이시오?"

능초영이 고개를 가로저었다.

"아니요. 저는 유 공자님께서 아시는 분들인 줄 알았어요."

"무지자, 혹시 너 아는 사람들이야? …그래? 그럼 다들 모르는 사람이군."

유천복은 나타난 무리들이 자신과 상관없으리라 생각하고 길 한 켠으로 비켜섰다.

그러나 나타난 자들은 두 사람에게 볼일이 있는 모양이었다.

스르릉.

괴인들이 일제히 검을 빼어 들었다. 따스한 봄 햇살도 검에서 풍기는 차가운 기운을 녹여내지 못한 듯 주위는 금방 흉악한 기세로 가득 찼다.

"이크! 저자들이 필경 강도인 모양이오."

유천복은 두려운 표정으로 서둘러 몸에 걸친 패물들을 주섬주섬 풀었다. 한시라도 빨리 재물을 주어 이 화를 모면하고자 함이었다.

"내 지금 가진 거라곤 이것밖에 없다오. 이 소저 것은 얼마 안 되니 그냥 내 것만 갖고 가시오."

—너, 정말 멍청이 맞군. 싸우지 않고 뭐 하는 거야?

"싸워? 누가? 내가? 왜? 자고로 싸움은 무식한 자들이나 하는 짓이라고 아버지가……."

유천복은 무지자의 말에 대꾸하다가 흠칫하였다. 앞에 선 자들이야말로 싸움을 업으로 삼고 있는 자들이니 이 같은 말은 명을 재촉하는 짓이었다. 서둘러 변명을 한다.

"저기, 제 말은 그런 뜻이 아니고……."

가장 앞에 있던 중년인이 성큼 앞으로 나섰다. 얼굴색은 검고 눈은 작았으며 허리를 구부정하니 하고 있어 왜소해 보였다.

"유 공자는 우리를 따라오시오."

아무런 설명도 없이 갑자기 나타나서는 다짜고짜 따라오라니 유천복은 무슨 뜻인지 몰라 멍하니 서 있었다.

"내가 언제 돈을 떼먹었다고 그래? 남의 마누라를 건드리다니, 날 어떻게 보…… 너, 정말 죽을래?"

유천복은 무지자의 말에 발끈하여 소리쳤다. 중년인이 어떻게 자신을 알고 있는지 이상한 생각이 들다가 무지자의 말에 그만 잊어버렸다.

"누구시죠?"

유천복 대신 능초영이 앞으로 나섰다.

"그러게 나한테 볼일있는 사람이 누구냐니까? …그걸 내가 어떻게 알아? 그래서 물어봤잖아, 누구냐고!"

유천복의 마지막 말에 중년인의 얼굴이 약간 찡그려졌다.

"그건 알 것 없소. 그저 조용히 우리를 따라오면 알게 될 것이오."

"초청을 했으면 신분을 밝히는 것이 예의 아닌가요? 이미 그쪽은 우리가 누구라는 걸 알고 있는데 우리만 아무것도 모르고 갈 수는 없잖아요?"

능초영이 중년인을 향해 부드럽게 말했다. 그러나 부드러운 목소리와는 달리 그녀의 손에는 어느새 긴 채찍이 하나 들려 있었다.

채찍 끝에 매달린 다섯 개의 매화 꽃잎이 늦가을 찬 서리같이 번뜩였다. 채찍이 쌔액 하는 소리를 내며 둥글게 원을 그렸다. 신분을 밝히지 않으면 무력을 행사하겠다는 의도였다.

"소저를 청한 것이 아니오."

중년인은 유천복에게 시선을 떼지 않았다.

"나는 가고 싶지 않으니 유 공자도 갈 수 없어요. 그대는 그대의 주인에게 가서 다시 한 번 정중히 청하여 달라고 하세요. 그러면 초대에 응하지요."

"나는 당신들을 모르는데 왜 나를 오라고 하오?"

유천복은 어느새 능초영의 등 뒤에서 고개만 내밀고 있었다. 버들 같은 능초영이 코끼리 같은 유천복을 가릴 수 없으니 최대한 몸을 오므려야 했다.

"그것은 따라가 보면 알 것이오."

중년인이 눈짓을 하자 뒤에 있던 자들이 달려들었다. 그러나 그 기세가 매섭지 않아 그저 위협을 하려는 것뿐임을 알 수 있었다.

능초영은 이미 예상하고 있었던 듯 가볍게 오른쪽으로 피하며 채찍을 휘둘렀다. 짝 하는 소리가 들리며 어느새 달려들던 괴인 한 명이 바닥으로 나뒹굴었다. 중년인이 얼굴을 찡그렸다. 유천복의 얼굴이 사색이 되었다.

"능, 능 소저! 저들이 강도가 아니라면 어찌 저리 흉악하오?"

"유 공자님, 제 옆에 서세요. 검에는 눈이 없으니 스스로 조심하시길 바래요."

유천복은 대답도 않고 납작 엎드렸다. 머리 위로 챙챙거리는 소리가 들려오자 기겁을 하며 두 손으로 귀를 막고 머리를 감싸 쥐었다. 저들이 누군지간에 능초영이 빨리 물리치기만 바랄 뿐이었다.

"정말 무림인들이란 알 수가 없군. 왜 아무 이유도 없이 멀쩡한 사람에게 칼을 들고 덤벼드는 거지?"

─넌 창피하지도 않냐? 사내가 여자를 보호할 생각은 안 하고 뒤에 숨다니, 어서 나가 싸우거라.

"내가? 내가 어떻게 저자들을 상대해? 저자들은 칼을 들었다고! 게다가 능 소저는 무공을 알지만 나는 그저 상인의 아들이잖아."

─비겁한 겁쟁이 놈아! 모가지가 달아나야 정신을 차리겠냐!

"이 미친 귀신이 못하는 말이 없네. 재수없게 내 모가지가 왜 달아
난다는 거야?"

발끈하여 욕이라도 퍼부어주려 했으나 오른쪽에서 중년인이 갈퀴처
럼 손을 뻗어오자 비명을 지르며 바닥을 기어갔다.

"아이고~ 아버지. 나 죽어요~"

몸집에 비해 의외로 빠른 유천복의 몸짓에 헛손질을 하게 된 중년인
은 유천복의 목을 움켜잡으려 고개를 숙였다.

―손 뒀다 뭐 해? 뻗어!

엎드려 있던 유천복이 주먹을 냅다 위로 뻗었다. 아무 방비도 하지
않고 있던 중년인은 의외의 공격에 턱을 격중당하자 비틀거리며 물러
섰다. 유천복은 주먹이 아픈 와중에도 놀랍고 신기하였다.

"정말 내가 사람을 쳤네. 하하, 네 말대로 하니까 되는걸. 공손혈(公
孫穴)? 그게 어디야?"

중년인은 아까의 뜻하지 않은 충격에서 벗어나 다시 흉흉한 기세로
다가왔다.

유천복은 눈을 질끈 감고 무지자가 시킨 대로 상대방의 발목을 향해
자신의 왼발을 날렸다. 중년인은 좀 전의 공격을 생각하고 이번에는
뻣뻣이 선 자세로 다가왔다. 그런데 교묘하게도 유천복의 발끝이 중년
인의 공손혈을 맞혔다. 중년인은 중심을 잃고 넘어질 뻔하였다. 그는
방심하였다가 두 번이나 급소를 채이자 어이가 없는 듯했다.

능초영은 한쪽에서 가차없이 채찍을 휘둘렀다. 날카로운 채찍 끝에
두 명이 어깨를 맞고는 비명을 질렀다.

채찍이 무서운 기세로 땅바닥을 연신 후려치자 괴인들은 가까이 오
지 못하고 멀리서 손과 발을 휘두르고 있었다. 어쩐지 능초영과 싸우

는 것을 피하는 눈치였다.

유천복은 두 번의 공격이 성공하자 의기양양하여 이제는 일어서 있었다. 옷에 묻은 먼지를 터는 여유까지 보이며 은근히 능초영이 자신을 봐주기를 기대했다.

"아무래도 내가 소질이 있나봐. 무지자, 어때? 계속해서 어떻게 하라고 일러줘 봐. 이 강도야! 덤벼! 덤벼봐!"

그러나 정작 무지자는 다른 생각을 하고 있었다. 유천복에게 말을 하다 보니 어떤 기억이 섬광처럼 떠올랐다. 그것도 모르고 유천복은 희멀건 양손을 꽉 쥐며 중년인을 향해 열심히 주먹질을 해댔다.

"무지자, 뭐 해? 뭐라고 말을 해야지!"

중년인은 이제 검을 빼 들고 있었다. 아무리 상대가 무공을 모르고 자신이 방심하였다지만 두 번이나 연이어 낭패를 보자 살심이 돋았다.

마유는 조금 떨어진 나무 위에서 그 광경을 보고 있었다. 그는 유장추에게 돈을 받고 유천복을 호위해 주던 자였다.

마유는 원래 용병이었다. 몇 년 전까지 크고 작은 전쟁터를 전전하며 제법 유명한 용병으로 이름을 날리기도 했었다. 그러나 전쟁이 끝나자 목구멍에 풀칠하기가 힘들어졌다.

유천복을 호위하는 일은 보수도 괜찮고 할 일도 별로 없어서 지금까지의 일 중 가장 쉬운 일이라 할 수 있었다. 적어도 이번 일이 생기기 전까지는 그랬다. 그런데 종남산의 일로 해고당한 것이다. 덕분에 실업자가 되었으나 유천복을 계속 따라다니고 있었다.

혹시라도 수옥에 관한 또 다른 정보를 얻을 수 있을까 해서였다. 그는 돈이 필요했고 유용한 정보를 비싸게 파는 방법도 알고 있었다.

또 한 편으로는 유천복을 지켜보는 것이 재미있었다. 그사이 정이 들었는지도 모를 일이었다.

마유는 연한 나뭇가지 하나를 비틀어 꺾은 뒤 이빨 사이로 밀어 넣었다. 그가 아는 유천복은 무공을 전혀 몰랐다.

"소상공자가 어디서 저런 원앙연환퇴(鴛鴦連環腿)의 수법을 배웠을까? 하하! 정말이지 코끼리가 뒷발질하다 쥐 잡은 격이로군."

마유는 중년인의 검이 유천복을 몰아세우자 슬슬 아래로 내려갈 준비를 하였다. 적당히 손을 써 구해주면 유장추가 자신을 다시 호위로 쓸지도 모를 일이었다.

중년인의 칼날이 막 머리 위로 떨어지려는 순간이었다.

유천복은 이제 죽었구나 생각했다. 이 미친 귀신이 아까는 물어보지 않았는데도 이렇게 해라 저렇게 해라 하며 일러주더니 막상 죽게 생기자 꼼짝도 않고 있었다. 자신을 죽여 몸에서 빠져나올 심산인 모양이었다. 유천복은 품 안에 있는 부적을 손에 쥐고 일월성신(日月聖神)께 빌고 또 빌었다.

기도가 통했는가! 돌연 허공에서 돌멩이 하나가 날아들더니 중년인의 칼날에 부딪쳐 가볍게 방향을 바꿔놓았다.

유천복이 일월성신이 현신한 것인가 하여 쳐다보니 아까 연못가에서 술을 마시던 사내였다.

사내는 눈 깜짝할 사이에 이쪽으로 다가왔다. 불그레한 얼굴에 눈동자는 취기로 풀려 있었고 걸음걸이도 비틀거려 위태롭게 보였다.

"와각(蝸角:달팽이 뿔) 위에서 싸우면 무엇 하겠소. 그래 봤자 얻는 것이라고는 한 가닥 소털뿐이라오."

사내의 시선이 슬쩍 마유가 있는 나무를 훑었다. 마유는 깜짝 놀라 나뭇잎 사이로 몸을 숨겼다.

사내는 다시 앞으로 시선을 돌렸다. 혀 꼬부라진 소리에 능초영은 미간을 찡그렸다.

"호의는 감사하오나 여기 일은 저희가 처리할 수 있으니 과객께서는 그만 가시는 것이……."

능초영이 부드러운 목소리로 말했다. 취기로 인해 괜한 화를 자초하는 것이 아닌가 걱정이 되었다. 유천복 하나만으로도 벅찬데 사내까지 합세하면 일이 더욱 복잡해질까 염려스럽기도 하였다.

문득 사내가 능초영을 향해 환하게 웃었다. 하얗고 고른 이빨이 보기 좋게 드러났다.

능초영은 그만 얼굴이 화끈 달아올랐다.

"술을 처먹었으면 곱게 집에 들어가 잠이나 청할 것이지, 괜한 일에 끼어들어 명을 재촉하는군."

중년인이 음산한 표정으로 사내를 위협했다.

"쓸데없는 짓을 하느니 차라리 이리 와 술이나 마시며 취해보는 것이 어떻소?"

"주정뱅이 잡소리 따위는 필요없다!"

사내의 말이 끝나기도 전에 중년인이 검을 찔러 들어왔다.

순간 취기로 몽롱하던 사내의 눈이 싸늘하고 예리한 빛을 발했다. 범상치 않은 기운이 주위를 압도했다.

중년인은 사내의 모습이 일변하자 멈추어 섰다. 그러나 주춤거리는 모습을 사람들에게 보여줄 수는 없었다. 역타금석(力鍘金石)의 일초를 펼치자 매서운 경기가 사내의 옷자락을 스쳤다.

그는 회심의 미소를 지었다. 뇌리에 바닥에 엎드려 무릎을 꿇고 싹싹 빌고 있는 사내의 모습이 그려졌다.

"가던 길이나 갔으면 무사하였을 것을 쓸데없이 참견한 네 주둥이나 원망하여라!"

중년인은 팔을 길게 뻗어 사내의 왼편 다리를 노리며 비스듬히 베어 나갔다.

"매화토염(梅花吐艶). 화산파로군."

사내의 말대로 중년인은 화산파 사람이었다.

화산파(華山派) 장문인인 서문경(徐紋竟)은 화산파의 예전 명성을 되찾기 위하여 노심초사하고 있었다. 젊은 나이에 장문인의 자리에 오른 그는 야심이 대단한 자였다. 자신의 대에서 화산파를 천하제일의 문파로 만들겠다고 다짐하고 있었다. 그러다 보니 강호의 일에 무리수를 두는 일이 종종 있어 평판이 좋지 못했다.

유가장에서 수옥에 관한 이야기를 들은 서문경은 좀 더 자세한 이야기를 듣고자 유천복을 납치하려는 것이었다. 어쩌면 유천복이 수옥을 갖고 있으면서 거짓말을 하고 있는지도 모른다고 생각하였다.

중년인은 표정을 굳혔다. 사내는 힘들이지 않고 중년인의 칼날을 피하며 등에 메고 있던 봉을 빼 들었다. 그 물건은 봉이라기엔 조금 짧고 검이라기엔 조금 길었다.

사내의 말에 유천복은 어리둥절한 표정이었다.

"화산파? 화산파가 왜 날?"

능초영의 시선은 사내에게 고정되어 있었다.

사내가 봉을 아무렇게나 내밀자 중년인은 자신도 모르게 뒤로 한 걸음 물러섰다. 태산 같은 기도가 가슴을 압박하였다.

“아!”

능초영은 주정뱅이 같았던 사내의 태도가 돌변하자 저도 모르게 감탄사를 발했다. 그 소리를 들었는지 사내가 다시 히죽 웃었다.

“핫!”

사내는 우렁찬 기합 소리와 함께 봉을 위에서 아래로 내려쳤다. 사람과 검은 마치 한 개의 칼날처럼 땅속으로 파고들었다.

쩌어어억—

귀청이 찢어질 듯한 소리가 들렸다. 유천복은 봉이 한 치나 꽂힌 땅바닥을 보았다. 일 장여나 되는 균열이 연못 근처까지 도달해 있었다.

—호오, 제법이군.

“뭐, 뭐야? 저게 사람 맞아?!”

유천복은 처음 보는 놀라운 무공에 입을 쩍 벌렸다.

“사람이 어찌 땅을 쪼갤 수가 있단 말이야? 무지자, 거짓말 좀 하지 마. 네가 저걸 할 수 있다면 나도 할 수 있다구. 아까는 어쩌다 그렇게 된 거지.”

유천복은 무지자와 다시 옥신각신했다.

“일검단악(一劍斷岳)! 삼취검(三醉劍) 도비류(陶悲柳)!”

능초영과 중년인의 입에서 동시에 같은 말이 튀어나왔다. 그러나 두 사람의 얼굴 표정은 천양지차였다. 능초영이 감탄과 동경의 눈빛인 데 반해 중년인은 안색이 시퍼레졌다. 그는 오늘 유천복을 데려가는 일이 쉽지 않을 것이라 생각했다. 끄응 하는 신음성을 내며 자신없는 태도로 도비류의 주위를 맴돌았다.

삼취검의 위명은 요 근래 들어 하늘을 찔렀다. 그는 지난 삼 년 동안 단 한 번도 패한 일이 없다고 알려져 있었다. 또한 그는 검을 뽑아 들면 손속에 사정을 두지 않는 것으로 유명했다. 절강 녹림의 도적 일백여 명을 단신으로 도륙한 것이나 호남의 이름난 마두인 적안마인(赤眼魔人)이 삼 초 만에 고혼이 되었다는 소문은 무림인이라면 모르는 사람이 없을 정도였다.

중년인의 눈빛에 두려움이 스쳤다. 괴인들은 도비류의 엄청난 기도에 눌려 감히 일 장 안으로 들어오지도 못한 채 눈치만 보고 있었다. 몇 명은 중년인이 패하기만 하면 꽁지가 빠져라 도망칠 준비를 하고 있었다.

'밥 버러지 같은 놈들! 내 이곳에서 돌아가면 너희 놈들을 가만두지 않을 것이다!'

중년인은 검을 빼어 들고 무서운 기세로 도비류를 노려보았으나 이미 기선을 제압당한 상태였다. 도비류는 상대가 이미 투지를 잃어버린 것을 알고는 봉을 다시 등 뒤로 멨다.

"화산파와 쓸데없는 원한은 맺어 무엇 하겠소. 그만 돌아가시오."

그 한마디에 중년인은 눈에 띄게 안도하는 표정을 지었다. 수하들도 그제야 오금을 펴며 희희낙락한 표정이다. 중년인은 도비류가 자신의 체면을 어느 정도 살려준 것이라 여기고 다시 의기양양해져서 말했다.

"내 오늘은 도 대협의 청도 있고 또한 쓸데없이 손속을 겨루어 사문에 먹칠을 하고 싶지 않으니 이만 돌아가겠소. 그러나 다음에도 또 한 번 이 사람의 일을 방해한다면 그때는 정말 참지 않겠소."

중년인은 이 한마디를 남기고 옷자락을 휘날리며 사라졌다. 장문인도 도비류가 나타난 것을 안다면 그리 크게 책망하지는 않을 것이다. 그래도 일검쯤은 겨루었다고 얘길 해야 체면이 설 텐데…… . 제자들을 둘러보며 입 단속을 시켜야겠다고 다짐하는 중년인이었다.

나무 위에서 보고 있던 마유는 나무껍질을 입으로 벗겨 질겅거렸다.

"일검단악이라구? 홍! 겉만 번지르르하군. 바위는 베어 무엇 하나, 사람 목을 잘 따야지. 전쟁터에서 저런 짓을 했다가는 벌써 머리통이 떨어졌겠다. 묵검, 너도 그렇게 생각하지?"

그는 왼손을 들어 등에 멘 장검을 툭툭 두드렸다. 웅 하는 기분 좋은 진동이 등을 통해 가슴을 울렸다.

"그래, 너 잘났다. 너 천하제일고수 맞아."

유천복은 아직도 무지자와 입씨름을 하느라 중년인이 떠난 것도 알지 못하였다.

능초영이 한달음에 달려와 도비류의 주위를 한 바퀴 빙 맴돌았다. 땀에 젖은 얼굴이 반짝거리고 있었다.

"맞죠, 삼취검 도비류? 정말 삼취검이에요?"

"후후. 취생몽사(醉生夢死)라… 내가 도비류라는 술꾼인 것만은 틀림없소."

웃음 띤 목소리가 도비류의 입에서 흘러나왔다. 능초영의 발랄함이 저도 모르게 전염된 모양이었다.

유천복은 울상을 짓고 있었다. 능초영이 환하게 웃으면 웃을수록 그의 가슴에는 어두운 그림자가 짙게 드리웠다. 그녀의 눈동자가 별처럼 빛나고 있었다. 자신에게는 한 번도 저렇게 웃어준 적이 없었다.

능초영은 도비류를 자세히 살펴보았다. 풍상으로 얼룩진 낡은 갈의(葛衣)가 잘 어울렸다. 짙은 눈썹에 그윽한 눈동자, 우뚝 솟은 콧날, 꽉 다문 입술, 수심에 찬 표정까지 능초영의 방심을 설레게 하기에 충분하였다. 도비류의 모든 것이 그녀의 가슴에 화인(火印)처럼 새겨졌다.

바람이 살짝 불 때마다 짙은 주향(酒香)이 풍겨왔다.

"바람이 불면 그 향기 온 동네를 취하게 하고, 비 그친 후 술병을 열면 십 리까지 향기에 젖는다. 아휴! 그 술 냄새 한번 독하네요. 삼취검의 삼취(三醉)가 시와 술과 검이라더니… 술과 검은 이미 견식하였으나 시는 어떤지 모르겠군요."

능초영이 숨을 크게 들이마셨다. 도비류의 몽롱한 눈동자가 살짝 웃었다. 아직 앳되어 보이는 능초영의 맑은 얼굴이 어쩐지 도영을 닮았다. 머리끝에 작은 살구꽃이 귀엽게 보여 즉흥적으로 시구를 하나 읊었다.

"틀어 올린 살구꽃은 참으로 복도 많구나[髻上杏花眞有幸]."

능초영이 살구꽃을 잠시 매만지더니 즉시 이렇게 화답했다.

"가지 위의 매실에게 어찌 중매가 없으랴[枝頭梅子豈無媒]."

이는 내용도 내용이려니와 앞의 구절과 절묘한 대구를 이루는 것이었다. 계상(髻上)과 지두(枝頭), 행화(杏花)와 매자(梅子), 진(眞)과 기(豈), 그리고 유행(有幸)과 무매(無媒) 등 모든 글자가 다 훌륭한 대칭을 이루었다. 특히 도비류가 행(杏)과 행(幸), 같은 발음을 놓은 자리에 매(梅)와 매(媒)를 배치한 것은 교묘하다 하지 않을 수 없었다.

두 사람은 마주 보고 환하게 웃었다.

유천복은 질투심에 활활 타올랐으나 자신은 그런 문재(文才)가 없으니 눈이 째져라 노려보는 수밖에 없었다.

도비류는 문득 따가운 시선을 느꼈다. 비대한 청년이 뱁새눈을 가늘게 뜨고 이쪽을 노려보고 있었다. 잔뜩 화가 난 표정이었다. 영문을 몰라 무안해진 도비류는 능초영 쪽으로 몸을 돌렸다.

'이 소저의 시 짓는 재주는 대단하구나. 그런데 저 소협은 왜 저러는지 알 수가 없군. 혹시 나 때문에 망신을 당했다고 생각하고 있는 건

가? 그렇다면 괜히 나서서 도와주었구나.'

생각이 많아지자 도비류는 골치가 아파졌다. 해서 간단히 인사를 하고는 그 자리를 떠나려 하였다.

"그럼 조심해서……."

능초영이 황급히 만류했다.

"유 공자님, 도 오라버니께서 목숨을 구명하여 주셨는데 얼른 절을 하지 않고 뭐 해요?"

"난 귀가 없는 줄 알아? 나도 들었어. 아니, 능 소저께 한 말이 아닙니다……. 누가 같이 걱정해 달래? 그리고 언제부터 네가 내 친구야? 귀신 주제에……. 그럼 귀신을 귀신이라고 부르지 뭐라고 불러? 거기다 아버지께서 말씀하시길 술꾼을 가까이 하면 언젠가는 손해를 볼 거라고 하셨지."

유천복이 매몰차게 말했다. 무지자는 자신을 귀신이라 부른 것에 앙심을 품은 듯 갑자기 큰 목소리로 노래를 부르기 시작했다.

"야! 너, 대체 뭐 하는 짓이야! 그만 하지 못해! 시끄러워 죽겠네!"

유천복은 귀를 틀어막은 채 능초영이 흘겨보는 것도 무시하고 덩달아 고래고래 노래를 불렀다.

삽시간에 주위가 시끄러워졌다. 사람들이 몰려들자 창피해진 능초영은 유천복의 소매를 잡아끌었다.

"도대체 뭐 하는 짓이에요? 도 오라버니도 저희와 함께 가세요."

능초영은 도비류의 소매마저 잡더니 객점을 향해 서둘러 걸음을 옮겼다. 유천복은 홧김에 눈앞에 보이는 돌멩이를 발로 힘껏 찼으나 뿌리가 깊어 오히려 눈물만 찔끔 흘렸다.

마유도 나무 위에서 몸을 일으켰다.

"할일도 없으니 나도 따라가 볼까."

객잔에서 떠날 차비를 하고 있던 왕 노대는 능초영에게 전후 사정을 듣고는 얼굴이 사색이 되었다. 유천복에게 무슨 변고라도 생긴다면 자신의 늙은 목숨이 백 개가 있은들 무사할 수 없을 것이다. 그는 머리가 땅에 닿도록 도비류에게 인사를 하고 또 하여 다시 유천복의 심사를 건드리고 말았다.

"대협께서 이 같은 은혜를 베푸셨으니 저희 장주님께서도 크게 보답하려 하실 것입니다. 이분 공자님은 경조부 유가장의 소공자이시고 저분은 천왕문의 소저이십니다."

왕 노대의 말을 듣고서야 도비류는 이들의 신분을 알았다. 능초영은 도비류의 발걸음을 막아서며 다시 말했다.

"도 오라버니, 저희는 북경으로 갈 건데 오라버니는 어디로 가세요?"

유천복은 왕 노대가 잡은 말고삐를 거칠게 잡아채 저만치 앞서 갔다. 왕 노대는 소장주의 심사가 뒤틀려 있다는 것을 눈치 채자 능초영과 도비류에게 멋쩍은 웃음을 보인 후 뒤를 따라갔다.

도비류는 능초영이 스스럼없이 자신을 오라버니라고 부르는 것이 귀여워 냉막한 표정에 슬며시 미소를 띠었다.

유천복이 보니 능초영은 이미 자신에 관한 일은 이미 안중에도 없는지라 큰 소리로 말했다.

"이제부터는 나 혼자 갈 테니 능 소저는 도 대협과 함께 가시구려! 이 사람이야 그저 귀신에 씌인 것뿐이니 무슨 일이야 있겠소. 그저 도적놈의 무리인 화산파나 나타나서 집적거릴 테지. 조용히 못해! 이게

다 너 때문이야! 망할 놈의 화산파가 나랑 무슨 원수가 졌다고 복면을 쓰고 강도질이람!"

아까의 괴한들이 화산파라는 말을 들었으므로 팔대 조상까지 싸잡아 욕을 했다. 그자들이 나타나지만 않았어도 도비류와 만나지 않았을 것이다.

능초영은 도비류에게 그간의 사정을 대충 말해 주었다.

유천복이 웃음소리에 뒤돌아보니 도비류가 능초영에게 머리를 기울이며 희색이 만면에 가득한지라 더욱 배알이 뒤틀렸다. 그런데 능초영이 크게 반가워하며 소리쳤다.

"유 공자님, 도 오라버니도 천금손가에 가신대요! 손 어른이 도 오라버니의 의부시라니 정말 잘됐지 뭐예요!"

능초영이 도비류의 남루한 옷소매를 꽉 움켜잡고 있는 것을 보자 다시 속이 쓰렸다.

도비류는 자신도 천금손가에 가는 길이었으므로 굳이 동행을 거절할 필요가 없다고 생각했다. 그러고 보니 의부를 뵈온 지도 벌써 삼 년이나 지난 것이다.

칠 년 전 그날이 떠올랐다.

만일 의부인 손무양이 그날 그곳을 지나가지 않았다면 자신은 결코 살지 못했을 것이다.

도비류와 도영, 두 사람은 화주(華州) 태생으로 조실부모(早失父母)하였고 서로를 친남매처럼 의지하며 자랐다. 그러던 중 화주를 지나던 제왕(諸王) 광미(光美)의 눈에 들어 각기 병사와 시비로 제왕궁에 들어오게 된 것이다.

그러나 도영은 제왕을 처음 본 순간부터 흠모하였고, 도비류는 그런 도영을 지켜볼 수밖에 없었다. 제왕이 끝내 역적의 누명을 쓰고 귀향 길에 오른 뒤 제왕궁은 도적 떼의 표적이 되었다.

같이 떠나자던 도비류의 말을 듣지 않고 고집을 피우던 도영은 끝내 도적 떼들에게 처참하게 유린된 후 시신이 되고 말았다. 험난한 세상 에서 유일하게 도비류의 빛이 되어주던 도영이었다. 남아 있던 강도들 은 절규하며 달려드는 도비류를 비웃으며 그의 심장에 검을 꽂았다

그때 손무양은 자신의 의제(義弟)와 유람 중이었다. 우연히 마을을 지 나다 도비류를 발견한 손무양은 그를 천금손가로 옮겨왔다. 마비산(痲 痹散)을 써 도비류를 마취시키고 배를 가른 뒤, 심장의 바깥 부분에 박 힌 검신(劍身)의 일부를 절단하는 대수술을 하였다.

도비류는 검봉(劍鋒)을 심장에 박은 채로 살아날 수 있었다. 손무양 은 심장에 박힌 검이 마개 역할을 하여 도비류가 살 수 있다고 하였다. 하지만 생명을 연장하는 것은 십여 년이 그 기한이었으니 죽을 날을 받아놓고 사는 것과 마찬가지였다.

도비류는 숨 막히는 가슴의 통증을 느낄 때마다 도영을 잊을 수가 없었다. 핏빛으로 젖어 있던 도영의 눈이 밤마다 그를 괴롭혔다. 힘이 없어 도영을 지키지 못했다는 자책은 시간이 흐를수록 점점 그의 정신 을 지배했다. 술에 취하지 않고는 한시도 버티어낼 수 없을 정도였다.

도영을 죽인 원수들은 그날 손무양의 의제에게 죽임을 당했으나 도 비류는 그것으로 복수가 되었다고 생각지 않았다. 그는 죽는 날까지 악인을 응징하는 것만이 도영을 위로하는 길이라고 생각했다.

손무양의 의제는 강호에 알려지지 않은 은거 기인으로 구 노인이라 고만 불렸다. 중병을 앓고 있던 터라 삼 년 동안 천금손가에 머무르며

도비류에게 검법과 내공을 전수하고 세상을 떠났다.

　다행히도 도비류는 오성이 밝아 삼 년 만에 삼 초에 얽힌 이치를 거의 깨달을 수 있었다. 악인을 처단하면서 도비류는 차츰 명성을 얻어갔다. 그러나 복수에 집착할수록 가슴의 통증은 심해져만 갔다.

　도영이 없는 세상은 그에게는 너무도 허전한 것이었다. 보이지 않아도 그리움은 자라고 추억은 언제까지고 남아 있었다. 그는 조금씩 죽어가고 있었다. 도영으로부터, 과거로부터 도망칠 수가 없었고 그러기도 싫었다. 한시라도 빨리 이 고통에서 벗어나 도영에게로 가는 것만이 유일한 바람이었다.

福

천금손가(天金孫家).

수나라 때의 명의(名醫) 손사막(孫思邈)의 후손인 대의정성(大醫精誠) 손무양(孫無陽)이 어의(御醫)를 그만두고 낙향하여 의원을 차린 것이 천금손가였다. 손무양은 빈부에 상관없이 환자를 치료했고 환자가 있는 곳이라면 어디든지 왕진을 하였다. 또한 가난한 환자나 먼 곳에서 온 환자는 자기 집에서 유숙시키면서 친히 보살펴 사람들은 그를 활불(活佛)이라 칭송하였다.

유천복은 천금손가에 도착할 때까지 한마디도 하지 않았다. 대신에 밤낮으로 칠십 노구(老軀)인 왕 노대를 들볶았다. 그 성화를 못 이긴 왕 노대는 천금손가에 도착하자마자 병이 나고 말았다.

천하의 명의가 있다는 천금손가는 의외로 규모가 작고 아담한 장원이었다. 전국 각지에서 몰려든 사람들로 인산인해를 이루고 있는 정원을 지나자 한 채의 작은 전각이 나왔다.

바로 손무양의 거처이다.

도비류와 능초영이 손무양과 인사를 나누는 동안 유천복은 뜰에 가득한 기화요초(琪花瑤草)들을 손으로 똑똑 따서 땅바닥에 내팽개치고 있었다.

백발이 성성한 손무양의 언짢은 기색이나 안절부절못하는 왕 노대의 모습 따위는 이미 안중에도 없었다. 유천복의 눈에는 그저 도비류에게서 시선을 떼지 못하는 능초영의 모습만이 보였다.

세 사람의 말이 길어지자 지루해진 유천복은 후원으로 나갔다. 후원에는 이름도 알 수 없는 각종 식물들이 빽빽이 들어차 사람 하나 간신히 드나들 만한 오솔길이 전부였다. 다른 사람의 두 배나 되는 유천복은 얼마 못 가서 그만 옷이 나뭇가지에 걸려 여기저기 찢어지고 말았다. 그는 심술이 나서 나뭇가지 하나를 거칠게 부러뜨렸다.

─나무가 무슨 죄가 있길래 학대하는 거야?

무지자가 빈정거렸으나 유천복은 대꾸도 하기 싫어 다시 나뭇가지 하나를 발로 찼다. 그 순간 어디선가 웅 하는 소리가 들려왔다.

"무슨 소리지? 무지자, 들었어? 지금 말이야. 웅~ 하는 소리 못 들었어? …아니야, 분명히 들었어. 이쪽인 것 같은데."

호기심이 발동한 유천복이 나무 덤불을 헤치고 소리나는 곳으로 다가갔다. 나무를 몇 그루 헤치자 눈앞이 환해지더니 둥그런 공터가 눈앞에 나타났다.

십여 장 정도 되는 그 공터 한가운데에는 유천복의 허리 정도 되는 작고 가느다란 소나무가 한 그루 심어져 있었다. 소나무 위에는 하얀 거미줄 같은 것이 잔뜩 덮여 있었다. 손으로 걷어내자 또다시 웅 하는 소리가 들려왔다. 무지자는 유천복이 나무에 손을 대려 하자 만류하였다.

"거봐. 여기에서 들리잖아. 가만있어 봐. 보기만 하는 건데 어떨라구. …언제 만졌다고 그래. 귀를 대보는 것뿐이야."

나무에 귀를 기울였다. 어린애 팔뚝 굵기만한 소나무 안쪽에서 사각사각 하는 소리가 들렸다. 두더지인가 하여 뒤로 한 발자국 물러서자 소나무에 난 구멍 사이로 작은 머리가 삐죽 나왔다.

"거북이잖아……. 안 만져. 너는 만지지 말란 말밖에 할 줄 모르냐?"

소나무 속에서 나온 것은 손가락 두 개만한 크기의 황금색 거북이였다. 유천복은 작은 거북이가 귀엽기도 하고 신기하기도 해서 머리를 쓰다듬어 주려 했다. 그 순간 손가락이 화끈하더니 거북이가 손가락 끝에 대롱대롱 매달렸다.

"어이구, 아파라~ 이놈의 거북이가 날 물었다! 내 손가락! 아파 죽겠네. 무지자! 어떻게 좀 해봐! 아이고, 나 죽네~ 무지자 형님! 아니, 신선님! 제발 좀 도와주세요!"

유천복은 거북이를 손에 매단 채 땅바닥을 데굴데굴 굴렀다. 하늘이 아득하고 머리가 어찔어찔한 게 아마도 독이 있는 모양이었다. 황급히 옷소매를 찢어내니 팔뚝까지 시뻘겋게 부어올라 이미 감각이 없었다. 병을 고치러 왔다가 오히려 죽어 나가는구나 생각하자 기가 막혔다. 유천복이 길길이 날뛰자 무지자가 마지못해 입을 열었다.

"정말? 그게 사실이야? 소나무 밑에 해독약이 있다고?"

유천복도 그런 이야기를 들은 적이 있었다. 독물들은 반드시 그 독을 풀 방법도 함께 가지고 있다는 것이었다. 소나무 밑을 파 내려가자 뿌리가 나타났다.

더 파 내려갈 것도 없이 소나무 뿌리에 입을 갖다 대고는 힘껏 빨았다. 그러나 입만 아플 뿐 한 방울의 물도 입 안으로 넘어오는 것이 없었다. 할 수 없이 소나무 뿌리를 어그적거리며 씹어 먹었다.

"우엑! 이게 무슨 맛이냐."

거북이가 갑자기 손에서 떨어지더니 소나무 뿌리 틈으로 사라졌다. 그 동작이 얼마나 날래든지 작은 쥐를 보는 것 같았다. 잠시 후 다시 올라온 거북이는 제 몸보다도 두 배는 큰 열매를 물고 나왔다. 그 열매의 색깔은 희고 모양은 나는 새의 형상을 하고 있었다.

"저게 뭘까? 먹어도 되나?"

유천복은 열매를 들고 망설였다. 먹으라는 무지자의 말에 잠시 고민하더니 이내 열매를 입에 넣고 몇 번 우물거려 꿀꺽 삼켰다.

"음! 맛은 괜찮아. 달콤하고 시원하고, 맛있는데?"

열매를 먹고 나자 금세 입 안 가득 침이 고였다. 그러고 보니 그 열매가 확실히 해독 효과가 있는지 시커멓게 부어올랐던 팔뚝이 이내 원상태로 돌아왔다. 그러나 식탐이 남다른 유천복은 이미 배가 고팠고, 열매 하나로는 성이 차지 않았다. 부지런히 땅을 파 내려가도 그런 열매가 눈에 보이질 않자 옆에 있는 거북이에게 혹시나 해서 말을 걸었다.

"귀동(龜童)아, 저 밑에 이런 거 또 있니? …시끄러! 알아들을지도 모르잖아."

거북이는 유천복의 말을 알아들었다는 듯이 고개를 위아래로 움직이더니 다시 소나무 뿌리 사이로 사라졌다.

거북이가 다시 아까보다 조금 더 큰 열매를 갖고 나왔다. 아무래도 자신이 유천복을 문 것이 미안한 모양이었다.

"하하, 거봐. 내 말을 알아듣잖아. 저 녀석 신통하네. 몸집은 저렇게 작은데 이렇게 큰 걸 어떻게 가져왔을까? 하여간 수고했다, 귀동아."

거북이의 머리를 가만히 쓰다듬어 주자 마치 애교를 부리듯 유천복의 손가락에 머리를 부벼댄다. 그 모양새가 하도 신통하여 거북이를 손바닥 위에 올려놓았다.

"너, 나랑 같이 갈래?"

혹시나 하여 물었더니 이번에도 고개를 끄덕거린다. 유천복이 기뻐하며 거북이를 조심스레 소매 속으로 집어넣었다. 열매를 다 먹고 나자 뱃속이 뜨끈뜨끈해지더니 갑자기 졸음이 물밀듯이 밀려왔다. 무지자의 목소리가 금방 작게 들려왔다.

얼마 후 사람들이 뛰어오는 소리를 들은 무지자가 유천복을 깨웠으나 유천복은 도통 일어날 기미가 없었다. 백발동안의 손무양이 가장 앞서 달려왔다. 파헤쳐진 주변 경관을 보자마자 금세 사색이 되었다. 손무양은 도비류와 능초영을 안타까운 표정으로 바라보았다.

"비류야, 어쩌면 좋으냐. 네 수명을 이어줄 영약을 이미 유 공자가 먹어버린 듯하구나."

손무양의 말에 능초영의 얼굴이 새파랗게 질렸다. 도비류의 약이라는 말에 그녀의 눈빛은 불을 뿜는 듯하였다. 자세한 곡절은 몰랐으나 손무양이 저리 말할 정도면 도비류의 병세가 심상치 않은 것이다.

"일어나요. 일어나 봐요! 이 일을 어쩔 거예요?"

능초영은 앙칼진 목소리로 유천복을 흔들어 깨워보았으나 소용이 없다. 손무양은 근심 어린 표정으로 파헤쳐진 땅을 보았다.

"이 소나무는 보기엔 작아 보여도 이미 천 년을 넘게 살아온 영물이란다. 사기(史記)에 의하면, 소나무가 천 년을 살면 밑에 복령(福靈)이라는 것을 맺는다고 하였다."

"복령이요?"

능초영과 도비류는 처음 들어보는 말에 다시 되묻는다. 손무양은 도비류를 쳐다보았다. 노안에는 물기가 가득 차 있었다.

"복령이란 천 년 묵은 소나무의 뿌리란다. 내가 말한 영약이 이것이지. 천년송의 뿌리에는 복령이 맺히는데 모양은 나는 새의 형상과 비슷하단다. 사기에는 소나무 밑에 복령이 있으면 위에 면사(綿絲)가 있고, 위에 총생한 시초(始初)가 있으면 밑에는 신구(神龜)가 있다고 적혀 있다. 비가 그치고, 하늘이 맑고 고요하며, 바람이 없는 날을 택하여 한밤중에 면사를 베어버리고 횃불로 소나무의 뿌리 부분을 비춰 보면 횃불이 꺼지는 곳이 있지. 바로 그곳이 복령이 맺힌 곳이란다. 깨끗한 천 넉 장을 가지고 이것을 둘러놓았다가 날이 밝은 뒤에 그곳을 파는데, 파 들어가는 것이 4척(尺)에서 7척에 이르면 이를 얻고 7척이 지난다면 얻지 못할 것이라 했다. 내가 백방으로 수소문하여 겨우 얻은 것이거늘…… 비류야, 네 목숨은 이제 삼 년도 채 남지 않았구나."

손무양은 비통한 기색이 역력했다. 도비류는 이미 생사를 초월하였으나 의부가 자신에게 쏟는 정성을 알고 있기에 아무 말도 하지 못했다.

"무슨 소리예요? 도 오라버니가 어디가 아픈 거예요?"

능초영은 손무양의 말에 하늘이 무너지고 천지가 노래졌다. 태어나 처음으로 호감을 느낀 사내가 죽을 목숨이라는 것이 믿기지 않았다.

"정녕 영물은 그 주인을 타고나는 것인가? 이것으로 네 병을 고치고 수명을 이어줄 수도 있었는데 이 같은 변괴가 생기다니…… 하늘도 무심하구나."

손무양의 노안에도 그렁그렁 눈물이 고여갔다. 하나 도비류는 아무렇지도 않다는 듯 의부를 위로했다.

"의부님, 심려하지 마세요. 이미 살아생전 의부님께 갚지 못할 은혜를 입었습니다. 어찌 더 살기를 바라겠습니까? 그저 하늘의 순리를 따를 뿐이니 저로 인하여 심기를 흐트러뜨리지 마시기를 바랍니다."

"비류야!"

손무양은 찰나지간에 십여 년은 늙어 보였다. 도비류는 그에 대한 의부의 정이 과분하다고 생각하였다.

"도 오라버니……."

능초영은 차마 도비류를 보지 못하고 담장만 쳐다보고 있었다. 짧은 시간 동안 전후 사정을 알게 되자 유천복이 너무도 원망스러웠다. 능초영은 유천복의 몸을 발로 차더니 큰 소리로 울음을 터뜨리며 밖으로 달려나갔다.

손무양이 도비류의 손을 놓으며 유천복에게로 다가갔다.

"그러나 참으로 이상한 일이구나. 오늘은 비도 안 오고 한밤중도 아닌데 어떻게 하여 유 공자가 복령을 찾을 수 있었을까? 그리고 복령을 지키던 신구는 또 어디로 갔단 말인가?"

무지자는 유천복의 기연에 어이가 없었다. 그러고 보면 자신이 유천복의 몸에 들어온 것도 우연이 아닌 것 같았다. 인연이 닿지 않고서야 어떻게 생판 모르는 사람의 몸에 들어올 수가 있겠는가!

경조부에서 이곳까지 오는 동안 무지자는 단편적인 기억들을 떠올릴 수 있었다. 그것은 대부분 무슨 경문이었다. 낙양에서 화산파와 싸울 때 보니 무공을 익히는 경문 같았다. 자신은 무공을 익힌 것이 틀림없었다. 대체 언제 어느 곳에서?

손무양은 꼼꼼히 유천복을 살펴보았다.

"그러나 유 공자의 그릇이 복령을 담기에는 너무도 작아 이대로 두었다가는 그릇이 깨지고 말 것이다. 어쩌면 이것도 하늘의 뜻!"

하인들이 유천복을 안채로 옮겼다. 도비류와 능초영이 따라 들어왔다.

"유 공자는 이미 어려서부터 많은 보약을 섭취하여 몸에 양기가 충만하다. 그러나 이를 삼초(三焦)에서 제대로 흡수하지 못하여 약이 독이 되었으니 몸이 이처럼 붓게 된 것이지. 이대로라면 양기가 뻗쳐 사십 해 전에 죽을 것이 분명하다. 거기다 이제 복령까지 섭취하였으니 유 공자의 몸은 그야말로 끓는 솥과 다를 바 없구나. 맥(脈)이 피부와 살 사이에서 뛰며 오는 것은 힘이 있고 가는 것은 힘이 없으면서 물이 끓어오르는 것처럼 쉴 사이 없이 뛰고 있으니 삼양(三陽)이 극도에 달하고 음(陰)이 없어진 증후이다. 이것을 부비맥(釜沸脈)이라고 하는데 그냥 두면 오늘을 넘기지 못하고 죽을 것이다. 원래 촌맥(寸脈)이 아래로 관(關)에까지 가지 못하는 것은 양(陽)이 끊어진 것이고 척맥(尺脈)이 위로 관에까지 가지 못하는 것은 음(陰)이 끊어진 것인데, 유 공자는 척맥이 전혀 잡히지 않으니 이 또한 행시(行屍)와 다를 바 없구나."

손무양은 설명과 함께 가늘기가 거미줄과도 같고 길이가 세 자는 넘을 듯한 침을 들어 유천복의 왼쪽 눈 아래 승읍혈(承泣穴)과 귀 뒤 신문혈(神門穴)에 놓았다. 손무양은 옆에서 지켜보고 있는 도비류를 이해시키려는 듯이 자상하게 설명해 나갔다.

"먼저 약으로 몸 안의 습(濕), 담(痰), 열(熱)을 제거한 후 족양명위경(足陽明胃經)과 족태음비경(足太陰脾經)에 침을 놓는다. 이 두 곳은 위(胃) 경락을 관장하는 곳으로 살찌고 마름을 다스리지. 이곳이 조화를 이루지 못하면 몸이 붓게 된단다. 족양명위경은 몸의 앞으로 지나가는데, 여기에 병이 생기면 주로 배가 불러 오르고 그득해지며 대변을 보기 힘들게 되고, 족태음비경에 병이 나면 혀뿌리가 아프고 음식이 소화되지 못하며 황달이 생기고 허벅지와 무릎이 붓고 차며 오래서 있지 못하게 된다. 양유(陽維)와 음유맥(陰維脈)은 신체를 유지시키는 경맥이다. 쌓인 것이 넘쳐서 되돌아올 수 없을 때 그 넘친 경맥들을 조절하는 경맥이란다."

손무양의 얼굴에서 땀이 비 오듯 하였다. 도비류가 땀을 닦는 동안 계속해서 유천복의 목 뒤에 있는 옥침혈(玉枕穴), 어깨의 운문혈(雲門穴), 등의 대추혈(大椎穴) 순으로 침을 꽂아 나갔다.

"이제 유 공자의 임맥과 독맥을 타통시키면 복령의 기운(氣運)이 다른 영약들을 다스려 천천히 그의 몸에 흡수될 것이다. 그러면 만독(萬毒)이 해하지 못할 것은 물론이요, 이후로 무공을 배운다면 단번에 삼십 년의 내공을 얻을 수 있을 것이고, 무공을 익히지 않더라도 무병장수할 것이 틀림없다. 무림인들이 왜 영약을 찾겠느냐? 알고 보면 기(氣)라는 것도 이렇듯 다 섭생에서 비롯되는 것이다. 비류야, 나는 네가 안타깝구나. 네가 복령을 먹었다면 어찌 유 공자의 성취만 하겠느냐."

도비류는 손무양의 주름진 손을 꽉 움켜쥐었다.

"의부님, 인연이 아니면 구하지 말라 하였지요. 인연은 이미 전생에 정해져 있으니 너무 개의치 마세요."

능초영은 눈이 퉁퉁 부은 채 유천복의 허벅지를 쥐어뜯고 있었다.

유천복은 삼칠일 동안이나 잠에서 깨지 않았다.

능초영은 처음에는 수시로 와서 유천복을 패고 가더니 나중에는 오지 않았다.

그녀는 도비류와 봄 풀이 돋아난 연못가를 거닐거나 해질 녘 안개 자욱한 노을을 보러 다녔다. 그러나 시름은 날이 갈수록 깊어만 갔다. 문풍지 사이로 스머드는 봄바람에도 가슴이 시렸고 처마 끝에서 떨어지는 이슬만 보아도 눈물이 났다.

어스름한 새벽이었다.

유천복은 눈을 뜨자마자 배가 고파서 벌떡 일어났다. 그런데 어쩐 일인지 몸이 새털처럼 가볍게 느껴졌다. 놀라서 두 팔을 들어보았다. 이십여 년이나 보아왔던 백옥처럼 하얗고 통통하던 팔은 온데간데없고, 쪼글쪼글하고 거무튀튀하며 뼈만 남은 앙상한 팔이 보였다.

"맙소사! 이게 어떻게 된 일이야? 무지자! 무지자!"

유천복은 무지자를 소리쳐 불러도 그가 대답이 없자 손무양이 벌써 자신을 고친 줄 알고 들어서는 능초영을 보며 희희낙락하여 말했다.

"능 소저, 과연 손 의원이 명의군요. 내 이토록 비참한 모습이 되긴 했어도 이제 그 귀신이 사라졌으니 정말 살 것 같소."

그러나 능초영은 유천복이 깨어났다는 걸 안 순간부터 찬 서리를 풀풀 날렸다. 유천복은 그녀가 왜 저렇게 원독에 가득 찬 눈빛을 보내는지 몰라 어깨를 으쓱했다.

"능 소저, 왜 그러시오?"

"당신 때문에 도 오라버니가 죽게 생겼어요!"

능초영이 싸늘한 어조로 유천복에게 말했다. 유천복은 그게 대체 무슨 말인가 하여 그저 눈만 멀뚱멀뚱 뜨고 있었다.

―너 때문이다.

유천복이 펄떡 뛰어 일어나며 소리를 질렀다.

"으악! 무지자가 아직도 있잖아! 도대체 어떻게 된 거야? 너도 그대로 있는데 나는 대체 왜 이렇게 된 거지?"

"그걸 알고 싶어요?"

능초영과 무지자에게 그동안의 일을 전해 들은 유천복은 그만 입을 딱 벌렸다. 도비류를 미워한 것은 사실이었으나 자신으로 인해 그가 죽게 생겼다니 어찌 할 바를 몰랐다. 유천복은 자신이 염주행에 이어 두 번째로 사람을 죽이게 되었다는 것을 알게 되었다. 자신 때문에 한 사람이 생사의 갈림길에 섰으니 난감하기 이를 데 없었다. 장사로 치면 크게 빚을 진 셈이었다.

유장추는 빚을 진다는 것은 곧 적을 만든다는 것과 같은 말이라고 누누이 말하였다. 장사에는 영원한 적도 영원한 친구도 없다. 다만 이익만이 있을 뿐이다. 그러나 이익을 구하되 사람의 도리와 신용을 잃어서는 안 된다는 것이 그의 장사 철학이었다.

유천복은 점쟁이가 준 부적을 떠올렸다. 도비류에게 미안했다. 그의 목숨에 대해 빚이 있으니 내키지 않아도 갚는 것이 당연했다. 더구나 능초영이 저렇게 무서운 얼굴로 쳐다보고 있지 않은가 말이다.

"혹, 혹시 그 열매가 더 있지 않을까? …누가 더 먹겠대? 난……."

무지자에게 한소리 쏘아붙이려다 능초영의 서슬에 그만 풀이 죽었다.

"이미 장원 안을 모두 파보았지만 없었단 말이에요."

"난 겨우 두 개밖에 안 먹었어요."

"두 개라고?!"

도비류와 들어서던 손무양이 두 개라는 말을 듣고 놀란다. 유천복은 손무양을 보자 고개를 외로 꼬았다.

"두 개라면 이천 년이나 되었었단 말인가? 유 공자, 어찌 그리 경솔하시오. 복령이 하나만 있었어도 비류에게는 큰 도움이 되었을 것이오."

손무양이 흰자위를 드러내며 흘겨보자 유천복은 더욱 민망하였다. 엎드려 이마를 쿵쿵 찧으며 진심으로 사죄했다. 얼마나 미안한지 저도 모르게 굵은 눈물이 뚝뚝 흘러내렸다.

"죄송합니다, 죄송합니다. 일이 이같이 되었으니 제 목숨은 도 대협이 가지신 거나 진배없습니다."

유천복은 천성이 게으르며 버릇이 없었다. 쉽사리 말을 하고 여의치 않으면 약속을 금방 잊어버렸다. 그러나 인정이 많고 욕심이 없었다.

아직도 자신을 노려보는 능초영을 서글픈 눈으로 쳐다보았다. 저렇게 아름다운 능초영을 이제는 포기해야 한다고 생각하자 마음이 쓰려왔다. 또다시 눈물이 쏟아졌다.

"일부러 알고 한 것도 아니고, 어찌 사람의 수명이 마음대로 되겠소. 다 하늘의 뜻이니 너무 그럴 것 없다오."

도비류는 의부와 능초영, 거기다 유천복에게까지 신경을 쓰느라 정작 자신은 안타까워할 겨를도 없었다.

유천복은 신구를 소리쳐 불렀다.

"귀동아, 귀동아! 어디 있니? 나와봐. 내가 맛있는 거 줄게!"

몇 번 소리쳐 부르자 어디서 나타났는지 방 한구석에 반짝거리는 황금색의 거북이가 나타났다. 사람들이 신기해하며 일제히 그곳을 쳐다보자 주인에게 오듯이 유천복에게로 엉금엉금 기어온다.

"신구로군."

손무양이 작게 중얼거렸다.

"귀동아, 네가 갖다 준 열매를 더 구할 수는 없느냐?"

유천복이 묻자 신구가 고개를 흔들었다. 좌중이 일제히 한숨을 내쉰다. 재차 물었으나 역시 없다는 대답뿐이다.

그럴 줄 알았다는 듯이 손무양이 쌀쌀맞게 말했다.

"신구는 처음으로 복령을 취한 자를 따른다오. 그리고 내 능 소저에게 유 공자에 대한 이야기를 이미 들었으나 그 같은 일은 알지 못하오. 단지 조부께서 언젠가 적송자가 먹었다는 수옥이 희대의 영약이었을 것이라고 말씀하시는 것을 들은 적이 있을 뿐이오. 유 공자께서 수옥을 견식하고 복령까지 먹었으니 천수를 누리는 것도 어렵지 않을 것이오. 그깟 귀신 하나쯤 무에 대수겠소."

유천복은 자세히 묻고 싶었으나 손무양의 단호함에 기가 질려 아무 말도 못하였다.

다음날 유천복은 왕 노대와 떠나려 하였으나 달라진 신체를 살피기 위해 부득불 천금손가에 머무를 수밖에 없었다. 할 수 없이 먼저 왕 노대를 유가장으로 되돌려 보냈다. 왕 노대는 소장주와 같이 가야 한다고 우겼으나 유천복의 뜻이 워낙 완강하자 울상을 지으며 혼자 경조부로 향했다.

"왕 노대, 아버지께 구할 수 있는 영약은 모두 구해보시라고 하게. 만년설삼(萬年雪蔘)이든 천산설련(天山雪蓮)이든 돈이 얼마가 들더라도 그와 같은 약을 구해야 된다고 꼭 전하게."

· 멀어져 가는 왕 노대의 뒤통수에 대고 유천복은 몇 번이고 같은 말을 반복하였다.

천금손가에 있는 동안 유천복은 도비류의 모습만 보이면 쥐가 고양이를 만난 듯 피하기에 급급했다.

도비류는 자신이 죽으면 사부의 맥이 끊어질 것을 걱정하여 유천복에게 삼취검을 전수하고자 했다.

어느 날 저녁 후원에 나갔다가 도비류를 발견하자 여느 때처럼 살금살금 돌아섰다. 그때 도비류가 큰 목소리로 시를 읊는 것이 들려왔다.

올해도 저무는데 낙이라곤 하나 없네.
날은 이미 어두운데 근심 걱정만 많아진다.
이렇게 살 바에는 아예 죽자, 죽어버려.
살아봐야, 살아봐야 무슨 낙이 있겠는가.
세월은 가지만 병고(病苦)는 새로 오고
강물은 무심히 흘러만 간다.
땅과 하늘은 저토록 변함이 없건만
인간은 한결같이 죽음을 면치 못하는구나.
거울 보기 겁나기도 어언 10여 년.
준마(駿馬)가 달리지 못한 수천 리 여정.
기린이여! 봉황이여!
인재는 자고로 고통 속에 사라져야만 하는 건가.
푸른 강물에 몸 던져 다시 돌아오지 않으리.

유천복은 차마 얼굴을 들지 못하고 눈물만 줄줄 흘렸다. 그가 어찌

이 시가 초당(初唐) 사걸(四傑) 중 한 명인 노조린(盧照隣)의 석질문(釋疾文)이라는 것을 알겠으며, 도비류가 일부로 그러는 것인 줄 알랴? 다만 도비류의 심경이 저토록 처절하니 대신 죽고 싶은 마음뿐이었다.

"도 대협님……."

저도 모르게 도비류 앞으로 나아가 털썩 무릎을 꿇었다. 도비류는 터져 나오는 웃음을 참으며 근엄하게 말했다.

"유 공자, 이 사람의 목숨이 얼마 남지 않았으니 부탁 한 가지만 들어주겠소?"

유천복이 어찌 도비류의 청을 거절할 수 있을까?

그 길로 도비류가 하자는 대로 따를 수밖에 없었다. 두 사람은 닭을 잡아 그 피를 입술에 바르고 천지신명께 절을 올려 의형제의 연을 맺었다.

그리고 그날부터 도비류에게 삼취검 삼초식(三招式)을 배우기 시작했다.

"잘 보게, 동생. 우형이 오늘부터 사흘 동안 삼초식을 알려주겠네. 사실 이 초식들은 강호의 삼류무사들도 다 아는 초식이라네."

유천복은 남들도 다 아는 초식을 굳이 배울 필요가 있을까 생각하였다. 남들도 다 할 줄 안다면 내가 그 초식을 펼친다 하더라도 모두 막아낼 것이 아닌가 말이다. 그러나 겉으로 내색할 수는 없었다.

"후후. 그러나 백 번 보는 것이 한 번 익히는 것만 못하고, 백 가지 익히는 것이 하나의 전일(全一)함보다 못한 법일세. 천 초를 펼치는 적보다 숙련된 일 초를 펼치는 적이 무서운 것은 바로 그러한 이치에서 비롯된 것이지. 원래 검을 익히기 전에 권법을 먼저 배워야 하나 우리에게는 시간이 많지 않으니 바로 삼초검을 알려주겠네. 아우는 무공에 대해 아는 바가 전혀 없다니 우선 신법(身法)을 익혀야 하네."

첫날, 도비류는 유천복에게 신법의 중요성에 대해서 설명해 주었다.

신법이란 바로 검을 잡은 손, 팔과 어깨, 그리고 운동의 중심인 허리, 발의 움직임 등이 복합적으로 어우러져 무공을 최대한으로 발휘할 수 있게 하는 방법이다.

사람의 몸이란 골격이 근육의 도움을 받아 구부리고, 펴고, 틀고 하는데 검법에서는 특히 허리의 힘이 중요하였다. 호흡은 단전으로 하는데 잊지 말아야 할 것은 기합성(氣合聲)을 내는 것이다. 허리를 펴고 단전에 힘을 모아 소리를 지르게 되면 복근이 팽창과 수축을 하게 되며, 이때 허리가 약간씩 앞뒤로 움직이는데 이것이 바로 허리를 쓰는 법이었다.

족법(足法)에 따라 몸을 움직일 때 전후좌우, 또는 방향을 바꾸거나 하여 몸을 틀 때도 발이 먼저 움직이는 것이 아니고 반드시 몸의 중심인 단전이 주체가 되어야 했다. 이때 뒤를 받치는 것이 허리인데 오른발과 왼발의 엄지 방향과 척추와 단전이 내 천(川) 자 꼴로 있는 것이 좋은 신법이었다.

둘째 날, 도비류는 유천복에게 목검을 들려주었다.

"사람의 몸을 셋으로 나누어 머리부터 명치까지를 상초(上焦), 단전까지를 중초(中焦), 그 아래를 하초(下焦)라 하네. 검에도 또한 삼 초가 있는데 검병(劍柄)과 검신(劍身), 검봉(劍鋒)이 그것이지. 사람과 검에 모두 삼 초가 있으니 이를 합일하여 검을 휘두를 때 진정한 위력이 나온다네. 삼초검의 요결이라는 것이 알고 보면 별것도 아니지. 상초는 태산같이 내려치고, 중초는 안개같이 휘두르며, 하초는 번개같이 찌르고 도랑처럼 빠져야 하네. 상초를 움직이는 것은 기(氣)요, 하초는

혈(血)이며 중초는 이 둘이 모이는 곳이지. 일검단악(一劍斷岳)은 무림인이라면 누구나 다 할 줄 아는 태산압정(泰山壓頂)이라는 초식일세. 단지 검을 쥐고 내려치는 단순한 동작이지만 검을 든 사람과 합일하면 그때부터는 내가 검이 되어 일정한 형식이 없어지게 되네. 내가 움직이는 것이 곧 검이 움직이는 것과 같지.”

도비류가 목검을 들어 일검단악을 펼쳐 보였다. 유천복은 와자에서 노기인(路歧人)끼리 칼을 들어 서로 싸우며 얼굴을 찢고 심장을 꺼내려는 듯이 연기하는 것을 본 적이 있었다. 또한 종남산의 사당과 하남부에서 사람들이 싸우는 것을 보기도 하였다. 그러나 도비류가 휘두르는 목검은 전의 그것과는 달랐다.

도비류는 아주 천천히 목검을 유천복의 머리를 향해 내려쳤는데도 유천복은 거미줄에 걸린 나비처럼 손가락 하나 꼼짝할 수가 없었다. 마치 거대한 태산이 자신을 짓쳐드는 듯한 환상에 멍하니 바라보고만 있었다. 목검이 유천복의 머리에 이르자 엄청난 기도는 사라졌고 단지 봄날의 산들바람처럼 부드럽게 변하여 머리를 스쳤다.

“검을 다룸에 가장 중요한 것은 마음을 편하게 하고 기를 고르게 해야 한다는 것이다. 그래야지만 마음이 가는 곳에 기가 가고, 기가 가는 곳에 힘이 가는 것이지. 예전에 우형의 사부님께서는 마음으로 베지 못한 것은 다만 칼이 벤 것이지 내가 벤 것이 아니라고 말씀하셨다네.”

도비류는 유천복의 멍한 표정을 보자 다시 피식 웃었다.

“좀 더 쉽게 말한다면 아무리 강한 검법이라도 공격할 때 이미 마음이 져 있으면 서두르게 되고 결국은 비참하게 지게 된다는 것이지. 승부에 집착하면 그 순간 이미 지는 것이네. 사신(捨身), 몸을 버리고 들어가야 하기도 하지만 사심(捨心), 마음도 버려야 하는 것이야.”

─좋은 말이구나.

무지자는 잠시 도비류의 말을 음미하는 듯 조용히 있었다.

사실 그는 도비류의 말을 들으며 자신의 잊은 기억을 떠올리려 애쓰고 있었다. 도비류가 유천복에게 일러주는 말은 그 자신도 어디선가 많이 들어본 듯하였다. 정말 자신이 무림인이었을까? 유천복에게 천하제일인이라고 말했던 것은 호기를 부린 것에 지나지 않았다. 아무것도 기억나지 않는데 그 정도 호기도 부리지 않는다면 자신이 너무 비참했던 것이다.

유천복은 그날부터 도비류가 알려준 토납법과 삼취검을 열심히 연습하였다. 생전 처음으로 무공을 익히는 터라 온몸이 바스러질 듯 아픈 것은 물론이요 손바닥의 물집이 아물 날이 없었다. 그래도 끽소리 하지 못한 것은 유천복이 게으름을 피울 때마다 도비류가 기린이여, 봉황이여를 읊조렸기 때문이다.

게다가 밤에는 무지자가 억지로 일러주는 방중술(房中術)을 연마해야 했다. 처음에는 무시하였으나 밤마다 잠도 안 자고 읊어대는 통에 편하게 잠을 청할 수도 없었다. 고대로부터 내려오는 남자들만의 비방이라는 말에 혹한 것이 실수였다. 숨을 오래 참는 것이 과연 도움이 될까 반신반의하면서도 열심히 따라 하였다.

그러나 일단 시작하게 되자 멈출 수가 없었다. 무지자는 하다가 중지하면 부작용이 생겨 고자(鼓子)가 될 거라고 하였다. 천하에 둘도 없는 영약이라는 복령을 섭취하였으니 제대로 다스리지 않으면 양기가 너무 세어져 그곳이 터질지도 모른다는 둥, 결국은 궁에 들어가 태감으로 평생 살아야 할 거라는 등의 악담도 서슴지 않았다. 때문에 유천복은 울며 겨자 먹기로 무지자가 시키는 대로 할 수밖에 없었다.

자기 전에는 베개를 두 치 반 높이로 베고 기러기 털을 콧구멍에 붙인 뒤 그것이 움직이지 않게 삼백 번 숨을 쉬고 멈추기를 반복하게 하였다. 그러다 보면 보이지도 들리지도 않고 마음이 편안해져 스르르 잠이 오곤 하였다. 무지자 말에 의하면 이걸 계속하면 하룻밤에 수십 명의 여자를 상대해도 진기가 고갈되지 않는다고 하였다.

과연 몇 달을 하다 보니 그런대로 효과가 있었다.

숨을 멈추고 정신을 집중하면 배꼽 아래가 따스해지며 가느다란 누에 같은 것이 온몸을 돌아다녔다. 처음에는 몸 앞쪽이 뜨거워졌다 차가워졌다를 반복하다가 등 쪽으로 돌아가면 수천 마리의 개미가 기어가는 듯이 가려웠다. 때로는 눈앞으로 흰 빛이 떠올라 사지백해(四肢百骸)에 따스한 물이 흐르는 듯하였다.

그러나 어떤 날은 어지럼증이 심해 하루를 꼬박 누워 있어야 했고, 또 어떤 날은 뼈가 부서지듯이 온몸이 조여들었다. 한 번은 마치 천 근의 쇠망치로 머리를 두드려 맞은 듯이 무척 아팠는데 그 일이 있고 나서는 몸을 돌아다니는 실 같은 기운이 기둥처럼 굵어진 것을 느낄 수 있었다.

또한 아랫배에 작은 방 같은 것이 하나 생겼는데 숨을 들이마시면 점점 부풀어 오르는 듯이 느껴졌다. 때론 손과 발이 불덩이를 만진 것처럼 뜨거워졌다가 그 기운이 약해지면 차가운 것도, 시원한 것도 아닌 야릇한 느낌이 들었다.

더욱 이상한 것은 전신을 돌아다니는 그 기운이 하나가 아니라 두 개라서 마치 두 마리의 뱀을 집어삼킨 것 같았다는 것이다. 마침내는 밤마다 그 짓을 하지 않으면 온몸이 쑤시고 아파 잠도 오지 않았다.

유천복은 양기가 너무 강해진 것이 아닌가 은근히 걱정이 되었다.

석 달이 지나자 더 이상 도비류의 공격에도 검을 떨어뜨리지 않게 되었다.

그 무렵 능초영이 찾아왔다. 능초영은 천왕문과 천금손가를 몇 번이나 왕래하였으나 한 번도 유천복을 찾아온 적이 없었다.

그녀는 상심이 큰 탓인지 전보다 훨씬 수척해져 있었다. 유천복은 그녀의 얼굴을 제대로 쳐다볼 수가 없었다.

"능 소저, 무슨 일로……."

"유 공자님, 제가 한말씀드리려고 실례를 무릅쓰고 찾아왔습니다."

그녀는 그 일이 있은 뒤로 유천복을 마치 처음 보는 남 대하듯 하였다.

"마, 말하시오."

유천복은 능초영에게 서운한 마음이 없지 않았으나 자신의 잘못이 워낙 크므로 어쩔 수 없다고 생각하였다.

"이미 벌어진 일을 이제 와서 탓할 생각은 없습니다. 유 공자님께는 남아 있는 시간이 많으니 앞으로 얼마든지 무공을 연마하실 수 있겠지요?"

"그, 그렇지요."

"복령을 드셨으니 어쩌면 천하제일의 고수가 되실지도 모릅니다. 그런데 도 오라버니는 어쩌지요? 저는 유 공자님께서 사람의 도리를 모른다고는 생각지 않습니다. 또한 유 공자님의 몸도 예전보다 훨씬 강인해지셨을 것입니다. 이제는 의형의 약재를 구해야 하지 않을까요? 유 공자님께는 새털처럼 많은 것이 시간일지 모르겠으나 도 오라버니는 그렇지 않습니다. 오라버니께서 비록 생사를 초월하였다 하나 어찌 인간이 죽음을 두려워하지 않을 수 있겠습니까? 더구나 이 불쌍한 계집은 더욱 그렇게 할 수가 없습니다. 듣기로는 그 수옥이라는 것에 불로장생의 비밀이 숨겨져 있다고 들었습니다. 저는 유 공자님께서 의형을 위해서라도 수옥을 구해와야 한다고 생각합니다. 아니, 반드시 그래 주실 거라고 믿어요. 그것이 형제의 도리지요.”

능초영이 조용하게 말하였으나 그 음성은 서릿발과도 같았다.

―흐흐, 이젠 빼도 박도 못하겠군.

무지자가 맞장구를 쳤다. 유천복은 능초영의 깍듯한 말에 아무런 대꾸도 하지 못하고 그저 고개를 끄덕였다.

사실 목숨의 빚이라는 것은 그리 만만한 것이 아니었다. 유천복이 아무리 우둔하다고는 하나 남의 약을 먹었으면 그와 비슷한 약을 구해줘야 하는 것이 도리라는 것쯤은 알고 있었다. 더구나 의형제간이라면 먹지 않았어도 영약을 구해와야 했다. 그러나 자신이 무슨 재주로 그같은 일을 할 수 있을까 하여 망설이고 있던 참이었다.

그러나 이제 능초영에게 직접 청을 받았으니 더 이상 머뭇거리고 있을 수가 없게 되었다.

유천복은 만류하는 도비류에게 작별을 고하고 그 다음날 바로 천금손가를 떠났다. 능초영은 떠나는 유천복에게는 눈길도 주지 않고 애처로운 시선으로 도비류만 보고 있었다.

천금손가를 나온 유천복의 발걸음은 무겁기만 하였다.

능초영과 함께 길을 나설 때는 마음이 설레고 세상을 다 얻은 것 같았으나 이제는 정말 혼자였다. 휭하니 부는 바람이 짜르르하니 어깨를 흔들고 지나갔다. 갑자기 외로움이 물밀듯이 밀려들었다.

“아버지께서 약을 구하셨다면 좋겠는데……. 만일 구하지 못하셨다면 그때는 또 어쩌지? 능 소저의 말대로 형님이 그렇게 된 것은 모두 나 때문이니 할 수 없지. 나 혼자서라도 어떻게든 영약을 구해보는 수 밖에……."

지나던 사람들은 혼자서 중얼거리며 걷고 있는 유천복을 향해 혀를 찼다. 보기에는 멀쩡해 보이는데 어쩌다 젊은 사람이 저 지경이 되었누! 하는 눈치였다.

천금손가를 나온 지 며칠이 지나자 유천복은 예전의 뚱뚱했던 모습은 눈을 씻고 찾아볼래야 찾아볼 수도 없게 되었다. 허우대가 멀쩡한 백면서생처럼 보여 아마 유장추라 할지라도 알아보기 힘들 것이었다.

말고삐를 잡고 이리저리 비틀거리며 걷다가 앞서 오는 이와 어깨를 세게 부딪쳤다. 가뜩이나 기운이 없던 터라 대번에 엉덩방아를 찧고 말았다. 비단옷이 진창에 굴러 볼썽사납게 되어버렸다. 유천복은 발끈하여 소리쳤다.

"뭐야? 눈을 어디다 달고 다니는 거야?"

고개를 들자 얼굴이 마른 대추색처럼 붉고 바늘 같은 수염이 빽빽이 나 있는 흑의거한이 넘어진 유천복을 내려다보고 있었다. 쑥대 같은 머리가 험상궂은 얼굴 위로 드리워져 있었다. 부리부리한 눈은 살기를 띠었고 터질 듯이 부풀어 오른 팔뚝에는 전갈 두 마리가 새겨져 근육이 움직일 때마다 마치 살아 움직이는 듯하였다.

유천복은 가슴이 철렁 내려앉았다.

"죄송합니다, 죄송합니다."

무조건 머리를 조아리며 사과하였다.

"조심해!"

사내가 침을 퉤 뱉고 지나가려던 순간이었다.

─겁쟁이 같으니!

조롱하는 듯한 무지자의 말에 유천복은 습관적으로 대꾸하였다.

"조용히 해! 무지자, 니가 겁쟁이다!"

사내가 멈칫하며 돌아섰다. 양미간에는 굵은 주름이 패었고 눈썹은 이미 팔자로 사납게 올라가 있었다.

"이 새끼가 미쳤나! 너, 지금 뭐라고 했어?"

사내가 날카롭게 외치며 주먹을 쥐고 다가왔다.

"아닙니다, 아닙니다! 노형보고 한 말이 아닙니다."

유천복은 고개를 내저으며 양손을 세차게 흔들었다. 사내의 양미간에 세 가닥의 굵은 주름이 패었다. 저도 모르게 뒤로 물러서다 또다시 다른 이에게 부딪치고 말았다.

"거 좀 잘 보고 다니슈."

키가 크고 마른 사내가 팔짱을 낀 채 얼굴을 찡그리고 있었다.

"어떻게 하면 좋아."

저도 모르게 중얼거리는데 앞의 거한이 계속 다가오는 것이 보였다.

"무지자, 이게 다 너 때문이…… 헉!"

말을 하다 말고 자신의 입을 틀어막았다. 그러나 이미 엎질러진 물이었다. 또다시 무식한 놈이라 욕을 하였으니 이젠 죽었구나 생각하고 있는데 다가오던 앞의 사내는 오히려 어이가 없는 표정이었다.

"에이, 재수없어! 이제 보니 정말 미친놈이었군. 너, 오늘 운수대통인 줄 알아라. 내가 바쁘지만 않았어도…… 카악! 퉤!"

사내는 누런 가래침을 뱉더니 그대로 사라졌다. 미친놈을 상대해 봤자 자신만 손해라고 생각한 모양이다.

유천복은 내친김에 뒤에 있는 사내에게도 씨익 웃어주었다. 그자도 자신이 미쳤다고 생각하고 그냥 가주길 바라면서…….

다행스럽게도 뒤에 있던 사내는 유천복의 기대를 저버리지 않았다. 마치 먼지를 털어주듯이 유천복의 어깨를 툭툭 치더니 히죽 웃었다.

"보아하니 귀공자 같은데 이런 데서는 서로 조심해야지요. 오늘 재수가 좋았구려. 잘못 걸렸다면 이렇게 끝나지는 않았을 것이오."

"감사합니다."

유천복은 이제 무지자가 뭐라고 하든 절대로 대꾸하지 않겠다고 결심했다. 사내의 모습을 눈으로 찾았으나 이미 인파 속에 파묻혀 보이지 않았다. 역시 아버지의 말씀대로였다. 사람은 겉모습만으로 판단해서는 안 되는 것이다. 유천복은 재수가 좋은 날이라고 생각하며 휘적휘적 걸어갔다.

마유는 유천복의 뒷모습을 보며 빙긋이 웃었다. 뒤돌아서는 그의 손에는 묵직한 전대가 하나 들려 있었다. 흑수수라는 그의 별호가 괜히 얻어진 것이 아니었다. 모퉁이를 돌자마자 담장에 기대 있던 사내가 아는 체를 해왔다. 좀 전에 사라진 깡마른 사내였다.

"크하하! 흑수수, 오랜만이다."

"후후, 독갈(毒蠍). 죽지 않고 살아 있었구나."

마유의 입에서 경쾌한 휘파람 소리가 흘러나왔다. 두 사람은 기쁜 표정으로 서로를 얼싸안았다. 독갈은 연신 마유의 등짝을 펑펑 내려쳤다.

"크하하! 네놈이 아니었다면 그렇게 물러서지 않았지. 모처럼 찍은 애송이였거든."

"흥! 누가 할 소리! 내 밥에 먼저 손을 대려 한 건 너야. 나는 경조부에서부터 저 녀석을 따라왔다구."

"그래? 그 애송이가 대풍(大風)이라도 되나? 내게도 정보 좀 나눠달라구."

"쓸 만한 정보는 너 같은 도문(盜門) 패거리가 더 빠르지 나처럼 전대나 후리는 퇴물 용병이 뭘 알겠나? 난 그저 돈 푼깨나 있어 보이길래 할일도 없고 해서 따라온 것뿐이야."

마유의 말에 독갈이 주변을 경계하더니 목소리를 낮추었다.

"정말 모르는 거야? 설마 천하의 흑수수가 지금 강호에 파다하게 퍼져 있는 소문을 모른다고 하지는 않겠지?"

"소문이라니? 뭘 말하는 거야?"

"이런이런, 정말 모르는 모양이군. 자네는 '수옥득자 불로불사, 송옥득자 천광지귀' 란 여덟 자도 듣지 못했나?"

"흐웅, 그거야 어린애들도 다 아는 노래 아닌가?"

"그래. 근데 그 노래가 사실이라니 놀랠 일이지. 요즘 강호에는 만년수옥이라는 희대의 기보가 나타났다는 소문이 파다하다네. 그것은 한 쌍의 청옥이라 하더군. 만일 수옥의 주인이 되면 영생불사도 꿈이 아니고 천하를 얻을 수 있다 하니 구대문파와 오대세가는 물론이고 황궁에서조차 쉬쉬하며 그 행방을 찾고 있다 하지 않는가? 이미 만물통자를 비롯한 무림의 인물들이 여럿 목숨을 잃었다네."

마유는 목을 좌우로 움직여 우두둑 소리를 내었다. 목 위의 굵은 근육이 파도처럼 일렁였다.

"그래? 난 별 관심이 없는걸."

마유의 시큰둥한 반응에 어이가 없어진 것은 독갈이었다.

"이런, 천하의 흑수수가 이렇게 나오면 안 되지. 사실은 그래서 도 수(盜帥)께서도 자네를 찾고 있었다네."

　두 사람은 이야기를 하며 유천복의 전대를 유용하게 쓰기 위해 근처의 객점으로 자리를 옮겼다.

"만년수옥이다! 만년수옥이 나타났다!"
"저것만 있으면 천하를 차지할 수 있다는데……."

옛 동산 황폐한 대에 버들잎 새로운데
마름 따는 맑은 노래 봄 도와 더 서러워.
지금은 저렇게만 서강 위에 떠 있는 달
예전엔 오왕궁 안사람들을 비췄으리.
舊苑荒臺楊柳新
菱歌淸唱不勝春
只今惟有西江月
曾照吳王宮裏人

　소주(蘇州)는 춘추시대 오(吳)나라의 도성이었던 곳이
다. 고소성(姑蘇城)은 오왕(吳王) 부차(夫差)의 궁궐 이
름으로 월왕(越王) 구천(句踐)의 와신상담(臥薪嘗膽)에

의해 폐허의 재로 변하였다. 구천은 승리하기 위해서 미녀 서시(西施)를 오나라로 보내 국력을 약화시켰다. 아름답던 고소성이 이제 잡초 무성한 곳으로 변하여 사람들의 발길에 짓밟히는 것을 보고 이백(李白)은 고소대(姑蘇臺)라는 시를 지어 읊었다.

주홍빛 태양이 지평선으로 내려앉으며 대기는 서서히 검붉은 기운을 띠기 시작했다. 이어서 하늘이 타는 듯이 번쩍 하더니 천지를 울리는 굉음과 함께 요란한 소리를 내며 폭우가 쏟아졌다.

때아닌 소낙비에 우왕좌왕하는 사람들 틈으로 후줄근한 서생 하나가 고소성 밖 한산사(寒山寺)를 지나가고 있었다.

유천복은 태호루(太湖樓)라는 객잔으로 찾아 들어갔다. 문으로 들어서는 손님을 반갑게 맞이하던 점소이 아개(兒蚧)는 눈살을 찌푸렸다. 도저히 돈이 있을 것 같지 않은 행색의 사내가 중얼중얼거리며 들어왔기 때문이다. 게다가 물에 빠진 생쥐 차림으로 옷소매를 짜면서 들어와 입구가 온통 물투성이가 되었다.

"말을 말자. 네 말대로 비럭질을 한 내가 바보지. 그래 그래. 돈 생겼으니 밥이나 먹자고. …무지자, 너 잘났다. 내가 네놈과 말을 하면 이제 유천복이 아니라 무지자다! 맘대로 하라구. 아쉬운 사람이 누구인지 어디 한번 해보자!"

아개는 있는 대로 소리를 지르며 들어서는 유천복을 위아래로 훑어보았다. 어려서부터 산전수전 다 겪은 점소이의 눈칫밥으로도 도저히 어떠한 내력이 있는지를 알 수가 없었던 것이다.

'무림인도 아니고 관부의 사람도 아니고… 아무리 봐도 거렁뱅이인데 왜 저렇게 당당한 걸까? 혹시 일부러 나를 정신없게 만든 뒤 한 상 얻어먹고 도망치려는 것이 아닐까? 흥! 어림도 없는 일이지.'

점소이 생활 삼 년 동안 공짜 손님은 받은 역사가 없는 아개였다. 하지만 오랜 경험으로 미루어볼 때 일단은 손님을 왕으로 모시는 것이 현명했다.

강호라는 곳은 때때로 도저히 이해할 수 없는 인간들도 있어서 아무런 이유 없이도 객잔을 박살 내고 사람을 살상하는 일이 허다했다. 미친개는 몽둥이가 약이라지만 개 중에는 사람을 무는 개가 꼭 있기 마련이다. 게다가 중얼거리는 소리는 무슨 주문 같기도 하고 노래 같기도 하여 아개는 아예 가까이 가려고 하지도 않았다.

"여기 만두와 국수 좀 주시오."

유천복의 말에 점소이는 고분고분 고개를 끄덕였다. 주인은 안채에 들어가 손님과 얘기 중이었다. 일단 주문을 받아놓고 유천복의 신분을 짐작해 보기로 하였다. 돈이 없다고 하면 다리를 분질러 놓겠다고 속으로 벼르는 아개였다.

음식이 나오자 유천복은 마치 걸신이 들린 사람처럼 접시에 코를 박았다. 점소이의 곱지 않은 눈길에 뒤통수가 따가울 지경이었다.

비가 온 탓인지 실내에는 사람들이 꽉 들어차 있었다.

나온 음식을 허겁지겁 먹고 있는 유천복의 귀에 사람들의 소곤거리는 소리가 들려왔다. 유천복은 지겨운 듯한 표정을 지었다.

"휴우! 대체 내가 왜 이런 고문을 당해야 하는지 모르겠군. 몰라서 물어? 밤마다 네가 일러준 그 짓을 했더니 이젠 옆집에서 방사하는 소리도 다 들린다!"

—걱정 마, 네 마누라는 반드시 내게 고맙다고 할 테니.

"아버지, 정말 문주님을 찾을 수 있을까요?"

유천복의 귀에 은방울이 구르는 듯한 소리가 들려왔다. 듣지 않으려고 귀를 막았으나 소용이 없었다.

"네 숙부의 점괘대로라면 아마도 그럴 것이다. 너도 알다시피 숙부의 점괘는 한 번도 틀린 적이 없지 않느냐? 이곳에서 분명히 사라진 물건에 대한 소식을 들을 수 있다고 하였으니 기다려 보거라."

"그야 그렇지만……."

유천복은 살며시 고개를 들어 소리나는 쪽을 보았다. 오른쪽의 탁자에 세 명이 앉아 있었다. 흰 담비 가죽으로 멋지게 차려입은 젊은 청년 한 사람과 도관(道冠)을 쓴 두 명의 장년인이었다. 말을 한 것은 청년 쪽이었다.

유천복은 고운 미성의 목소리만을 듣고 여자인 줄 알았다가 청년과 눈이 마주치자 그만 얼굴이 벌게졌다. 저쪽에서도 마침 유천복을 쳐다보고 있었던 것이다. 상대가 눈을 찡긋해 보였다. 호기심이 가득한 커다란 눈동자와 오뚝한 콧날 아래 앙증맞은 입술이 보였다.

"정말 잘생긴 공자로군. 나를 보고 웃는데?"

—이제 보니 남색에도 취미가 있나 보군.

무지자의 말에 황급히 손을 내젓다가 그만 젓가락을 떨어뜨리고 말았다.

"킥킥. 아버지, 거지가 자꾸 이쪽을 쳐다봐요. 혹시 음식값이라도 내주길 바라는 걸까요?"

고개를 숙여 젓가락을 집어 드는데 청년의 목소리가 다시 들려왔다. 유천복은 그만 얼굴이 화끈 달아올랐다. 다리에 힘이 쫙 풀려 바닥에 주저앉아 버렸다.

"왜 그러긴? 창피하니까 그렇지! 내가 거진 줄 알잖아. 저자가 나가기 전에는 일어나지 않을 거야."

유천복은 탁자 밑으로 기어들어 가며 중얼거렸다. 그러나 그 결심은 오래가지 못했다. 유천복이 도망간 것으로 오인한 아개가 탁자를 거칠게 치우며 큰 소리로 떠들었던 것이다.

"내가 이럴 줄 알았다니까! 도망갈 줄 알았어. 처음부터 음식을 주는 게 아니었는데. 꼬라지가 하두 괴기하여서 그만 깜빡 속아넘어갔지 뭐야. 옘병할! 오늘 재수 옴 붙었군, 옴 붙었어. 퉤!"

아개는 욕을 하다 점점 화가 났는지 유천복의 몇 대조 조상까지 들먹거리고 있었다. 유천복은 탁자 밑에서 더욱더 얼굴이 시뻘겋게 변해 있었다.

"어떻게 하지? 지, 지금 나갈까? 창피하니까 이대로 몰래 나가는 것이……."

문 쪽으로 슬그머니 움직이던 유천복은 점소이가 마침내 어머니마저 화냥년이라고 욕을 하자 그만 참지 못하고 벌떡 일어나고 말았다.

"뭐라고!"

분기탱천하여 탁자를 엎으며 일어선 유천복을 보자 아개는 그만 눈이 화등잔만하게 커졌다. 설마 탁자 밑에 숨어 있으리라고는 생각도 못하였던 것이다.

"오호라! 바로 거기 숨어 있었구만. 날이 어두워지면 도망칠 생각이었나 보지? 흥! 태호루의 아개를 뭘루 보구, 거지 주제에 나 아개님을 부려먹어? 너 오늘 잘 걸렸다."

아개는 팔목까지 걷어붙이고는 유천복을 거지로 몰아갔다. 유천복은 주위 사람들이 전부 자신을 쳐다보자 얼굴이 더욱 새빨개졌다. 불현듯 젊은 청년 쪽을 보았다. 동정심이 가득한 눈으로 이쪽을 보고 있었다.

무지자가 혀를 차는 소리가 들려왔다.

—난 모르겠다.

"모르다니…… 모르면 어떻게 해? 무지자! 무지자!"

"이놈이 이제 날 보고 무식한 놈이라고 욕을 하네. 그래, 이놈아! 어디 한번 따져 보자. 거지가 더 무식한지, 점소이가 더 무식한지!"

언성을 점점 높이던 아개가 유천복의 가슴을 세게 밀었다. 점소이의 횡포가 점점 심해지자 어서 돈을 주고 이곳을 떠나야겠다는 생각이 사라졌다. 오기가 생겼던 것이다.

유천복은 홀쭉한 배를 앞으로 쑥 내밀고 허리춤에서 몇 푼의 동전을 꺼내었다. 그리고 아개의 눈앞에서 짤랑거리는 소리가 나도록 흔들었다.

"누가 거지라는 거냐? 네 눈에는 이게 돈이 아니라 돌로 보이냐. 손님을 이렇게 홀대하다니 주인에게 따져야겠다."

돈을 보자 아개의 얼굴이 참담하게 변하였다. 그러나 곧 다시 기세등등하여 소리친다.

"돈이 있으면서도 공짜로 밥을 먹으려 한 걸 보니 사기꾼이 분명하군!"

"누가 돈을 안 낸다고 하였느냐? 단지 젓가락이……."

그때였다. 태호루의 문이 벌컥 열리며 비바람과 함께 또 한 사람의 손님이 들어섰다. 사람들의 시선이 일제히 문으로 향했다.

점소이 아개는 유천복을 흘겨보다가 황급히 문가로 달려갔다. 주인이 팔자눈썹을 하고 노려보고 있었던 것이다.

"어서 옵…… 힉!"

아개의 목에서 이상한 소리가 터져 나왔다. 그도 그럴 것이 새로 들어온 손님은 마치 피가 가득 담긴 항아리에서 목욕을 하고 나온 것처럼 전신이 피투성이였던 것이다. 세차게 내리는 비도 그 핏자국을 다 씻어낼 수 없었던 모양이다. 그는 문에 들어서자마자 바닥에 쓰러지듯 주저앉았다.

“금도(金刀) 석대호(錫大號)! 대체 어찌 된 일이오?”

가장 안쪽의 탁자에 앉아 있던 사람들이 우르르 일어나더니 저마다 문가로 달려가 들어온 이를 부축하였다.

금도 석대호는 산동(山東)에서는 제법 이름이 알려진 자였다. 젊은 시절 한 자루의 금도로 많은 사마의 무리들을 베어 이름을 날렸다. 그러나 이제 나이가 들어 사람들의 기억에서 잊혀져 가던 그가 다시 나타난 것이다.

사람들은 이제 새로 나타난 자에게 관심이 쏠려 있었다. 그 틈에 유천복은 살며시 탁자에 다시 앉을 수 있었다. 그는 먼저 음식값을 치르고 아개가 치운 음식들을 다시 주문하였다.

석대호라는 자는 자리에 앉자마자 술을 세 사발이나 벌컥벌컥 들이킨 후에야 정신이 드는 듯하였다.

“이제 정신이 드시오?”

체구가 작고 얼굴빛이 붉은 자가 입을 열었다.

“나는 정말이지 정 형의 얼굴을 다시 보지 못할 줄 알았소. 내가 이곳으로 오는 동안 얼마나 많은 사람들이 죽었는지 안다면 정 형도 그렇게 생각할 것이오.”

석대호가 두렵다는 듯 몸을 떨자 사람들은 무슨 일인가 하여 그에게로 모여들었다. 그가 막 입을 열려 할 때였다. 또다시 우르르 하는 말발굽 소리가 들리더니 이번에는 문이 박살나며 한 사람이 뛰어들어 오고 이어 흑립을 쓴 십여 명의 사람들이 뒤를 따라 들어왔다.

이번에 온 자도 석대호 못지않게 위중한 상처를 입은 듯했다. 허연 수염은 온통 피투성이였고 앞가슴에서 연신 붉은 피가 스며 나와 옷을 적시었다. 석대호의 입에서 신음성이 흘러나왔다.

"광혼일검(狂魂一劍) 뇌경룡(雷經龍), 결국 그대의 손에 들어갔구려."

사람들은 광혼일검이라는 말에 놀라움을 금치 못했다. 광혼일검이라면 운주(鄆州) 일대를 장악한 무림의 고수였다. 그가 혈혈단신(孑孑單身)으로 운주 양산박(梁山泊)의 녹림도들을 괴멸시킨 일은 아직도 사람들의 뇌리에 남아 있었다. 나이도 환갑을 넘긴 지 오래라 곧 금분세수(金盆洗手)를 하려 한다는 소문이 도는 노고수가 어찌하여 저런 모습으로 이곳에 나타난 것일까?

뇌경룡의 눈은 핏줄이 터졌는지 붉게 물들어 광기로 번뜩이고 있었다. 그는 누구든 가까이 오는 자는 용서치 않겠다는 듯 살기를 뿜어내며 한 자루의 장검을 미친 듯이 휘둘렀다. 바로 그의 애병인 광혼검이었다. 그와 삼십 평생을 같이한 유명한 병기였지만 지금은 주인처럼 여기저기 이가 빠지고 초라한 고철덩어리로 변해 있었다.

실내는 삽시간에 아수라장이 되었다. 사람들은 벽 쪽으로 물러섰고 유천복도 젊은 청년이 있는 쪽으로 밀려갔다.

"뭐야! 또 못 먹었잖아. 정말 배고파 죽겠네."

유천복은 뒤집어진 탁자를 망연자실하게 쳐다보았다. 값은 벌써 치렀는데 눈앞에서 음식이 발 밑에 깔려 짓밟히는 것을 보니 가슴이 쓰려왔다. 발을 내밀어 어떻게든 한 접시의 음식이라도 끌어당기려고 안간힘을 쓰고 있었다.

실내에는 온통 흑립을 쓴 사내들이 가득 들어차 있었다. 흑립인들은 손님들 사이에 서 있는 뇌경룡을 향해 흉흉한 기세를 드러냈다.

"뇌경룡! 그 물건의 주인은 네가 아니다! 곧 무덤에 들어갈 나이건만 욕심이 과하구나."

흑립을 쓴 사내들 사이에서 냉막한 목소리가 흘러나왔다. 뇌경룡은 소리나는 쪽을 향하여 악을 썼다.

"흥! 이미 내 손에 들어온 이상 누구도 내게서 이것을 빼앗아갈 수 없다! 으하하하!"

미친 듯이 웃고 있는 뇌경룡의 광소에 비릿한 두려움이 묻어났다. 그는 돌연 품속으로 손을 집어넣더니 하나의 물건을 꺼내어 머리 위로 치켜들었다. 순간 눈이 부시도록 환한 빛이 실내에 가득 찼다.

"앗! 저것은!"

"아버지!"

"어라!"

여기저기서 한꺼번에 외마디 소리가 흘러나왔다.

그중의 한마디는 간신히 한 접시의 음식을 발로 끌어당겨 야채와 볶은 국수를 손으로 집어먹고 있던 유천복이 내뱉은 것이었다.

─수옥이다!

"맞아! 저건 아삼이 가져간 그 수옥이잖아! 저게 왜 여기 있는 거지?"

유천복이 음식을 꿀꺽 삼키며 말했다. 그러나 발음이 분명하지 않아 바로 옆 사람이라 하더라도 제대로 못 알아들었을 것이다. 대신 수옥이라는 말은 다른 사람들이 하였다.

"만년수옥이다! 만년수옥이 나타났다!"

"저것만 있으면 천하를 차지할 수 있다는데……."

"불로장생의 신비가 담겨 있다지?"

"아닐세! 저 안에 장보도가 숨겨져 있다는군."

웅성거림이 여기저기서 흘러나왔다. 사람들이 황홀한 눈빛으로 뇌경룡의 손에 들린 수옥을 쳐다보았다. 다들 탐욕의 눈빛으로 번들거렸다.

힘겹게 앉아 있던 석대호의 눈이 이채를 발했다. 그의 미간에는 검은 주름이 깊게 패어 있었다. 모두 수옥에 정신이 팔려 있어 누구도 그가 일어나는 것을 보지 못했다. 흑립인들은 더욱더 살기를 짙게 풍기며 서서히 앞으로 다가왔다.

"뇌경룡, 네놈이 끝내 죽음을 자초하는구나!"

일갈이 터지며 검은 그림자가 뇌경룡을 덮쳐 왔다. 뇌경룡은 온몸을 팽팽하게 긴장시키며 광혼검을 쳐들었다. 그러나 검을 앞으로 내밀기도 전에 등이 불에 타는 듯한 화끈한 통증을 느껴야 했다.

'이게 무엇……!'

생각을 끝마치기도 전에 그의 몸은 앞으로 푹 고꾸라졌다. 아무도 예상치 못한 일이었다. 다음 순간 붉은 신형이 쏜살같이 지붕으로 솟구쳐 올라갔다. 흑립인들이 소리쳤다.

"쫓아라! 석대호다!"

흑립의 사내들은 마치 하늘에서 머리를 잡아 끌어올리기라도 한 듯 몸을 솟구쳐 지붕을 뚫고 사라졌다.

태호루를 포위하고 있던 흑립인들이 썰물이 빠지듯 눈 깜짝할 사이에 사라지자 서로 눈치를 보던 사람들도 그 뒤를 따라 앞 다투어 밖으로 뛰쳐나갔다.

"만년수옥이 금도 석대호의 손에 있다!"

"먼저 빼앗는 자가 임자다!"

실내는 한 떼의 들소 무리가 왔다가 간 것처럼 난장판이 되어 있었고 얼이 빠진 점소이 아개와 주인이 서로를 끌어안은 채 계산대 아래에서 목만 내밀고 있었다.

유천복은 접시를 놓지 않은 채 주변을 돌아보았다. 젊은 청년 일행도 아직 그곳에 있었다.

"아버지, 저건 수옥봉에 박혀 있던 수옥 같은데요?"

청년이 속삭이자 그의 아버지로 보이는 자가 입술에 손가락을 가져갔다.

"쉿! 입조심하거라."

"만년수옥은 또 뭐람? 그래도 전 숙부의 말이 맞았네요. 순식간에 눈앞에 나타났다 사라지긴 했지만."

"황산으로 돌아가 이 일을 네 사숙들과 의논해야겠다. 아무래도 강호에 우리가 모르는 무슨 일이 벌어지고 있는 것 같다. 문주님의 소식은 듣지도 못했는데 이런 괴이한 일이 벌어지다니……."

청년은 일행을 따라 문을 나서려다가 뇌경룡의 시신 옆에서 음식을 먹고 있는 유천복을 보았다. 그는 유천복을 지나치려다가 멈추어 섰다.

"그렇게 배가 고파요?"

눈살을 찌푸린 채 청년이 말했다. 유천복은 그가 자신에게 말하는 줄 모르고 뒤를 돌아다보았으나 아무도 없자 고개를 끄덕였다. 그리곤 손가락으로 음식을 가리키며 말했다.

"난 거지가 아니오. 이건 돈을 냈다구요."

“그렇군요.”

청년은 잠시 유천복과 함께 뇌경룡의 시신을 내려다보았다. 어디선가 향긋한 내음이 유천복의 후각을 자극했다. 가까이에서 보니 청년은 더욱 여자 같아 보였다. 연지를 바른 듯한 붉은 입술은 도톰히 벌어져 있었고 백옥처럼 투명한 볼 위로 긴 속눈썹이 그늘을 드리우고 있었다.

“이 사람은 왜 죽은 거죠?”

멍청히 청년을 보고 있던 유천복은 갑자기 생각난 듯이 물었다. 그러나 입속에 국수가 가득 차 있어 청년이 제대로 알아들었는지가 의문이었다. 그는 아직도 뇌경룡이 왜 갑자기 앞으로 쓰러져 죽었는지 알 수가 없어 고민 중이었다. 청년이 기가 막히다는 듯이 말했다.

“그걸 정말 몰라요? 석대호라는 자가 뒤에서 암습을 했잖아요. 여길 봐요. 등에 깊은 칼자국이 보이죠? 이건 아까 들어올 때는 분명히 없었던 것이에요. 아무도 석대호에게 신경 쓰지 않은 틈을 타 그는 뇌경룡의 뒤로 돌아갔어요. 그리고 아무도 모르게 단숨에…… 푹!”

청년은 주위를 돌며 실감나게 그때의 장면을 묘사했다. 유천복은 청년의 이야기에 빠져들어 그가 자신의 뒤로 돌아가는 것을 멍청하게 보고 있었다. 순간, 청년은 손을 들어 앞으로 내지르며 유천복의 등을 향해 칼을 찌르는 시늉을 했다.

“헉!”

유천복은 등에 탁 하는 통증을 느끼고는 너무 놀라 입에 물고 있던 국수를 다 토해냈다. 가뜩이나 더러운 옷이 국수 국물로 더 엉망이 되었다.

“어머! 놀랐어요? 장난이었는데…… 미안해요.”

청년은 미안한 표정이었으나 끝내 웃음을 참지 못하였다. 작은 손을 들어 입을 가리고 웃었다. 유천복은 그 모양이 보기 좋다고 생각했다. 그리고 사소한 장난에 자신이 너무 놀란 것이 창피했다. 청년은 아까 점소이와 싸우는 것도 다 구경했을 테니 유천복을 아주 우습게 볼 터였다.

"나도 장난인 줄 알았소."

유천복은 점잔을 빼며 말했다. 그러나 사실은 너무 놀라서 아직도 심장이 벌렁거리고 있었다.

문에서 청년을 부르는 소리가 들려왔다.

"소연아, 뭐 하느냐? 빨리 오거라."

청년은 밖에서 부르는 소리에 달려나가며 유천복을 향해 소리쳤다.

"나는 팽소연(彭素燕)이라고 해요! 아까 거지라고 해서 미안해요. 사실은 다 들었죠? 나는…… 황산 연화봉에 살아요."

청년이 나가자마자 말울음 소리가 멀어져 갔다.

팽소연은 부지런히 말을 달려 일행의 뒤를 쫓았다.

"아버지, 저 사람 정말 웃기지 않아요?"

청삼을 입은 중년인이 아무 대꾸도 없자 이번에는 냉막한 표정의 다른 중년인에게 물어보았다.

"사 사숙은 그렇게 생각하지 않아요?"

"소연아, 입을 다물어라. 지금은 한시라도 황산으로 돌아가는 일이 시급하다."

청삼중년인의 말에 팽소연은 입을 뽀족이 내밀었다.

"겨우 산을 내려왔는데 또다시 돌아가야 하다니……."

불만스러운 기색이 가득한 목소리였다.

유천복은 사라지는 팽소연을 보며 이름이 여자 같다고 생각했다.

"근데 아삼 말이야, 아까 그 수옥은 분명히 아삼이 가져갔는데 왜 여기에 있지? 아삼은 또 어디로 갔지? 난 아삼이 그 사람의 부탁을 들어주러 황산에 있는 봉…… 무슨 문파에 간 거라고 생각했지. 그래, 맞아! 황산 연화봉의 봉호문! 그곳에 가면 이유를 알 수 있을까? 팽소연이라고 했지……."

어쩐지 여운이 남는 이름이었다. 유천복은 청년이 사라진 쪽을 아쉬운 듯 바라보았다. 그리고 결심한 듯이 몸을 일으켰다.

"다른 영약은 어디 있는지도 모르겠고, 능 소저가 말한 대로 나도 수옥을 찾아야겠어. 혹시 아삼을 만나면 달라고 해봐야지."

중얼거리며 부서진 문을 나서려다가 뭔가 빠뜨린 듯 다시 안으로 들어갔다. 그리고 안쪽을 향해서 손가락질을 하며 소리쳤다.

"이봐, 너! 다음에 다시 오면 이번에 못 먹은 음식은 그냥 줘야 한다구! 내가 꼭 기억하고 있을 거야."

아개는 유천복이 무슨 소리를 하는지 몰라 눈만 멀뚱거리고 있었다.

밖으로 나온 유천복은 또다시 걸을 생각을 하자 눈앞이 캄캄했다. 그런데 갑자기 겨드랑이가 미친 듯이 가렵기 시작했다.

"하하하! 몸속에…… 뭐가, 뭐가 있어! 하하하!"

옷 속으로 손을 집어넣어 무엇인가를 끄집어내었다.

"하하하! 귀동이, 너였구나."

손바닥 위에서 작은 황금색의 거북이가 까만 눈을 도르륵 굴리며 위를 올려다보고 있었다. 유천복은 신구가 배가 고플지도 모른다고 생각했다. 신구를 내려놓고 거북이가 먹을 만한 음식이 무얼까 찾아보기로

했다.

"어엇!"

음식을 찾다가 돌아선 유천복은 저도 모르게 비명을 질렀다. 마구간 옆의 물통에 머리를 처박고 있는 시커먼 짐승이 눈에 들어왔던 것이다.

거대한 등 껍질과 넓적한 네 개의 발, 작은 꼬리까지 황금색은 아니었지만 틀림없이 거북이었다. 물통에서 들어 올린 작달막하고 둥근 머리가 이쪽을 쳐다보고 있었다.

"귀동이가 맞지? 왜 이렇게 자란 거지? 원래 거북이는 이렇게 빨리 자라나?"

―모른다.

"하긴 네가 그걸 알면 무지자가 아니지. 그런데 이 정도 크기라면 나 하나쯤은 너끈히 태우고도 남겠는걸."

유천복은 장난 삼아 말하며 거북의 등에 올라탔다. 그런데 신구가 놀랄 만큼 빠른 속도로 움직이기 시작했다.

"와아! 무지자, 이것 봐!"

유천복은 기분이 좋아 소리쳤다. 말을 타는 것처럼 빠르지는 않았지만 그래도 걷는 것보다는 빨랐다. 신구의 등은 충분히 널찍했고 덕분에 유천복은 생각보다 편하게 황산으로 갈 수 있었다. 사람들의 기가 막힌 시선을 무시한 채 어느새 편하게 코까지 골고 있는 유천복이었다.

―믿을 수 없어.

무지자가 말했다.

"정말 어이가 없군!"

조금 떨어진 나무 위에서 나무껍질을 질겅거리며 씹고 있던 마유의 말이었다.

소주에서 황산까지 가는 길은 순탄했다. 합비(合肥)에 이르러 관도를 지나가는 신구를 보고 사람들은 경악했으나 유천복은 즐겁기만 했다. 말처럼 흔들리지도 않고 엉덩이가 아프지도 않았다. 그저 엎드려 있거나 누워 있거나 하면 신구가 알아서 길을 갔다. 마치 유천복이 황산으로 가는 것을 알고 있기라도 하듯 길을 알려주지 않아도 스스로 찾아갔다.

유천복이 신구의 등에서 한가로이 낮잠을 즐기고 있을 때였다. 말발굽 소리가 천지를 진동시키더니 한 떼의 말들이 빠른 속도로 달려왔다. 사람들은 비명을 지르며 길 양쪽으로 피하였으나 마침 신구는 길 한복판에 서 있어 왼쪽으로도 오른쪽으로도 움직이려 하지 않았다.

"비켜랏!"

관복을 입고 말 위에 탄 자가 채찍을 휘두르며 소리쳤다.

"귀동아, 빨리 비켜!"

놀란 유천복이 발을 구르며 애를 태웠으나 신구는 꼼짝할 생각도 하지 않았다. 며칠 동안 물을 마시지 못해 기운이 다한 것일까? 말발굽에 채여 머리가 터지는 상상을 하며 양손으로 머리를 감싸 쥐고 납작 엎드렸다.

"으악! 나 죽네~"

유천복은 아슬아슬하게 신구의 등을 굴러내려 배 밑으로 들어갔다. 그러나 신구의 등 껍질은 거친 말발굽에도 멀쩡했다. 그 대신 몇 마리의 말이 신구를 밟으려다 오히려 미끄러져 말과 사람이 관도에 함께 뒹굴고 말았다.

"으앗!"

"이게 뭐야?"

"사매, 괜찮아?"

한꺼번에 여러 사람의 목소리가 들리며 달리던 사람들이 우르르 멈추어 섰다.

덩치가 좋고 바늘 같은 수염이 돋은 자가 얼굴을 붉히며 다가왔다. 아마 말에서 떨어진 자 같았다. 몇 사람이 신음을 흘리며 바닥에 누워 일어서지 못하고 있었다.

머리에 화려한 장식을 한 젊은 여자도 바닥에 서 있었는데 손에는 긴 채찍이 들려 있었다. 채찍을 보자 유천복은 불현듯 능초영이 생각났다. 여자의 얼굴은 앳되었으나 미인이란 소리를 듣기에는 부족함이 없어 보였다.

"사매, 정말 다친 곳은 없는 거지?"

"네, 사형. 걱정해 주어 고마워요."

여자의 양 옆으로 젊은 청년 둘이 걱정스러운 표정을 지은 채 서 있었다. 오른쪽에 있는 자는 여자와 생김새가 닮아 있어 남매 간이라는 것을 알 수 있었다. 왼쪽에 서 있던 남자는 얼굴이 사색이 돼서 여자가 행여 다친 곳이 없나 살펴보고 있었다. 여자의 눈에 감격의 빛이 어렸다. 아마 두 사람은 서로 좋아하는 사이인 모양이었다.

유천복은 몇 달 전에 능초영과 낙양을 거닐던 때가 생각났다. 금곡 춘청을 구경하던 그때는 아무런 근심 걱정도 없이 행복하기만 했었는데 지금 자신의 행색은 영락없는 거지라 한숨이 절로 났다.

"이 빌어먹을 놈이! 귓구멍이 막혔나. 비키란 소리도 듣지 못했느냐!"

우레 같은 목소리로 욕설이 퍼부어졌다. 수염이 잔뜩 돋은 자가 유천복의 멱살을 잡아 올렸다. 단번에 유천복의 발이 땅에서 떨어지는 신세가 되고 말았다.

"캑캑!"

관도에서 그렇게 빨리 달리면 어떻게 하느냐고 되묻고 싶었지만 숨이 막혀 말이 나오지 않았다.

"이 멍청한 새끼가 말을 안 하니 정녕 치도곤을 당해봐야 알겠구나."

"채 대협, 갈 길이 바쁘니 대충 하고 어서 갑시다. 이러다 그자들을 놓치고 말겠소. 너희도 어서 말에 오르거라."

청삼을 입은 노인이 말에 오르며 재촉했다. 젊은 남녀들도 서둘러 말에 올라 길을 떠날 채비를 한다.

채 대협이라 불리운 사내는 아쉬운 듯이 유천복을 노려보다가 솥뚜껑 같은 손으로 열 대나 따귀를 올려붙였다. 순식간에 양 볼이 시뻘겋게 부어올랐다.

"네놈이 오늘 운수대통인 줄 알아라. 감히 채충님의 앞길을 가로막고도 멀쩡하다니."

유천복은 아무 말도 못한 채 볼을 부여잡고 눈물을 줄줄 흘리고 있었다. 태어나서 처음으로 누군가에게 이렇게 심하게 맞은 것이다.

─맞고도 가만있다니, 너는 확실히 사내가 아니라니까.

무지자의 말이 아니더라도 유천복은 정신적인 모욕감으로 얼이 빠져 있었다. 잠시 뒤에는 화가 치밀었다. 저도 모르게 말에 오르려는 채충에게로 달려가 넘어지듯이 다리를 잡아채었다. 그 바람에 막 한쪽 다리로 균형을 잡으며 말에 타려던 채충이 그만 다시 바닥에 나동그라졌다.

"이놈이 미쳤나!"

사람들 앞에서 보기 흉하게 나동그라져 체면을 구긴 채충은 너무 화가 나서 바늘 같은 수염이 고슴도치처럼 모두 곤두섰다. 채충은 유천복을 죽이기로 작심한 듯 한 손에 들고 있던 창을 치켜들었다.

유천복은 머리를 감싸고 나무통처럼 바닥을 데굴데굴 굴렀다. 머리통이 있던 자리에 연거푸 창이 푹푹 박혔다.

"요런 쥐새끼 같은 놈을 봤나!"

채충은 창술에 자신이 있었다. 그런데 한번에 유천복의 몸을 꿰뚫지 못하자 있는 대로 화가 치밀었다. 욕을 하며 다시 창을 번쩍 치켜들었다.

유천복은 어느새 막다른 곳까지 밀려나 있었다. 벽으로 막혀 있어 더 이상은 구를 곳도 없었다. 이럴 줄 알았으면 그냥 참을걸. 머리 속에 떠오른 생각이었다.

"이 개 같은 놈아! 염불이나 외고 있거라!"

—어딜 가나 저런 놈이 꼭 있지. 그러고는 얻어터지면서!

채충이 비릿한 웃음을 흘리며 창을 내려치는 순간 무지자가 분기탱천하여 소리쳤다.

펑!

갑자기 가죽 북이 터지는 듯한 소리가 나더니 기세등등하던 채충의 커다란 덩치가 삼 장이나 날아가 건너편에 처박히는 것이 보였다.

유천복은 왼팔에 은은한 통증을 느끼며 어리둥절해 있었다. 사람들은 속으로 유천복이 창끝에 꿰인 모습을 떠올리다가 반대로 채충이 날아가는 모습을 보게 되자 웅성거렸다. 채충은 많이 다치지는 않았는지 곧 일어서서 씩씩거리며 달려왔다.

"저놈 죽엇!"

채충이 미친 황소처럼 돌진하며 소리치자 팔짱을 낀 채 구경을 하고 있던 일행들이 몰려왔다.

유천복은 눈앞으로 찔러 들어오는 창끝을 왼손으로 모두 잡아채긴 했으나 주먹까지 막지는 못하였다. 순식간에 눈앞이 캄캄해지더니 시커먼 그림자가 머리 위로 드리워졌다.

경쾌한 타격음이 한동안 울려 퍼졌다. 사람들이·혀를 차는 소리가 들려왔다. 유천복은 하늘이 노래지도록 흠씬 두들겨 맞은 후에야 하늘을 볼 수 있었다. 온몸에 시퍼런 멍이 들고 코피가 쏟아져 얼굴이 피투성이였다.

유천복이 고통스러워하는데 무지자가 신이 나서 소리 지른다.

―하하. 이것 봐!

"보긴 뭘 봐?"

볼을 문지르던 유천복의 볼멘소리가 다시금 상대방의 비위를 거스른 모양이었다.

"이 새끼가 아직도 정신을 못 차렸군. 아예 끌고 가서 죽여 버립시다!"

얼굴이 검은 사내가 팔을 빙빙 돌리며 험악하게 말했다. 채충은 그 말이 나오길 기다렸다는 듯이 앞으로 나섰다.

"이제 그만 하고 갑시다."

그때 선두에 선 자가 다시 재촉을 하였다. 눈을 부라리며 달려들던 채충이 이를 갈며 돌아섰다.

그러나 유천복은 다른 곳을 보고 있었다. 그곳에는 자신의 의지와 상관없이 아래위로 흔들리는 팔이 있었다. 자신의 몸 중에서 마치 그

왼팔만 따로 떨어져 있는 것처럼 느껴졌다.

"이게… 내 팔이 왜 이래? 무지자, 너 무슨 짓한 거야? …가만두지 못해!"

―하하, 팔이, 팔이 움직인다!

유천복은 소리를 버럭 질렀다. 구경을 하던 사람들은 그가 너무 많이 맞아서 정신이 나갔다고 생각했다.

말에 오르려던 사내들은 자신들에게 하는 말인 줄 알고 서슬이 퍼레서 달려왔다.

그런데 이게 어찌 된 일인가?

사내들의 검을 유천복이 잡자마자 마치 엿가락처럼 툭툭 부러져 버리는 것이 아닌가? 채충의 얼굴은 흙빛이 되었다.

유천복은 멍한 표정으로 미친 듯이 웃고 있는 무지자의 웃음소리를 듣고 있었다.

"비켜들 서시오!"

휙 하는 바람 소리가 들리더니 한 사람이 유천복의 앞으로 내려섰다. 아까 말을 타고 떠나려던 노인과 젊은이 셋이 어느 틈엔지 가까이 다가와 있었다.

"어디 내 검도 부러뜨려 보거라!"

혈색이 붉은 젊은 남자가 호기롭게 소리치며 말에서 뛰어내렸다.

"오라버니, 조심하세요!"

유천복은 상대의 소매 끝에 수놓아진 매화를 발견하고는 소리쳤다.

"화산파!"

"흥! 눈깔은 제대로 박혀 있었구나. 그러나 이젠 늦었다. 우리 앞길을 막은 대가를 톡톡히 치르게 될 것이다."

이들은 유천복이 말한 대로 모두 화산파 사람들이었다.

화산에는 강호에서 촉망받고 있는 후기지수들을 일컬어 일봉이룡(一鳳二龍)이라 불렀다.

유천복에게 달려든 사내는 바로 화산백룡(華山白龍) 설수근(薛修根)이며 말 위에 탄 여자는 그의 누이이자 화산일봉(華山一鳳)인 설지란(薛芝蘭)이다. 옆에서 재미있다는 표정으로 구경하고 있는 자가 바로 화산 장문인의 아들인 화산청룡(華山靑龍) 서추량(徐秋良)이었다.

유천복은 낙양에서 중년인에게 공격당하다 도비류를 만나게 된 일을 떠올렸다. 화산파에 대한 감정이 좋을 리 없었다. 그 일만 아니었어도 도비류를 만나지 않았을 것이고 자신은 아직도 능초영과 유람을 하고 있었을 게 아닌가?

"화산파는 주로 길 가는 사람을 붙들고 패는 데 소질이 있나보군."

말이 곱게 나갈 리가 없었다. 설수근의 안색이 변하더니 왼쪽 어깨의 중부혈(中府穴)을 노리고 매섭게 달려들었다.

─흥! 건방진 것들이 감히!

유천복의 왼팔이 불쑥 들려졌다.

사람들은 비명을 질렀다.

그러나 들려진 왼팔은 기이하게도 바깥으로 휘며 설수근의 검을 휘어 감았다. 설수근은 팔목까지 유천복의 왼팔에 낀 형국이 되고 말았다. 갑자기 잡힌 팔이 물속에 들어간 것처럼 무거워졌다. 깜짝 놀란 설수근이 억지로 팔을 빼려 하자 우두둑! 하는 소리가 들려왔다. 으악 하는 비명 소리와 함께 설수근이 뒤로 물러섰다. 검이 쨍그랑 소리를 내며 바닥으로 떨어졌고 설수근의 손이 힘없이 축 늘어져 있었다.

"으악! 내 손! 손목이……!"

"보, 보았느냐? 누구든지 더, 덤비면 저렇게 만들어주겠다!"

유천복은 덜덜 떨리는 목소리로 말했다. 설수근의 팔이 부러졌으나 자신의 왼팔도 부서질 듯 아파왔다. 몸이 무지자의 뜻대로 움직이는 것도 기가 막힌 일이었지만 저들이 한꺼번에 덤벼들면 어쩌나 겁이 나서 죽을 지경이었다. 그러나 한편으로는 오기도 생겼다.

말 위의 여자가 싸늘한 시선으로 보고 있었다. 뒷머리가 얼음을 끼얹은 듯 차가워졌다.

'천금손가에서 능 소저도 꼭 너같이 노려보았지. 그러나 나는 이제 아무렇지도 않다. 얼마든지 노려볼 테면 노려보라구!'

청삼노인이 설수근의 팔을 조심스레 묶는 동안 다른 청년이 앞으로 나섰다.

"결례를 범했군요. 저는 화산파의 서추량이라고 합니다."

서추량은 유천복의 신분을 묻는 것이었다. 유천복은 그가 화산의 장문인과 많이 닮았다고 생각했다.

"나는 경조부 유가장의 유천복이라고 하오."

쌔액 하는 소리와 함께 두 개의 채찍이 날아들며 유천복의 양 옆을 후려쳤다.

"오늘 네놈과 사생결단을 내겠다! 이렇듯 사이한 무공을 펼치는 것을 보니 네놈은 필경 좋은 놈이 아닐 것이다!"

설지란의 두 개의 채찍은 마치 뱀처럼 유천복을 구석으로 몰아갔다. 땅을 후려치는 채찍이 휘돌며 번쩍거리는 빛을 뿜어내었다.

한순간 유천복은 등판이 쪼개지는 듯한 통증을 느끼며 뒤로 훌쩍 뛰었다. 채찍이 등에 맞은 것이다. 온몸이 저릿한 통증이 손끝까지 뻗쳐 나갔다.

─멍청아! 그렇게 느려서는 머리통이 채찍에 맞아 터지고 말걸.

"무지자! 너나 잘해."

유천복은 화가 머리끝까지 치밀었다. 대체 화산파 사람들은 자신과 무슨 원수를 졌다고 이렇게 매번 못살게 구는지 알 수가 없었다. 보는 사람마다 자신을 못 잡아먹어서 안달이었다. 입술을 깨물며 주먹을 으스러져라 쥐었다.

"흥! 그래, 어디 한번 해보자구!"

유천복은 무지자가 뛰라면 뛰고, 구르라면 구르고 시키는 대로 움직이며 설지란의 채찍을 아슬아슬하게 피해 나갔다. 그러나 독사 같은 채찍을 휘두르는 그녀의 모습은 꼭 능초영을 보는 듯하여 유천복은 잠시 달콤한 생각에 빠졌다. 방심하는 사이 채찍이 스르륵 오른팔에 휘감겨 조여들었다. 설수근이 당한 것과 똑같이 유천복의 팔목을 부러뜨릴 모양이었다.

"윽! 이거 놔! 놓으란 말야!"

"이제야 겁이 나는 모양이구나. 어디 너도 한번 당해보거라. 부러져라!"

설지란이 앙칼지게 채찍을 힘껏 조이는 순간이었다.

휘리릭!

어디선가 날아온 검이 단박에 채찍을 끊어내었다.

설지란은 균형을 잃고 뒤로 휘청거리며 물러섰다.

눈앞에는 체격이 큰 사내가 서 있었다. 검고 긴 머리, 입가에 비스듬히 걸린 나뭇가지 하나! 어디서 본 듯한 모습이었다.

유천복은 다시 도비류를 떠올렸다. 그때와 너무 비슷한 상황이었다.

'그러나 그때에는 능 소저와 웃으며 이야기를 하고 있었지.'

“보고 있자니 너무 들하는군.”

사내의 입술이 열리며 씹다 만 나무껍질이 튀어나왔다.

“네놈도 한패로구나. 이제 보니 한패를 믿고 까불었구나. 내 오늘 너희 도적놈들에게 뼈저린 실수라는 걸 깨닫게 해주마.”

설지란과 서추량이 한꺼번에 사내에게 달려들었다. 설지란은 끊어진 채찍을 버리고 검을 뽑아 들었다.

두 사람이 펼치는 합공은 뱀처럼 빠르고 조화로워 허점이 없어 보였다. 그러나 실전 경험이 없는 터라 번번이 간발의 차로 사내를 놓치고 말았다. 사람들이 앗! 하는 사이에 서추량과 설지란은 사내에게 손목을 잡히고 검을 빼앗기는 신세가 되고 말았다.

“이 원숭이 같은 새끼!”

설지란은 서추량과 눈빛을 마주쳤다. 이미 마음이 통하는 사이였으므로 서로가 무엇을 말하려고 아는지 알 수 있었다. 각기 다른 손으로 사내의 앞가슴에 있는 거궐혈(巨闕穴)과 복부에 있는 중문혈(仲問穴)을 노리고 주먹을 휘둘렀다. 그러나 그 공격도 사내가 몸을 솟구치자 맥없이 허공에 휘두르고 말았다.

선두에 선 노인은 싸움에는 관심이 없는 듯 초조하게 좌우를 둘러보았다. 관도에서 시간을 너무 오래 끌었다고 생각한 것이다. 사내의 무공이 제법 쓸 만했지만 마음에 둘 정도는 아니었다. 설수근의 손목이 부러진 것도 우연히 그리된 것이지 유천복의 무공이 고강해서 그런 것은 아니었다.

노인은 유천복을 노려보았다. 소문에 듣던 것처럼 미련해 보이지는 않았다. 어쨌든 지금은 그런 것을 신경 쓸 때가 아니었다.

“이만 하고 가자. 이후의 빚은 유가장에 계산하기로 하고…… 오늘은 장문인의 명을 수행하는 것이 더 급하다.”

노인이 날카롭게 말하자 다들 불만스러운 표정이었다. 그러나 어쩔 수 없다는 듯이 설수근을 부축하여 말에 올랐다. 서추량은 나타난 사내에게 물었다.

“이름을 알려주지 않겠소? 아니면 문파라도.”

“화산파에서 알 정도로 고명한 이름이 아니오.”

사내도 싸늘한 시선으로 응수하였다. 서추량은 다시 유천복을 보았다.

“반드시 다음에 유가장에 들러 가르침을 받겠소.”

말발굽 소리가 멀어져 가고 관도는 언제 그런 일이 있었나 싶게 다시 조용해졌다.

유천복은 사내에게 인사를 해야 될지 망설여졌다. 낯이 익었으나 기억이 나질 않았다.

“저기…… 도와주셔서 감사합니다. 그런데 혹시 어디서 본 적이 없었나요?”

“천만의 말씀! 서로 돕고 사는 게 당연하지. 그런데 날 아나?”

유쾌한 말투였다. 유천복은 어깨를 으쓱하며 고개를 저었다.

사내가 푸르스름하게 수염 자국이 나 있는 턱을 만지며 씨익 웃으며 돌아서서 걸어갔다. 뒤에서 본 사내는 유천복보다 두 뼘쯤 큰 키였다. 유천복도 그리 작은 키는 아니었는데 사내는 그보다 훨씬 커서 사람들 틈에서도 머리가 삐죽 솟아올라 있었다.

유천복은 행여라도 그를 놓칠세라 신구를 재촉하여 부지런히 따라갔다. 이런 사람과 같이 다니면 맞을 일은 없을 것이라는 얄팍한 계산에서 나온 행동이었다. 사내의 어깨가 마치 형처럼 듬직해 보였다.

마유는 유천복이 따라오나 슬쩍 뒤를 돌아보았다. 집채만한 거북이 등에서 노닥거리는 유천복을 쫓아다니는 것은 생각보다 지루한 일이었다. 차라리 얼굴을 보며 가는 게 낫다는 생각이 들었다. 이런 일이 있었으니 겁쟁이 소상공자가 자신을 쫓아올 거라는 것쯤은 예상할 수 있는 일이었다. 마유는 저도 모르게 자꾸 턱으로 손이 갔다. 자신을 알아볼지도 몰라 수염을 깎긴 했으나 영 어색하였다.

유천복은 돌팔매질을 하듯이 팔을 휘두르며 소리를 질러대고 있었다.

"네 맘대로 움직이지 마! 뭐가 기분이 좋아? 내 팔이라구! 계속 그러면 묶어버릴 거야! 정말 묶어버릴 거야!"

◆제7장 쌍(雙)

선비리아(鮮卑利亞:시베리아) 패가리호(貝加爾湖:바이칼 호).

중원의 사람들이 북해(北海), 또는 천해(天海)라 부르는 이곳은 아직도 차디찬 겨울의 기운을 간직하고 있었다.

패가리호를 둘러싸고 있는 숲은 어둠 속에서도 흰빛을 뿜어내고 있었다. 하늘을 향해 뻗어 있는 섬세하고 우아한 백양목(白楊木)의 가지 끝마다 아직 채 녹지 않은 잔설(殘雪)이 달빛에 하얗게 말라붙어 있었다. 털빛이 흰 새 한 마리가 날아오르자 놀란 나무들이 한꺼번에 쌓인 눈들을 후드득 털어냈다. 숲은 어느새 하늘로 비상하는 새하얀 나비들의 군무(群舞)로 가득 찼다.

눈이 쌓여 있던 나뭇가지는 벌써 봄을 준비하는지 검은색의 열매가 맺혀 있었다. 주변의 다른 나무에서는 보이지 않는 것이었다.

얼마 후 열매의 외피를 뚫고 가느다란 나뭇가지 같은 것이 서서히 자라나기 시작했다. 검고 매끈한 나뭇가지는 점점 길어져 한 자 정도가 되자 땅으로 툭 떨어졌다. 어찌 보면 마른 나뭇가지가 삭아서 떨어진 것처럼 보이기도 하였다. 그러나 그것은 곧 스르르 움직여 어디론가 사라졌다.

푸른 덩어리처럼 뭉쳐 있던 밤은 길지 않았다. 덜 익은 어둠이 스멀거리며 다가왔다가 꿈처럼 지나갔고, 처연한 그믐달은 육감적인 흰빛을 토하며 새벽을 깨우고 있었다. 거대한 호수는 그 자체로 이미 빛이었다.

초승달 모양의 호수 주변으로 수십 개의 사행천(蛇行川)이 말간 물빛의 알몸을 드러내었다. 그중 한곳에 잔고기 떼처럼 보이는 하얀 손가락들이 물을 희롱하고 있었다.

"웃! 차가워!"

흰 담비 가죽을 걸친 여자가 몸을 부르르 떨며 물가에서 일어섰다. 나무들이 썩어 거무튀튀한 흙이 발 밑에서 꾹 소리를 내었다.

그 뒤로 백옥처럼 흰 항아리를 안은 두 명의 여자가 다가왔다.

"호호. 아랑(娥琅)님, 그러게 왜 손을 담그세요. 아직은 설수(雪水)라 뼛골까지 시릴걸요."

"누가 그걸 모른대? 난 다만 얼마나 차가운지 보려고 했을 뿐이다. 그래야 언제쯤 수영을 할 수 있을지 알잖아. 강남은 이렇게 춥지 않을 텐데. 오월까지 겨울이라니… 제기랄."

칠 척(七尺)의 키에 기골이 장대한 여인이 투덜거리며 남쪽을 쳐다보았다. 마치 호수에 떠 있는 빙산처럼 새하얀 머리카락이 허리까지 길게 늘어져 있었다.

"또 그런 거친 소리를 입에 담다니. 문주님이 아시면 어쩌려고 그러세요."

키가 큰 시비가 나무라는 어조로 말했으나 아랑은 개의치 않았다.

파란빛의 호수는 하늘을 그대로 연장해 놓은 것처럼 보였다. 손끝에 묻어날 듯 눈부시게 하얀 산은 파란 물 위에 뜬 채 하나의 세계로 존재하고 있었다. 바람이라도 세게 불면 산산이 부서져 날릴 것만 같았다. 늘 보아오는 광경이지만 날마다 경이로운 마음이 들었다.

아랑은 눈과 마음을 가득 채우는 강렬한 생의 기운을 느끼며 크게 숨을 들이켰다. 맑고 밝고 환한 빛이 온몸 가득히 차 올랐다.

"청아(青兒), 그게 뭐야?"

항아리에 물을 채우던 키 작은 여자가 키가 큰 여자에게 말했다.

"뭘 본 거니?"

저도 모르게 귀를 만지고 있던 청아가 말했다.

"지금 네 귓속으로 머리카락 같은 것이 들어가는 걸 봤어."

"그래? 머리카락이 붙은 것을 잘못 본 거겠지."

"청아, 홍아(洪兒), 수다들 그만 떨고 이제 돌아가자."

아랑의 말에 두 여자는 항아리 가득 물을 채운 뒤 머리에 이고 총총히 걸음을 옮겼다.

산속으로 들어갈수록 점점 흰빛이 대담해졌다. 마침내 온통 하얀색이어서 빛처럼 보이는 거대한 바위틈으로 세 사람은 모습을 감추었다.

선문(鮮門)의 대전인 선덕전(善德殿).

"언니!"

아직도 투덜거리고 있던 아랑은 마주 오는 작은 여자를 보자 반가운 듯이 뛰어갔다.

"문주님!"

두 명의 시비들 역시 공손한 태도로 허리를 굽혔다. 시비들은 총총한 걸음으로 물러나 대전 한쪽의 커다란 항아리에 물을 붓고 있었다.

문주라 불리운 여인은 놀랍게도 아랑의 허리에도 차지 않는 작은 키의 십오 세 정도 되는 소녀였다.

"아랑, 네가 들어오니 벌써 봄바람이 불어오는 듯하구나."

"당연하지. 중원에는 벌써 도화꽃이 만발했을 테니 봄바람이 이곳까지 불어올밖에. 정말 답답해 죽겠어. 이럴 줄 알았으면 돌아오는 것이 아닌데."

"호호, 또 몸이 근질근질하나 보구나. 넌 어떻게 된 계집애가 사내보다 더 전쟁을 좋아하니? 세속의 일에 너무 정력을 쏟는 것은 좋지 않다고 그렇게 이야기해도 듣질 않으니 정말 너 때문에 걱정이구나. 아무튼 일간 곤륜산에 다녀와야 할 것 같아 너를 찾고 있던 참이었다. 강호에 수옥이 나타났으니 곧 송옥을 찾으려는 사람들이 눈에 불을 켜고 덤벼들 거야. 송옥이 이곳에 있다는 걸 아는 사람은 곤륜 장문인뿐이나 다시 한 번 당부하거라. 송옥의 일을 절대로 발설하지 말라고 말이야."

"쳇! 또 곤륜이야? 나는 그 아래쪽을 가보고 싶다구. 강남 말이야."

선문(鮮門)의 99대 문주인 화령(和玲)은 잔뜩 심통이 난 아랑을 달래려다 막 허리를 펴고 돌아서는 두 명의 시비를 보았다.

"헉!"

화령의 표정이 갑자기 하얗게 일그러지더니 신형이 휘청하였다.

"언니!"

아랑이 깜짝 놀라며 화령의 허리를 부축했다. 이마를 짚으며 몸을 추스른 화령은 문을 나서려는 두 명의 시비를 쏘아보고 있었다.

"어디에서 오는 길이냐?"

두 명의 시비는 난데없이 싸늘한 문주의 일갈에 어쩔 줄 몰라 했다.

"그걸 몰라서 물어. 예천(澧泉)에서 신단에 올릴 성수(聖水)를 떠온 거잖아."

아랑이 대신 대답하였다. 생전 처음 보는 화령의 냉담한 표정이 마음에 걸렸다. 선력(善力)을 받은 이후로 성장이 멈추어 십대 소녀처럼 보이나 아랑보다 이십 년이나 먼저 태어난 화령이었다. 그녀가 태어났을 때부터 화령은 이미 선문의 문주였다. 아랑에게는 마치 어머니와도 같은 존재였고 한 번도 얼굴을 찡그리는 것을 보지 못했을 정도로 온화했던 그녀였다. 지금처럼 굳은 표정은 기억에 없었다.

"왜 그러는데?"

아랑은 갑자기 두려운 생각이 들었다.

화령은 대답하지 않았다. 대신 가느다란 손가락을 들어 청아를 가리켰다.

"미안하구나."

그걸로 끝이었다. 화령의 손가락 끝에서 화살 같은 푸른 빛이 쏘아지더니 청아의 이마를 관통했다.

챙그랑!

연이어 항아리가 깨져 물보라가 튀었다. 미간에 구멍이 뚫린 청아는 비명 한마디 지르지 못하고 그대로 절명하였다.

"아악!"

비명을 지른 것은 남아 있던 홍아였다. 그녀는 문주가 자신도 죽일 거라고 생각했는지 바닥에 털썩 주저앉아 오들오들 떨고 있었다.

아랑의 얼굴이 새파랗게 변했다.

"대체 무슨 일이야?"

"저길 보거라."

화령은 아직도 청아에게서 시선을 떼지 않고 있었다. 그녀가 손가락으로 청아의 이마에 난 구멍을 가리켰다. 잠시 뒤, 그 구멍에서 머리카락보다 조금 굵은 검은 실 같은 것이 스멀거리며 기어 나왔다. 그것이 나오자 주변에는 대번에 역한 냄새가 퍼져 갔다. 아랑은 코를 막으며 화령을 쳐다보았다.

"지, 징그러워. 저게 뭐야? 왜 저런 게 청아에게서?!"

화령의 손가락에서 다시 한 번 푸른 빛이 번뜩였고 검은 실은 그대로 흔적도 없이 사라졌다.

"성(成)! 화(火)!"

화령이 노란 부적을 꺼내어 바닥으로 던지며 소리쳤다. 청아의 몸은 삽시간에 불이 화르르 붙더니 이내 재로 변하고 말았다.

"청아의 몸에서 나온 것은 마모충(魔毛蟲)이다."

"마모충이라면?"

아랑도 들은 적이 있었다.

마모충은 마력(魔力)이 세어지면 가장 먼저 생겨나는 마물(魔物)이었다. 그것은 머리카락처럼 생긴 벌레로 사람에게 기생하여 내재된 악성을 자극한다. 마모충이 몸속에 들어온 사람은 살인과 파괴의 욕구를 느끼게 되며 평소보다 몇 배의 힘을 발휘할 수 있다. 또한 시간이 지날

수록 육체적 고통을 느끼지 못하게 되고 점점 본성을 잃고 날뛰게 된다. 게다가 마모충을 죽이지 않는 한 한 가닥의 숨만 남아 있어도 죽지 않는다.

그 사람을 죽이기 위해서는 마모충이 숨어 있는 양미간을 꿰뚫어 마모충을 밖으로 끄집어낸 후 죽이는 것이다. 그렇지 않고 사람만 죽인다면 마모충은 또 다른 사람에게 옮겨가게 된다.

"그래, 마존의 머리카락이라 불리우는 것이지. 아아! 드디어 우려하던 일이 내 대에서 벌어지고 말았구나. 조사님의 예언대로 수옥의 봉인이 풀리고 말았다."

"봉인……."

아랑은 그 말이 뜻하는 것이 무엇인지 깨닫고 얼굴이 하얗게 질려버렸다.

*　　　*　　　*

유천복이 황산의 초입에 도착한 것은 어스름한 저녁이었다.

익연정(翼然亭)이라는 간판을 보면서 마유는 어차피 오늘 밤도 잠을 청하기는 힘들 거라 여겼는지 그대로 발길을 황산 쪽으로 향했다. 날이 어두워지면 노숙을 할 생각이었다. 이곳에 오는 동안 몇 군데의 객잔을 들렀지만 모두 사람이 가득 차 있었던 것이다.

'석대호가 가져간 수옥이 황산에 나타나기라도 한 것일까?'

마유는 앞서 걷고 있는 유천복을 보았다.

황산으로 오는 길은 험난하였고 이유는 유천복 때문이었다.

유천복은 하루 종일 중얼거리거나 때때로 소리를 질렀다. 불쑥 왼팔을 높이 들거나 휘두르곤 했는데 귀신이 들어 있어서 그렇다고 했다.

객잔에서 손으로 음식을 집어 게걸스럽게 입에 쑤셔 넣는 광경은 애교에 속했다. 주로 지나는 여인의 치마를 들춰 엉덩이나 가슴을 만지작거리는 것으로 보아 귀신은 여자를 특별히 좋아하는 모양이었다. 그로 인한 크고 작은 분란을 해결하는 것은 마유의 몫이었다.

밤에는 한술 더 떠서 한밤중에도 벌떡 일어나 소리를 질러대기 일쑤였다.

"정말 계속 떠들래? 잠 좀 자자, 잠 좀 자! 난 그거 하기 싫어. 졸립다니까! 시끄러! 말하지 마! 지금도 귀가 너무 밝아 탈이라구. 싫엇! 여자도 없는데 그건 배워 뭘 해! 기루에 안 간다니까! 엉덩이 만지지 말랬지! 으악! 거기도 안 돼!!"

어디를 어떻게 만졌는지 자지러지는 유천복이었다. 그럴 때마다 마유는 도로 나무 위로 올라가 버릴까 생각했다. 자신이 왜 사서 고생을 자초했는지 머리를 쥐어뜯고 싶어졌다.

산속의 밤은 생각보다 추웠다. 마유는 그제야 익연정의 간판을 떠올리며 아쉬워하였다. 사람이 많다고 해도 탁자에서 자는 것이 이렇게 노숙을 하는 것보다는 나을 것이었다.

"이게 맛있어요?"

유천복이 마유를 따라 소나무 껍질을 벗겨 입에 넣었다.

"우웩! 퉤퉤! 이게 무슨 맛이에요?"

마유는 유천복에게 외피를 벗겨내어 하얀 속살이 드러난 나뭇가지 하나를 던져 주었다.

"원래 몸에 좋은 것은 입에 쓴 법이지. 씹다 보면 그런대로 괜찮다구. 배가 고플 땐 이것도 귀중한 식량이 되지. 전쟁터에서는 먹을 게

별로 없거든. 그래서 생긴 습관이야."

유천복은 마유가 용병이었다는 얘기를 들은 적이 있었다. 마유가 내미는 나뭇가지를 어금니 쪽으로 씹어보았으나 역시 별 맛은 없었다.

옷이 없어서 그대와 같은 저고리 입는 건가?
왕이 군사 일으키거든 장검, 단검 손질해 들고
그대와 함께 원수를 치러 나가리…….

마유는 노랫가락을 흥얼거리고 있었다. 그러나 자세히 들어보면 늘상 같은 노래였다. 원래 이 노래는 경조부 일대에서 많이 불리워지는 군가라 유천복도 알고 있었다.

유천복이 그 뒤를 따라 부르자 마유가 빙그레 웃으며 더욱 목청을 돋우었다.

옷이 없어서 그대와 같은 속옷 입는 건가?
왕이 군사 일으키거든 장창, 단창 손질해 들고
그대와 함께 떨쳐 나가리.

마유는 흥이 났는지 검을 빼 들어 나무를 두드리며 박자까지 맞추었다. 두 사람은 어깨동무까지 하고 큰 소리로 노래를 부르며 군인처럼 발을 맞추었다.

옷이 없어서 그대와 같은 바지 입는 건가?
왕이 군사 일으키거든 갑옷, 병장기 손질해 들고

노랫가락과 웃음소리가 한동안 이어졌다 끊어졌다 하며 주변에 메아리쳤다.

황산을 오르는 내내 목청껏 노래를 부르다 이제는 지쳤는지 아무도 말이 없었다. 마유는 근처의 바위 위에 엉덩이 끝을 걸치고 잠시 몸을 눕혔다. 한시도 쉬지 않고 올라온 탓인지 목덜미에 흥건히 땀이 괴어 있었다. 유천복은 아예 바닥에 큰대 자를 그리며 누워버렸다. 그래도 무지자는 무엇인가를 여전히 중얼거리고 있었다.

멀리서 새소리처럼 긴 휘파람 소리가 들려왔다. 그 소리가 얼마나 길게 울려 퍼지는지 산중의 짐승들이 모두 퍼드덕거리며 이리저리 뛰쳐나오는 바람에 유천복은 놀라서 까무러칠 뻔하였다.

"몸을 숨겨라!"

마유가 나직하게 말하며 뒤를 돌아보았다. 유천복은 이미 나무 아래 있는 커다란 바위 뒤로 몸을 숨긴 후였다. 마유는 유천복의 날랜 행동에 실소하였다.

유천복은 혹시나 화산파 사람들이 쫓아온 것이 아닐까 싶어 가슴이 두근거렸다. 휘익 하는 바람 소리에 우수수 나뭇잎이 떨어졌다.

가냘픈 그림자 하나가 방금 전 두 사람이 서 있던 자리에 멈추어 섰다. 인기척이 나는가 싶더니 고통에 찬 신음 소리가 들려왔다. 궁금증 때문에 몸이 근질거리는 유천복은 무지자의 만류에도 불구하고 바위 위로 고개를 삐쭉 내밀었다.

달빛이 워낙 밝아 유천복은 그 사람이 여자라는 것을 알 수 있었다.

긴 머리를 바람에 휘날리며 흰옷을 펄럭이고 있었다. 유천복은 소름이 오싹 끼쳤다.

유천복이 무서워하는 것은 헤아릴 수 없이 많았지만 그중에서도 가장 무서운 것을 꼽으라고 한다면 단연코 귀신이었다. 갑자기 요도가 뿌듯해지며 오줌이 마려웠다.

여자의 뒷모습이 돌연 땅으로 꺼질 것처럼 푹 주저앉았다. 놀란 유천복은 황급히 바지춤을 부여잡았다. 간헐적인 비명 소리와 신음 소리가 연이어 새어 나왔다. 상처를 입은 사람일까? 유천복은 그 소리가 너무도 고통스럽게 들려 조심스럽게 한 발을 앞으로 내딛었다.

"저……."

여자가 휙 뒤를 돌아보았다. 그 얼굴을 보고 유천복은 그만 기절할 뻔하였다. 유천복은 하늘에 맹세코 이 여자보다 기괴하게 생긴 사람을 본 적이 없었다. 여자의 얼굴은 달빛을 받아 음산하게 푸르스름한 빛을 띠었다. 그 가운데 눈썹이 없는 검은 눈동자 한 쌍이 퀭하니 박혀 있었고 코는 구멍만 있었으며 입술은 피칠을 한 듯이 새빨갰다.

"으아아악! 귀, 귀신이다!"

유천복이 비명을 지르며 벌떡 일어섰다. 참았던 요도의 긴장이 풀리며 다리 사이가 뜨끈해졌다.

—멍청이.

무지자가 비웃었다.

"제길."

동시에 마유가 얼굴을 찡그리며 튕기듯이 일어섰다. 어느새 여자의 신형이 두 사람 앞에 다다르고 있었다. 놀랄 만큼 빠른 속도였다.

"너흰 누구냐?"

　말보다 손이 더 빨랐다. 달빛에 들려진 여자의 손은 새빨갛게 물들어 있었다. 여자의 목소리는 마치 칼날이 바위에 긁히는 듯이 높아 유천복은 귀를 막고 싶었다. 여자는 움직일 때마다 고통스러운 표정을 지었다. 그러나 동작은 섬광처럼 빨라 눈 깜짝할 새 바위 위로 덮쳐 왔다.
　"귀신이다! 귀신!"
　유천복이 비명을 지르며 바위 뒤에서 뛰쳐나왔다. 숲으로 뛰었으나 채 일 장도 가지 못해 여자의 손이 뒷덜미를 낚아채었다. 뱀이 기어가는 것 같은 섬뜩한 기운이 등줄기를 타고 온몸에 퍼졌다. 몸이 허공으로 붕 들리는가 싶더니 목덜미가 화끈했다.
　그것은 이상한 느낌이었다. 처음에는 벌레에 물렸다고 생각했다. 간질거리는 느낌이 목에서 팔로, 사타구니에서 발끝까지, 나중에는 온몸으로 전해졌다. 그러나 미칠 듯한 가려움중에선 곧 해방되었다. 대신 목줄기에서 시작된 야릇한 쾌감이 전신을 지배했다. 솜털처럼 부드럽고 깃털처럼 가벼운 숨결이, 달콤한 향내가 콧속으로 들어와 머리를 몽롱하게 만들었다.
　―정신 차려! 흡혈귀다!
　'흡혈귀?!'
　무지자가 부르짖었다. 순간 유천복은 환상에서 깨어나며 정신이 확 들었다. 지독한 통증이 손가락 끝까지 저릿저릿하게 찾아들었다.
　"으악! 귀신이 내 목을 물었다!"
　어디서 그런 힘이 생겨났을까? 유천복은 무서운 힘으로 여자를 밀쳐내었다. 어둠이 뭉쳐 만들어진 것 같은 동공이 믿을 수 없다는 듯이 확대되었다. 여자의 입가가 선혈로 얼룩져 있었다.
　"풰! 이건 뭐냐?"

여자는 무서운 얼굴을 더욱 찡그러뜨리며 입술을 훔쳐 내었다. 아릿한 피 맛은 자신의 것이었다. 유천복의 목을 물자 미묘하지만 반탄력이 생겨 부드러운 입술에 상처를 낸 것이다. 그리고 죽을 만큼 쓰디쓴 피 맛이 한순간 그녀를 사람이도록 했다.

"이것은! 이것은……!"

유천복은 여자의 얼굴이 찰나지간에 바뀌는 것을 보았다. 스치듯이 지나간 표정이 슬픔이라고 생각한 것은 착각이었을까?

유천복과 여자 사이에 어둠처럼 검고 얼음처럼 차가운 물체가 끼어들었다. 묵검은 달빛을 받아 더욱 으스스하게 빛나고 있었다. 뒤쫓아 온 마유를 피해 여자는 한 걸음에 삼 장이나 뒤로 물러섰다. 유천복의 뒷덜미를 잡고서도 새처럼 가벼운 동작이었다.

머리 속에서 무지자가 뭐라고 계속 떠들었으나 유천복은 한마디도 알아들을 수가 없었다. 뒤집혀진 자라처럼 팔다리를 허둥거릴 뿐이었다.

"놔줘요! 놔줘요! 내가 뭘 어쨌다고 나만 따라다녀요! 내 속엔 이미 귀신이 하나 있다구요!"

마유는 입술을 질끈 깨물었다. 여자의 전신에서 풍겨오는 살기는 전장의 그것처럼 그를 흥분시켰다. 그는 검을 비스듬히 옆으로 내린 채 일부러 허점을 보였다.

여자는 그런 자세일수록 더욱 공격하기 어렵다는 것을 알고 있었다. 허점을 보인다는 것은 그만큼 공격에 자신이 있다는 뜻이었다. 사내는 자신의 몸을 방어할 생각이 없는 듯 보였다.

여자의 새빨간 입술이 달싹거렸다.

"죽기를 원한다면……."

마유는 여자를 알고 있었다. 그녀의 모습은 말로만 듣던 혈매화(血梅花) 소취란(蘇醉蘭)의 모습과 아주 흡사했다. 혈매화라는 여마두는 보름밤과 그믐밤에는 더욱 살심이 짙어지는 것으로 알려져 있었다. 그날 소취란을 만나는 사람은 모두 죽임을 당한다는 소문이 벌써 오래전부터 강호에 흉흉히 떠돌았다.

몇 년 전, 보름밤에 송풍표국(松風鏢局) 사람들이 표물을 싣고 가다 소취란과 마주쳐서 백오십여 명 전원이 살해당한 일은 모르는 사람이 없을 정도였다. 그 일로 소취란은 강호의 공적이 되었고 한동안 모습을 드러내지 않았었다.

'하필 보름밤인 오늘 이 여자의 손에 걸리다니… 오늘은 생(生)보다 살(殺)이 많겠구나.'

사람의 손과 검이 부딪쳤으나 챙 하는 소리가 들려왔다.

"이 요녀야! 어서 그 손을 놓아라!"

마유가 달려들었지만 오히려 유천복을 방패처럼 휘두르는 통에 가까이 다가갈 수가 없었다. 낙엽처럼 뒹굴던 유천복은 눈앞이 뱅뱅 돌며 천지간을 구분하지 못할 정도였다. 욕지기가 치밀어 올랐다.

"무지자, 어떻게든 해봐!"

고래고래 소리를 질렀으나 왼손을 잡혀 무지자도 어쩔 수 없었다. 소취란이 가볍게 손목을 털자 또다시 땅바닥을 몇 바퀴나 굴렀다. 얼굴이 땅바닥에 쓸려 눈을 뜨지 못할 지경이었다. 욕을 하며 얼떨결에 땅바닥에서 나뭇가지 하나를 주워 들어 휘둘렀다. 저도 모르게 일검단악의 일초를 펼치며 소취란의 머리를 때리려 하였다. 그러나 어림도 없는 일! 그 손마저 잡혀 허공에 대롱대롱 매달린 신세가 되었다.

마유의 검이 소취란의 늑골을 향해 뻗어왔다. 소취란의 허리가 활처럼 뒤로 휘어졌다. 그러나 유천복을 잡고 있어 움직임이 둔해졌다. 검날은 아슬아슬하게 옷자락을 살짝 베어냈다. 이 일초는 소취란을 더욱 흉포하게 만들었다. 소취란의 긴 손톱이 마유의 팔뚝을 훑고 지나갔다. 금세 어깨에서 팔목까지 세 줄기의 기다란 혈흔이 생겼다.

다급해진 유천복은 저도 모르게 신구를 찾았다. 혹시 신구가 소취란을 물기라도 하면 그 틈을 타서 도망칠 수 있을지도 모른다는 계산이었다.

"귀동아! 귀동아!"

유천복의 말이 끝나기가 무섭게 숲 한쪽에서 커다란 덩어리가 맹렬한 기세로 소취란에게 굴러들었다.

"엇!"

소취란이 뜻밖의 사태에 움찔하는 사이 마유는 그녀의 오른쪽 어깨를 향해 검을 내리꽂았다.

갑자기 매서운 기세가 닥치는 것을 느낀 소취란은 할 수 없다는 듯이 유천복을 잡고 있던 손을 풀고 몸을 뒤집어 검을 피했다.

소취란과 신구는 서로를 노려보았다. 산속에서 집채만한 거북이를 보았는데도 그녀의 표정은 아무런 변화가 없었다.

신구의 둘레는 열 자는 되어 보였다. 커다란 체구와는 다르게 움직임은 날래기 그지없어 쉭쉭 소리를 내며 소취란을 물려고 덤빈다. 유천복은 신구가 제발 저 귀신 같은 여자를 물어 상처라도 내주기를 간절히 바라고 있었다.

"한낱 미물이 감히 누구를 가로막는 게냐?"

뾰족하고 높은 음성이 귀를 파고들었다. 유천복은 고막이 터질 것 같아 얼른 귀를 틀어막았다.

퍼엉!

소취란은 둘레를 빙글빙글 돌며 신구의 등짝에 장풍을 연거푸 날렸다. 그녀의 이 장풍에는 열 가지의 변화가 숨어 있어 사람이라면 도저히 살아날 수 없는 흉맹한 일초였다. 소리가 펑펑 울릴 때마다 나뭇잎이 우수수 떨어지며 신구의 등에서 희뿌연 연기가 피어올랐다.

신구는 이천 년을 넘게 살아온 영물로 등 껍질은 단단하기가 금강석과도 같았다. 장풍으로 신구의 등에 아무런 상처도 낼 수가 없자 그녀는 펄쩍 뛰어 신구의 등 위로 올라타려 하였다. 그러자 위험을 느낀 신구의 등 껍질에서 기름 방울이 새어 나오기 시작했다. 얼마나 미끄럽던지 소취란은 도저히 올라갈 수가 없었다. 방법을 바꿔 신구의 앞으로 온 소취란은 두 팔을 길게 늘여 손톱으로 신구의 목을 할퀴려고 덤벼들었다. 신구는 몸통으로 머리를 쑥 집어넣었다. 이내 몸을 둥글게 말아 소취란에게 데굴데굴 굴러갔다.

"끼아아악!"

까마귀처럼 길게 울부짖으며 소취란이 하늘로 솟구쳐 올랐다. 그 소리가 얼마나 소름 끼치든지 유천복은 온몸의 털이 곤두섰다. 신구의 등장에 잠시 한숨을 돌리던 마유도 소취란을 따라 나무로 올라갔다.

나무 꼭대기에서 두 사람이 일진일퇴를 거듭하는 것이 보였다.

신구는 하늘까지는 따라갈 수 없다는 듯 눈을 끔뻑거리며 유천복에게 다가와 머리를 비벼댄다. 칭찬이라도 해달라는 듯한 몸짓이었다.

유천복은 신구의 머리를 어루만지며 위를 올려다보았다.

까마득한 나무 위에서는 마유와 소취란의 혈투가 벌어지고 있었다.

마유는 신중하게 검을 가슴 앞으로 모았다. 그러나 미처 숨을 고르기도 전에 다섯 손가락이 그를 할퀴려 덤벼들었다. 마유는 간발의 차로 몸을 피했다.

"쥐새끼처럼 잘도 피하는구나."

소매 끝에서 일어나는 바람 소리가 쉭쉭 들려왔다.

"이 쥐는 매화나무를 갉아먹는 것이 특기지."

마유가 빈정거렸다. 소취란은 이리저리 팔을 휘두르면서도 말소리에 흐트러짐이 없었으나 마유는 소취란의 공격을 피하느라 목소리가 떨려왔다. 그의 내력으로 소취란을 상대하는 것은 애당초 무리였다. 그러나 마유는 그런 사실을 인정하기 싫었다. 묵검을 잡은 손에 힘이 들어갔다.

소취란은 하늘을 자꾸 올려다보았다. 어쩐지 급한 기색이 역력했다. 그녀가 오늘 이곳에서 무엇을 하려 했는지 알 길이 없는 마유로서는 상처를 입은 것이라 짐작할 뿐이었다.

마유는 소취란의 장풍을 왼쪽으로 피하며 허초로 유인하였다. 소취란이 달려들자 검을 위로 치켜올리며 섬전분광(閃電分光) 일초를 전개하였다. 소취란은 백사탈피(白蛇脫皮) 신법을 펼쳐 몸으로 나뭇가지를 감는 듯이 하며 아래로 피했다. 마유의 검이 나뭇잎을 베어내며 재차 아래를 공격하였으나 소취란은 흡사 뱀이라도 된 듯이 몸을 구불거리며 나무를 뱅글뱅글 돌아 급기야 마유의 등에 일장을 내질렀다.

마유는 등에 화끈한 통증을 느꼈다. 가슴이 울렁거리더니 입에서 뜨거운 선혈이 울컥 치솟았다. 정신이 아찔하였으나 뼈가 바스러지지 않은 것이 다행이라 생각하며 다시 신형을 바로잡았다.

그는 다시 소취란의 겨드랑이 밑으로 끼어드는 척하다가 방비하는 사이 몸을 일으켜 독사출동(毒蛇出洞)의 수법을 펼쳤다. 검끝에 물컹하는 감촉이 느껴지자 마유는 일검이 성공했음을 깨달았다.

순간 소취란의 신형이 눈앞에서 사라졌다. 마유가 당황하는 사이 오른쪽 어깨가 불에 덴 듯 화끈하였다. 돌아보니 어느새 등 뒤로 돌아간 소취란의 손톱에 살점이 뭉텅 뜯겨져 나가 피가 분수처럼 뿜어져 나왔다. 손톱에 독이 있었는지 금세 팔이 퉁퉁 부어올랐다. 마유는 입술을 깨물었다. 이대로 두었다가는 독이 심장까지 치밀어 죽음을 면할 수 없을 것이다.

'저놈의 전대를 후려서 천벌받는군. 제기랄!'

그는 이를 악물고 왼팔로 검을 옮겨 오른팔을 어깨에서부터 잘라내었다. 묵검은 주인의 팔을 잘라내는데도 망설임이 없었다. 온몸이 찢어지는 듯한 고통에 눈앞이 아찔했다. 피가 분수처럼 솟아 온몸으로 흘러내렸다.

"마 형님!"

아래에서 보고 있던 유천복이 소스라쳐서 비명을 질렀다.

마유는 정신이 아득하였다. 스스로에게 화가 났다.

'이게 내 한계로군.'

눈앞에 나타난 소취란의 모습마저도 희미하게 보였다. 소취란도 마유의 일검이 가슴에 격중되어 이미 상세가 심상치 않아 보였다. 마유는 입술을 깨물었다. 비릿한 피 맛에 정신이 다시 확 들었다.

두 사람은 서로에게 마지막 일격을 가하기 위해 암암리에 공력을 돋우었다. 유천복은 하늘을 올려다보며 이리저리 나무 위를 날아다니는 두 사람의 모습을 정신없이 보고 있었다.

그때, 하늘에서 일시에 두 사람이 떨어져 내렸다. 유천복이 놀라며 쳐다보자 피떡이 되어 떨어진 마유는 죽은 듯이 몸을 움직이지 않았고 소취란은 쓰러질 듯 비틀거렸으나 간신히 무릎을 세워 몸을 지탱하였다.

소취란은 유천복을 노려보며 손을 뻗어 그의 맥문을 잡으려 했으나 더 이상 움직일 수 없는 듯 온몸을 비틀었다. 다시 으으으 하는 소취란의 신음 소리가 들렸다. 조금은 겁이 났지만 소취란이 움직이지 않자 유천복은 무서움을 참으며 걸어나왔다.

"마 형님! 괜찮아요?"

유천복은 소취란의 눈치를 보며 마유 쪽으로 걸어갔다.

"너는 누구냐?"

소취란의 힘없는 목소리였다. 유천복의 손목은 다섯 손가락 자국이 선명했고 피가 배어 나오고 있었다. 소취란은 이미 자신의 독에 유천복이 죽었을 것이라 생각했는데 멀쩡한 걸 보니 울화가 치밀었다.

"너는 누구냐?"

소취란이 다시 한 번 물었다.

유천복은 말하지 말라는 무지자의 말을 무시했다. 아버지는 언제나 자신의 이름을 알리는 것이 장사의 첫걸음이라고 말했었다.

"저는, 저는 유천복이에요."

소취란은 멍하니 있더니 하늘을 향해 괴소를 터뜨렸다.

"깔깔깔! 너였구나, 유천복! 네가 경조부 유가장의 유천복이란 말이지. 깔깔깔!"

피투성이가 된 소취란의 얼굴은 이제 처음 보았더라면 기절하고도 남을 만큼 무시무시했으나 아까보다는 나았다.

"어디가 아파요? 내가 좀 도와줄까요?"

유천복이 다가서려 하자 소취란이 벼락을 맞은 듯이 몸을 떨었다. 이내 목구멍이 찢어질 듯이 악을 썼다.

"저리 가! 저리 가란 말이다! 내 반드시 네놈을 찾아내어 사지육신을 찢어낸 뒤에 염통과 간을 씹어 먹고야 말리라!"

유천복은 자신이 무엇을 잘못했는지 몰라 그저 가만히 서 있었다. 저렇게 끔찍한 말은 태어나서 처음 들어보는 것 같았다.

"기억해라. 혈매화 소취란은 한번 뱉은 말은 다시 주워담지 않는다. 유가장! 유천복! 으악!"

마지막 비명 소리와 함께 소취란의 신형이 동그랗게 변했다. 자신의 팔로 무릎을 꼭 끌어안은 자세가 어쩐지 불쌍해 보였다.

달빛이 환하게 주위를 비추고 있었다.

생각 탓이었을까? 유천복은 소취란의 몸이 조금 커진 것 같다는 느낌이 들었다.

"어! 방금 몸이 커지지 않았어?"

소취란이 꼼짝도 안 하고 있자 유천복은 그녀가 기절한 것이 아닌가 하여 어깨를 살짝 만져 보려 하였다. 그 순간 소취란의 손이 품에서 튀어나오더니 유천복의 손을 움켜잡았다.

"으악!"

비명을 지르며 뒤로 물러서던 유천복의 몸은 그대로 바닥에 주저앉아 버렸다. 아까는 왼손을 잡혀 아직도 손목이 얼얼하니 감각이 없는데 이번에는 오른손을 잡혔다.

"으악! 아파요! 놔요. 손목 부러진다구요……! 무지자, 조용히 못해!"

유천복은 오른손을 번쩍 치켜들었다. 의외로 손목이 힘없이 딸려왔으나 손가락들은 떨쳐지지 않았다.

소취란은 꼼짝도 안 하고 있었다. 여전히 몸을 둥글게 말고 한쪽 손으로 유천복을 잡고 있었다. 할 수 없이 얼굴을 일그러뜨리며 소취란의 옆에 앉았다. 그녀를 달래보려 하는 것이다. 멀찍이 쓰러져 있는 마유가 눈에 들어오자 마음이 급해졌다.

"이 팔 좀 놔주세요. 마 형님께 가봐야 한다구요."

"소취란."

낯선 목소리가 들려왔다. 부드러운 미성이었으나 남자의 음색이었다. 유천복은 깜짝 놀라 좌우로 고개를 돌렸다. 쓰러진 마유 외에는 아무도 보이지 않았다.

소취란의 얼굴이 천천히 올라왔다. 다음 순간, 유천복은 생전 처음으로 자신이 미친 것이 아닌가 하는 생각이 들어 자신의 볼을 연거푸 꼬집었다.

"어! 어! 당신? 남자였어요?"

유천복의 손목을 놓으며 일어선 자는 분명히 남자였다. 그는 짧아진 소취란의 흰 소복을 부욱 찢어 대충 중요한 부분만을 가렸다.

유천복은 새빨갛게 손가락 자국이 난 손목을 입으로 후후 불며 그에게 다가갔다.

무지자는 도무지 앞뒤를 구분 못하는 유천복에게 질려 버렸다. 별거 아닌 일에는 도망을 치고 지금같이 위험한 일에는 꼭 참견을 해야 직성이 풀리는 이해할 수 없는 성격이었다.

"정말 남자잖아. 아간 분명히 여자였는데… 이게 어찌 된 일이지?"

─요괴로구나. 넌 이제 죽은 목숨이니 차라리 염불이나 외는 것이……

유천복은 머뭇거리면서도 남자를 엿보고 있었다. 남자는 얼핏 보기에도 반듯한 이마와 그늘진 눈을 가지고 있었다. 그는 방금 감아 빗질을 한 듯 윤기가 자르르 흐르는 긴 머리를 아무 끈이나 주워 질끈 묶었다. 그러자 창백한 달빛 아래 백옥을 깎아놓은 듯한 얼굴이 드러났다.

남자인 유천복이 보아도 가슴이 설렐 만큼 수려한 외모였다. 유천복은 문득 소주에서 본 팽소연이 떠올랐다.

그는 유천복을 보더니 긴 한숨을 내쉬었다.

"처음으로 살아 있는 사람을 만나는군."

남자의 목소리는 은은하고 바람에 날리는 산들바람처럼 듣기 좋았다. 그가 손가락 두 개를 입에 넣어 휘익 휘파람을 불자 어디선가 바람을 가르며 흑마 한 마리가 달려나왔다. 그리 멀지 않은 곳에 있었던 모양이다.

남자는 흑마의 옆구리에 달린 봇짐에서 옷과 몇 가지의 물건을 꺼내 몸에 걸쳤다. 아무 장식도 없이 손잡이를 천으로 감싼 밋밋한 검이 남자의 수려한 외모와 동떨어져 보였다.

남자가 다시 돌아서자 유천복은 자신의 눈을 의심했다. 순식간에 그의 얼굴이 흉하게 변해 있었다. 마치 어린아이가 가지고 놀다가 싫증이 나서 손으로 뭉개 버린 진흙 인형이라고나 할까? 이목구비가 모두 비틀려 있는 데다 그마저도 제대로 성한 곳이 없었다. 입가에 말라붙은 오물 자국은 구역질이 날 정도였다. 유천복은 목구멍을 비집고 넘어오려는 신물을 억지로 삼키며 말했다.

"우웩! 어째서 그런 모습을 하고 있지요? …인피면구? 그게 뭔지 내가 어떻게 알아? 혹시 아까 그 여자가 당신이에요? 말도 안 돼…… 그 여자는 피도 많이 흘렸는데……."

남자는 어디에도 상처 입은 흔적은 없었다. 그의 추한 얼굴이 일그러지며 한숨 소리가 들려왔다. 그의 입에서 듣기조차 거북한 목쉰 소리가 흘러나왔다.

"그녀는 소취란이라고 한단다. 강호에서는 그녀를 혈매화라고 부르지. 나는 소양(蘇陽)이라고 하며 그녀의 쌍둥이 오라비란다. 우리는 원래 어미의 태 안에서는 쌍둥이였다. 한데 의술에 미친 아비가 어미를 실험하여 우리는 극음과 극양으로 나뉘어진 채 한 몸으로 태어나고 말았다. 두 개의 영혼을 지닌 채 보름달이 스러지면 소양이 되고, 그믐이 되면 소취란이 되지. 음양쌍혼일체(陰陽雙魂一體)라고 하는 저주받은 운명……."

쌍혼일체라는 말에 유천복이 반가움을 표했다.

"엇! 저도 그래요. 제 속에도 미친 귀신이 하나 있거든요. 밤마다 방중술이라며 요상한 경문을 읊어대서 아주 골치예요."

—누가 미친 귀신이야!

소양은 유천복의 행색과 말하는 것을 듣고는 광인(狂人)이라고 생각한 모양이다. 검을 뽑아 들고 잠시 망설였다.

"그녀는 이 사실이 알려지기를 원치 않는다. 그리고 나 역시……."

짤막한 말은 소취란의 행동을 이해시켜 주었다. 또한 소양이 무엇을 하려는지 예상할 수 있었다. 유천복이 크게 놀라며 뒤로 몇 발자국 물러섰다.

"다, 당신도 나를 죽여 입을 봉할 생각인가요?"

"애석하게도……."

소양은 짧게 말하며 검을 머리 위로 치켜들었다. 고통없이 단번에 죽여주는 것이 그가 베풀 수 있는 최대한의 자비였다. 전신에서 칙칙한 살기가 피어올랐다.

"자, 잠깐만요! 저는, 저는 아무에게도 말하지 않을 거예요. 정말이에요. 혈매화에게 그렇게 얘기해 주세요."

유천복은 허둥거리며 뒤로 물러서다 신구에 걸려 비틀거렸다. 신구의 짧은 목이 나타나자 소양이 흠칫 멈추어 섰다. 그의 눈이 잠시 흔들렸다. 믿을 수 없다는 표정이었다.

"저것은 신구! 정말 있었군……. 그대가 주인인가?"

유천복은 소양이 신구에게 관심을 갖자 얼른 그 뒤로 가서 몸을 숨겼다.

"주인이 아니라… 우리는 친구예요. 이, 이래 봬도 귀동이는 독이 있어요. 물리면 죽을지도 몰라요. 혈매화도 어쩌지 못했다구요."

신구를 한참 응시하던 소양은 검을 다시 검집에 넣었다. 그의 손이 미세하게 떨리고 있었다.

유천복은 그가 검을 집어넣자 안도의 한숨을 내쉬었다.

"신구가 정말 있었구나. 너는, 너는 어떻게 신구를 얻었느냐?"

소양의 목소리는 기대에 차 있었다. 유천복은 천금손가에서 복령을 먹고 신구를 얻게 된 일을 말해 주었다.

이야기를 다 듣고 난 소양은 말이 없었다. 그는 예전에 우연히 만난 한 도인의 말을 상기했다.

'신구의 주인을 만나면 운명을 바로잡을 수 있을 거라 했었지.'

유천복은 신구 뒤에서 쭈뼛거리며 물었다.

"혈매화가 당신의 말을 듣지 않을까요?"

"글쎄, 우리는 한 번도 만난 적이 없으니 그저 네 운에 맡길 수밖에 없구나. 너는 운이 좋은 편이다. 그녀의 손에 걸려서 지금껏 살아 있는 자가 없었거늘. 항상 깨어보면 헤어날 수 없는 핏빛의 늪이었지. 그러

나 이제 그녀의 마음도 변하였나! 너는 겉보기에는 살아 있지 않느냐,
저자는 죽은 것 같지만."

소양은 쓰러져 꼼짝 않고 있는 마유를 힐끔 쳐다보며 말했다.

"마 형님!"

그제야 유천복은 마유에게 생각이 미쳤다. 벌떡 일어나 마유에게 뛰
어갔다.

마유의 상세는 겉으로 보기에도 위중하였다. 백지장처럼 하얀 얼굴
에 쿨럭거리며 새어 나오는 입가의 선혈은 그가 심각한 내상을 입었음
을 알려주었다. 남아 있는 왼팔도 상처가 심하였다.

유천복은 마유가 자신을 구하려다 이 지경이 되었다고 생각했다. 눈
가가 뜨거워지며 눈물이 핑 돌았다. 애처로운 표정으로 소양을 돌아보
았다.

"도와주세요."

자기 대신에 또 한 사람이 죽게 되자 유천복은 눈앞이 캄캄해졌다.
아무래도 점쟁이의 부적이 너무 영험한 모양이었다. 소양은 고개를 저
었다.

"이미 오장육부까지 중독되었다."

"안 돼요. 저 때문에 이렇게 되었는데 그냥 죽게 내버려 둘 수 없어
요. 마 형님, 정신 좀 차려봐요."

유천복은 울음을 터뜨리며 두 손으로 마유의 몸을 마구 흔들었다.
소양이 갑자기 유천복의 손목을 잡아채었다. 소취란의 손톱에 긁혀 상
처난 손목에서 피가 흘러나오고 있었다.

"그녀에게 당했는데 어째서 중독되지 않았지?"

그러고 보니 아까 소취란도 같은 말을 했었다.

"아마도 복령을 먹어서 그런가 봐요."

"그렇구나……."

소양이 갑자기 소도를 꺼내어 유천복의 손가락을 베었다. 차가운 냉기가 손가락을 타고 머리끝까지 흘렀다. 유천복은 멍하니 자신의 손가락에서 피가 흐르는 것을 보고 있었다. 무슨 일이 벌어졌는지 순간 깨닫지 못한 것이다.

"으악! 피다!"

그제야 유천복은 손가락을 쥐고 제자리에서 펄쩍펄쩍 뛰었다.

"그 피를 저자에게 먹이면 효험이 있을지도 모르지."

소양이 마유를 가리켰다. 유천복은 눈물이 핑 돈 눈으로 고개를 끄덕였다. 그리곤 손가락에서 피를 짜내어 마유에게 먹였다. 손가락이 아픈지 내내 이마를 찡그리고 있었다.

소양의 말대로 유천복의 피가 효험이 있는지 창백한 마유의 얼굴에 희미한 혈색이 돌았다.

"이제 어떻게 해야 하지요?"

유천복이 물었다.

"내상을 치료해야지. 네 복령의 기운을 이자에게 조금 불어넣어 주거라."

"어떻게요?"

소양은 마유를 동쪽을 향하여 반듯하게 앉힌 뒤 등 뒤에 유천복이 앉도록 했다. 그리고 자신이 유천복의 뒤에 앉아 장심을 명문혈에 대었다. 유천복도 그대로 따라 했다.

"한 손을 무릎 위에 놓고, 천천히 코로 양기를 흡수하고 입으로는 탁기를 뱉어내거라. 양기가 충만하고 단전이 뜨뜻하여지면서 내공이 아랫배에 뭉치는 것을 느낄 수 있을 것이다. 그것을 천천히 장심 쪽으로 움직여 저자에게 전해주어라."

소양은 유천복이 마유를 치료하는 것을 도왔다. 이로써 마유는 복령의 영혈(靈血)은 물론 소양의 내공까지 일부 얻게 되어 공력에 큰 진전이 있었다. 팔은 하나 잃었으나 오히려 전화위복이 된 셈이었다.

유천복이 마유를 치료하는 것을 보며 소양의 머리 속에는 수많은 생각들이 난마처럼 얽혀들었다.

'내 신구가 있다는 말을 믿지 않았거늘… 정녕 하늘이 무심치 않았구나.'

소양은 자신이 그녀와 대화를 하기 위해 무수한 노력을 기울였음을 기억해 냈다. 그러나 한 번도 답변이 돌아온 적은 없었다.

소양이 다가와 유천복의 손가락을 치켜들었다. 그는 금창약을 꺼내어 발라주고 천으로 감싸주었다. 여자처럼 섬세하고 꼼꼼한 손길이었다.

"정말 혈매화가 제 가족을 다 죽이려 들까요? 제가 뭘 그렇게 잘못했다구요?"

유천복은 떨리는 목소리로 말했다. 자신의 경솔함으로 인해 가족들의 안위가 풍전등화(風前燈火)의 위기에 놓인 것이다. 또다시 눈물이 주르륵 흘러내렸다. 먼지투성이의 얼굴에 눈물이 번지자 가뜩이나 더러운 몰골이 꾀죄죄하니 궁때가 흐른다.

"나는 그녀를 말릴 수 없다."

소양은 흑마에게로 다가가 자신의 짐 중에서 무언가를 꺼내어 유천복에게 건네주었다.

"이것은 내가 몇 년 전 설산(雪山)에서 얻은 것이다."

유천복이 받아보니 가볍기가 깃털과도 같은 반투명한 얇은 윗옷과 한 벌의 장갑이었다. 유천복은 소양이 어찌 이런 여자들이나 입는 나삼 자락을 자신에게 주는가 하여 의아한 생각이 들었다.

―천잠의(天蠶衣)!

무지자의 목소리가 들려왔다.

"천잠의가 뭐예요?"

유천복의 표정이 호기심으로 밝아졌다.

"이걸 안에 입으면 어지간한 도검은 막을 수 있을 것이다. 또 이 한 쌍의 장갑은 피독(避毒), 피수(避水), 피화(避火)의 효능이 있으니 그녀를 상대할 때 요긴할 것이다."

"아! 그 천잠의! 저도 알아요. 천잠이란 설산에만 사는 영물이지요? 설련실(雪蓮實)과 빙매실(氷梅實)을 먹고 자란 뒤에 천잠을 뽑아내는데, 질기고 단단하기가 쇠에 비할 바가 아니니 천하에 둘도 없는 보물이잖아요."

유천복이 무지자의 말을 그대로 옮기며 잘난 체를 하였다. 가끔 너무 유식한 척하는 무지자였다.

"그런데 이렇게 귀한 것을 왜 제게?"

유천복은 의아해하면서도 소양이 내미는 물건들을 받아 들었다.

"내게는 어차피 소용없는 물건이지. 어쩌면 그녀의 공격에도 무용지물(無用之物)일지 모른다. 그래도 없는 것보다는 나을 것이다."

소양은 유천복을 자신의 전인으로 삼고 싶었다. 겉으로 보기에는 유천복과 나이 차이가 얼마 나지 않아 보였으나 소양은 이미 오십 세가 넘은 나이였다. 오십여 년을 사는 동안 한 번도 생에 대한 미련을 둔 일이 없었다. 그녀의 존재를 알았을 때부터 죽음을 갈망하였었다. 어차피 그녀와 자신은 사람이라고 할 수 없었다. 벌레처럼 태어난 인생이 아니던가!

그러나 유천복을 만나자 생각이 달라졌다. 삼줄처럼 질긴 운명의 사슬은 곧 끊어질 것이다. 고통스러운 기억으로 생을 이어가는 것도 이제 얼마 안 남았다. 그렇다면 세상에서 한 사람쯤은 자신들을 기억해주어도 좋지 않을까? 소양은 유천복을 손짓해 불렀다.

"이리 오거라."

유천복이 머뭇거리자 한결 부드럽게 다시 불렀다.

"내 그녀를 상대할 수 있도록 무공 한 가지를 일러주마."

유천복은 경조부에서 이곳까지 오는 동안 겪은 고초가 하나둘씩 머리에 떠올랐다.

'내가 내 몸 하나도 지키기 어려워 여러 사람을 힘들게 하느니 작은 재간이라도 배워두었다가 화급한 일이 닥쳤을 때 나로 인해 다른 이들이 심려치 않도록 해야겠구나.'

"사부님!"

유천복이 잠시 망설이다 바닥에 무릎을 꿇었다.

"나는 사부 소리도 듣고 싶지 않고 제자를 거둘 마음도 없다. 단지 아비가 뿌린 씨를 거두고자 할 뿐이니 사제의 예는 갖추지 않아도 된다."

소양이 막 절하려고 몸을 굽히는 유천복을 향해 손을 흔들자 유천복의 몸은 더 이상 굽혀지지 않았다.

"의형에게 검법을 익혔다고 했느냐?"

"검법을 조금 익히긴 하였으나 별 쓸모는 없었지요. 무기를 소지하는 것은 나라법으로 금하는 것이 아닙니까? 아버지께서는 항상 법대로 모든 일을 하여야 뒤탈이 없다고 하셨거든요."

유천복의 말에 소양은 고개를 갸웃했다. 한 번도 무기 소지가 불법
이라고 생각해 본 일이 없었기 때문이다.

"후후, 너나 네 아비 같은 사람만 있다면 무공을 배울 필요가 뭐가
있겠느냐? 그러나 세상은 원하지 않은 일에 휘말리는 법이 더 많은 법
이란다. 그렇지만 네가 정히 싫다면 억지로 권하지는 않겠다. 그러나
기본을 익혀두면 요긴히 쓰이는 법이다. 권법을 백 번 익히면 신법이
저절로 드러나고, 권법을 천 번 익히면 그 이치가 스스로 나타난다고
하였으니 항상 기억하고 연마하도록 하여라."

유천복은 소양이 펼치는 권법과 장법을 유심히 보고 기억하려 하였
다. 검보다는 훨씬 유용할 것 같았기 때문이다. 소양이 주먹을 쥐고 나
무를 내려치자 사람 허리통만한 나무가 쩌억 소리를 내며 부러졌다.
또한 손을 칼처럼 만들어 휘두르자 나무들이 칼로 벤 듯 예리하게 잘
려져 나갔다. 희한한 것은 나무의 부러진 단면은 모두 불에 탄 듯 검게
변색되어 있었다는 것이다.

무공은 내공(內功)과 외공(外功)으로 나누어진다. 내공은 주로 기(氣)
를 단련하는 연기공부(練氣功夫)로써 호흡과 명상을 병행 수련하는 부
좌습정(趺坐習靜)의 방법이다. 또한 도가(道家)에서 수련하는 도인법(導
引法)과도 밀접한 관계가 있으며, 이정제동(以靜制動)에 그 목적이 있었
다.

이에 비해 외공은 주로 힘을 단련하는 연력법(練力法)에 그 요체(要
諦)가 있는 것이다. 외공을 단련하는 방법에는 연공(軟功)과 경공(硬功)
의 두 가지 방식이 있는데, 연공을 수련하게 되면 음유한 기운[陰柔之

勁이 흘러넘치게 되므로 음공(陰功)이라 하였다. 반대로 경공은 그 힘
이 강맹하고 양강지경(陽剛之勁)의 성질을 띠고 있으므로 양공(陽功)이
라고 부르기도 한다.

외공과 내공은 각기 일장일단이 있다. 내공이 비교적 수련 기간이
오래 걸리는 데 비해 외공은 속효(速效)를 얻을 수 있다. 그러나 자칫
잘못하면 본인 스스로가 해를 입는 경우도 있으므로 조심해야 한다.
무공의 고수일수록 외공보다는 내공을 중요시하며 명문정파는 각기 독
특한 내공법이 있었다.

유천복은 복령을 먹고 도비류에게서 토납법을 배워 이미 적지 않은
내공이 쌓여 있었으나 이를 알지 못하였다.

소양이 유천복의 몸에 손을 대자 따스한 기운이 온몸을 감쌌다.

"이것은 화양공(火陽功)이라는 것으로 혈매화의 음한공(陰寒功)과 상
반되는 것이다. 말하자면 그녀의 내공과 극성을 이룬다고 할 수 있지.
네 몸에는 이미 여러 가지 기운이 서로 엇갈려 있으나 아직은 그 기운
들이 서로 융합하지 못하고 있다. 화양조공은 극양(極陽)의 성질을 가
지고 있으니 네 몸의 기운들을 녹여 흡수하는 데 도움이 될 것이다."

유천복은 그저 고개를 끄덕이기만 하였다. 무공을 배우고 싶긴 하였
으나 구결이란 것은 들을수록 머리가 아파왔다.

'나는 원래 무공이란 걸 잘 모르니 이제 와서 배운다고 뭐가 달라지
랴? 도 형님에게 삼초검을 배웠지만 검을 소지하는 것이 불법이니 소용
이 있을 리 없다. 또한 무지자의 방중술조차도 그렇게 어려운데 무공은
더할 것이 아닌가? 그러나 내가 배우지 않겠다고 하면 소 형님이 실망
할 테니 그저 듣는 척이라도 하여 심기를 편하게 해주어야겠구나.'

유천복이 듣든 말든 소양은 구결을 몇 번이나 되풀이하여 들려주었다.

"무릇 음양(陰陽)이란 천지간의 기운을 말한다. 모든 삼라만상이 음양의 조화로 창조된 것이니 어느 한쪽이 극성하게 되면 다른 쪽은 반드시 소멸하게 된다. 우리 두 사람은 비록 한 몸이나 음과 양의 기운만을 가지고 태어났으며, 상처를 입어도 죽지 않으니 이미 천지간의 이치를 거스른다고 할 수 있다."

소양의 음성은 처연했으나 유천복은 멀뚱한 표정이었다.

'어휴, 무슨 말인지 하나도 모르겠네. 졸립기만 하고……'

"양(陽)인 봄과 여름에 이어 음(陰)인 가을과 겨울이 오는 것처럼 생명의 변화도 이 가운데 있다. 즉, 양이 극에 이르면 그 순간에 음이 생겨나며 여름 한가운데에 이미 가을의 기운이 나타나는 것과 같다. 또 음이 극에 이르면 양이 생겨나는데 한겨울에 이미 봄의 기운이 서서히 나타나는 것과 같은 이치이다. 이것이 자연의 대원칙이다. 이 변화를 알면 세상 천지만물이 나고 스러지는 때를 능히 짐작할 수 있다. 음양의 기는 이와 같이 성쇠하여 모든 일체 만물은 그 체내의 기운을 거듭 일진일퇴하여 한시도 쉬지 않으니 이것이 천지가 순환하는 도이다. 양이 그 절정에 도달하면 음을 위해서 물러나고, 음이 그 절정에 도달하면 양을 위해서 물러난다. 그러므로 음이 성한 것은 양으로서 다스릴 수 있다."

'아니, 그런 것도 모르는 사람이 있나. 봄이 가면 여름이 오고 가을, 겨울이 오는 것은 당연한 이치인데… 대체 뭘 배우라는 거지……'

유천복은 자신이 아는 한도 내에서 이해해 보려고 노력했다. 그러나 들을수록 하품만 나왔다.

소양이 아는 것을 모두 알려주기에 하룻밤은 너무 짧았다. 게다가 유천복의 우둔함은 생각보다 더하여 날이 새도록 한참을 배웠으나 여전히 어정쩡한 모습이었다. 그는 실망한 눈치였으나 내색하지는 않았다.

"지금 당장 초식의 오묘함을 깨우치기에는 무리가 있을 것이다. 기억해 두었다가 천천히 연마하도록 해라. 만일 밤에 그녀와 마주치게 된다면 일단은 피하도록 하여라. 음기가 강한 밤에는 살심이 짙어지고 음공 또한 고강하여지니 낮이라야 승산이 있을 것이다."

"설마 정말 그녀와 싸우라고 하는 것은 아니지요? 소취란은 바로 소 형님인데 어찌?"

"네 목숨이 소중하지 않다면 그걸 기억하고 있어도 괜찮다."

소양의 말은 냉정하였다.

"소 형님을 다시 만나려면 어떻게 해야 하지요?"

유천복이 문득 생각났다는 듯이 말했다.

"다시? 후후, 우리의 인연은 아마도 이게 끝일 것이다. 하늘이 사람을 만든 것은 초목을 만든 것이나 매한가지이다. 초목이 시들어 아무 것도 남지 않게 되는 것처럼 사람 또한 가고 나면 그만인 것이지. 내 이미 오십 년이나 살았으니 무슨 미련이 남아 있을까! 다만 한 가지 애석한 것은……."

소양은 무슨 말을 하고 싶은 눈치였으나 끝내 입을 열지 않고 몸을 돌려 말에 올랐다.

"그녀를 만나게 된다면 이 말 한마디만 전해주어라. 옛 사람은 이미 죽었고 나는 다 잊었으니 이제 용서한다고……."

잊었다라는 말을 할 때는 이미 그 모습이 사라지고 난 뒤였다. 유천복은 입이 찢어져라 하품을 하며 소양이 사라진 쪽을 보고 있었다.

제8장

연
緣

유 공자님, 사실은 저도
사람이 아니라 천년호(千年狐)랍니다

황산(黃山).

비가 개인 황산은 마치 목욕을 막 끝내고 나오는 여
인의 살결처럼 뽀얀 김이 서려 있었다. 운무에 휩싸인
황산의 높은 봉우리마다 기이한 오색 광채가 뻗쳐 나왔
다. 바로 황산의 정상에서만 볼 수 있다는 불광(佛光)이
었다.

석문봉(石門峰).

붉은 옷을 입은 사내가 무서운 속도로 석문봉을 오르
고 있었다. 사내의 그림자가 비친 절벽에는 불광이 은
은히 비추고 있어 마치 불상을 보는 듯하였다.

정상에 오른 사내는 잠시 숨을 가다듬었다.

"흐흐…… 내가 황산을 오를 줄은 놈들도 생각지 못

할 것이다. 이곳만 벗어나면 놈들을 따돌릴 수 있다. 이제 수옥은 내 것이나 진배없다."

사내는 바로 태호루에서 사라진 금도 석대호였다. 그는 소주를 벗어나자마자 전속력으로 황산으로 향했다. 운이 따랐는지 사람들은 예상대로 산동 쪽으로 몰려갔다. 아마 자신이 고향인 산동으로 갔으리라 생각했을 것이다.

추적자들을 따돌리느라 석대호의 온몸은 아까보다도 더욱 처참했다. 오른팔은 어깨에서부터 덜렁거리고 있었으며 허리 부근에서는 끊임없이 피가 흘러나오고 있었다.

석대호는 반대 편으로 쏜살같이 내려갔다. 그러나 얼마 못 가 걸음을 멈추었다. 양쪽에서 들리는 미약한 숨소리를 느낀 것이다.

"누구냐? 숨어 있지 말고 나와라!"

숲 속에서 네 사람이 걸어나왔다. 바로 유천복이 관도에서 본 화산파의 백삼노인과 그 일행들이었다.

"과연 금도의 이름이 허명이 아니었군."

백삼노인이 웃으며 말했다.

"흥! 이제 보니 매화일검(梅花一劍)이었구려. 명문정파라는 화산파마저 이런 아귀다툼에 끼어들 줄은 생각도 못했소."

석대호가 금도를 빼 들며 냉소했다.

"석대호, 목숨이 귀한 줄 알면 이제 수옥을 내놓고 얌전히 물러가거라."

"그럴 수 없소. 내 이것을 위해 얼마나 많은 희생을 치렀는데 이제 와서 포기할 수는 없지."

"쯧쯧, 제 분수도 모르는 놈이로군."

화산삼로(華山三老).

백삼노인은 바로 화산의 원로인 화산삼로 중 매화일검(梅花一劍) 오산(吳散)이란 자였다. 현 화산 장문인인 서문경의 아버지는 바로 화산이로(華山二老) 서봉원(徐奉原)이었다. 서봉원이 죽자 당시 화산 장문인이었던 화산일로(華山一老) 서유종(徐柳種)은 서문경을 양자로 들여 화산삼로의 전인으로 삼았다. 서문경이 화산파의 장문인이 된 것에는 이들 화산삼로의 힘이 절대적으로 작용하였다.

서문경은 유가장에서 돌아온 후 은밀하게 오산을 찾아왔다. 화산일로 서유종은 이미 세속의 일에 관심을 끊은 상태였으나 오산은 그러지 못했다. 그의 마음속에는 아직도 펼치지 못한 야심이 남아 있었다. 그것은 서문경의 속셈과도 맞아떨어졌다. 서문경과 오산은 관부와 손을 잡고 수옥을 차지하려는 것이다.

석대호는 입술을 질끈 깨물었다. 이미 자신이 살 수 있는 여지는 없었다. 이곳까지 오는 동안 수십 차례의 크고 작은 싸움을 치렀고 아직은 요행히 목숨이 붙어 있었다. 그것은 정말 석대호의 운이 좋았다고밖에 할 수 없었다.

석대호의 손에는 이미 많은 피로 얼룩져 제 빛을 잃은 금도가 쥐어져 있었다. 다행스러운 것은 석문봉의 지형이 협소하고 가파른 곳이 많아 잘만하면 위기를 모면할 수도 있을 것 같았다. 그러나 오산은 이미 석대호의 생각을 읽고 있었다.

"황산은 이미 관병에 의해 겹겹으로 포위되었으니 너는 어느 곳으로도 도망갈 수 없다."

파앗!

금도가 먼저 불광을 가르며 달려들었다. 금도와 부딪친 오산의 매화 검에서 눈부신 검화가 피어올랐다. 화산의 절예가 숨 쉴 틈도 없이 석대호를 압박해 들어갔다.

석대호는 반원형으로 검을 들어 올리며 방어하였으나 오산은 매화비산(梅花飛散)의 수법으로 석대호를 그어 나갔다.

검끼리 부딪치는 마찰음이 귀를 울리고 있었다. 석대호는 간신히 버티고 있었다. 상처 입은 몸으로 소주에서 황산까지 쉬지 않고 달려왔다. 그의 몸 마디마디가 비명을 질러대고 있었다. 이대로 몇 합(合)이 지나면 분명 매화검 아래 목숨을 잃을 것이다. 석대호는 결심한 듯 눈빛을 번뜩였다. 품속으로 손을 집어넣는 순간 뒤에서 달려든 서추량이 명문혈(命門穴) 깊숙이 검을 박아 넣고 있었다. 온몸이 갈기갈기 찢어지는 듯한 고통이 폐부를 갈랐다.

"이 비겁한……."

석대호는 두 눈을 부릅떴으나 더 이상 말을 잇지는 못하였다. 그러나 마지막 남은 힘을 모아 품속에 넣었던 손을 맹렬히 허공에 뿌렸다. 한줄기 푸른 빛이 포물선을 그리며 곧장 운무 속으로 사라졌다. 오산이 소리쳤다.

"죽일 놈! 수옥을……!"

오산은 맹호비월(猛虎飛越)의 신법으로 빛줄기를 따라 허공으로 솟구쳤다. 다른 화산파 사람들도 제각각 몸을 날렸다.

'내가 아니라면 누구도 가질 수 없다.'

마지막 순간에 석대호의 머리에 떠오른 생각이었다. 자신이 죽을지언정 수옥을 넘겨줄 순 없다는 것이었다. 그의 몸이 차가운 바닥으로 푹 고꾸라졌다. 그러나 석대호의 마지막 소원은 이루어지지 않았다. 화산파의 명숙들 중에서도 경공으로 일절을 이룬 오산을 깜빡하였던 것이다.

"흡!"

오산이 한 모금의 진기로 허공 중에서 몸을 한 번 더 튕기는 엄청난 경공을 발휘하였다. 화산파의 젊은이들은 자신들의 눈앞에서 말로만 듣던 청운신법(青雲身法)이 펼쳐지자 감탄사를 터뜨렸다.

하나 오산이 막 수옥을 낚아채려는 순간, 마치 줄이라도 달린 것처럼 수옥이 한쪽으로 휙 날아갔다. 오산은 헛손질을 하며 그대로 땅으로 떨어졌다.

"사조님."

저 멀리 서추량과 일행들이 달려왔다.

"어떤 놈이냐?"

오산의 흰 수염이 노여움으로 부르르 떨렸다.

흑립인들이 석문봉 주위를 까맣게 에워싸고 있는 것이 보였다. 오산과 함께 왔던 관병들의 모습은 어디에도 보이지 않았다.

누군가 검은 그림자를 드리우며 앞으로 나왔다. 깡마른 회의노인의 손에 수옥이 들려 있었다. 퀭하게 들어간 눈은 침울해 보였고 창백한 얼굴에는 주름이 가득하여 표정을 알 수 없었다.

"노부의 일을 훼방하다니 간도 크구나."

오산이 차갑게 말하며 매화검으로 상대를 겨누었다. 명문정파로서의 예의를 갖추려 하는 것이다. 석대호와 싸울 때는 비겁한 짓도 서슴지 않던 그들이었으나 상대가 많아지자 태도가 돌변하였다.

그러나 회의노인은 오산은 안중에도 없다는 듯이 수옥을 들어 불광에 이리저리 비추어 보았다. 노인의 얼굴빛이 흐려졌다.

"이것도 역시 가짜였군."

그 말과 함께 노인의 손에 있던 수옥이 갑자기 파삭 하는 소리와 함께 산산이 부서졌다. 오산이 미처 말릴 틈도 없었다.

"뭐 하는 짓이냐?"

분노한 오산이 부르짖으며 회의노인을 향해 매화검법을 펼쳤다. 회의노인은 매화검이 눈앞으로 들이닥칠 때까지 움직이지 않고 있었다. 그러나 노인의 코앞까지 이른 매화검은 더 이상 전진할 수 없었다.

오산은 노인의 눈을 뚫어져라 보고 있었다.

깊이를 알 수 없는 검은 눈 속에 하얗게 빛나고 있는 한 점이 보였다. 점은 더욱 커져 이윽고 하나의 둥근 원이 되었다. 그 안에서 회의노인이 도포 자락을 휘날리며 검무를 추고 있었다. 노인의 검이 휘둘러질 때마다 하늘이 갈라지고 땅이 진동했다. 어느새 자신도 노인과 함께 검무를 추고 있었다. 오산의 이마에는 콩알만한 땀방울이 송골송골 맺혀 있었다.

서추량 등은 이유를 알 수 없었다. 자신들의 사조가 회의노인 앞에 검을 든 채로 꼼짝도 않고 서 있자 그저 내공을 겨루고 있는 것이라 짐작할 뿐이었다.

한동안의 시간이 흘렀다. 마침내 오산이 몸을 부르르 떨며 비틀대더니 뒤로 두어 걸음 물러섰다. 그는 가쁜 숨을 몰아쉬었다.

"과연 곤륜(崑崙)의 태청검법(太淸劍法)은 무섭구려. 귀하는 곤륜에서 왔소?"

회의노인의 입가가 웃는 듯이 벌어졌다. 가느다란 목소리가 흘러나왔다.

"화산의 매화검법 또한 명불허전(名不虛傳)이오."

노인이 직접 말하지는 않았으나 곤륜파임을 인정하는 말이었다. 오산은 미간을 찡그렸다. 곤륜파가 황산에 있다면 구대문파가 이 일에 관여하였다는 뜻이 된다.

'더구나 이자의 공력은 결코 곤륜사성(崑崙四星)의 아래에 있지 않다. 곤륜에 이러한 인물이 있었다니… 만만히 볼 것이 아니로구나.'

뒤를 돌아다보자 사손들이 경외의 눈빛으로 자신을 우러러보고 있는 것이 들어왔다. 그러나 오산의 속내는 더욱 침울해졌다.

지난 삼십여 년간 화산의 무공은 퇴보일로를 걷고 있었다. 화산파의 전대 장문인인 서유종이 있을 때만 하더라도 화산삼로의 명성은 무림의 일절로 손색이 없었다. 그것은 서유종이 화산파 백 년 이내 가장 걸출한 무공의 기재였기 때문이었다. 그러나 삼십여 년 전 서유종이 무공보다는 득도에 뜻을 두어 은거한 뒤 화산의 명성은 갈수록 위축되어 갔다. 오산과 서문경은 서유종이 제자를 거두기를 원했으나 서유종은 조사동에 든 채 묵묵부답이었다.

결국 화산삼로 중에서 무공이 가장 뒤처지는 오산이 그나마 화산파의 명맥을 유지하고 있었다. 오산과 서문경은 점점 초조해졌다. 그러던 중 만년수옥에 대한 소문을 듣자마자 두 사람의 머리 속에는 같은 생각이 떠올랐다.

태양이 석문봉을 정면으로 비추고 있었다. 빛의 각도에 따라 바닥에 점점이 흩뿌려진 수옥의 잔해들이 마치 별처럼 반짝거렸다. 회의노인의 시선이 아래를 향하고 있었다.

"이것도 가짜요."

회의노인이 무심히 말했다.

"이것도 가짜라면? 그럼 강호에 나도는 소문이 헛소문이란 말이오?"

오산이 황급히 물었다.

"그렇지는 않소. 하지만 누군가 가짜 수옥을 만들어 사람들을 혼란시키려 하는 게지요. 듣자 하니 진짜 수옥은 빛에 비추었을 때 무슨 글자가 나타난다고 들었소이다."

"글자?"

'수옥 속에서 글자가 나타난다면 무공 비급이 틀림없군.'

오산은 좋은 정보를 얻었다고 생각했다. 곤륜파에서 자신들이 모르고 있는 정보를 알고 있는 것이다. 오산은 좀 더 자세한 정보를 듣고자 했으나 회의노인은 어느새 몸을 돌려 산을 내려가고 있었다. 회의노인의 이마를 슬그머니 타고 내려가는 검은 기운을 눈치 챈 사람은 아무도 없었다.

"이보시오. 같이 갑시다."

화산파 사람들은 회의노인의 뒤를 따랐다.

내려가면서 서추량이 조심스레 물었다.

"삼사조님, 저자가 곤륜사성 중 한 사람입니까?"

"아니다. 그러나 무공은 결코 곤륜사성의 아래 있지 않았다. 너희들도 보지 않았느냐? 내 그처럼 격렬한 검무를 추어보긴 삼십 년 만에 처음이구나. 곤륜파의 태청검법은 소청검법(小淸劍法)과 함께 무림의 일절이라 할 수 있으니 일초 반식이라도 기억해 둔다면 너희들에게 큰 공부가 될 것이다. 허허, 곤륜이 어느새 저렇게 거대해졌는가."

오산의 입에서 장탄식이 흘러나왔다. 그러나 서추량 등 세 사람은 오산과 회의노인이 일합을 겨루는 것도 보지 못한지라 오산의 말을 도통 이해할 수가 없었다. 자신들은 내공을 겨루고 있다고 생각했는데 언제 격렬한 검무를 추었단 말인가?

세 사람은 고개를 갸웃거렸으나 사조의 말에 토를 달 수는 없었다.

*　　　　*　　　　*

푸드득!

이름 모를 새들의 날갯짓에 황산의 북해가 일렁이기 시작한다. 마치 용이 승천하는 듯이 하늘과 그 경계를 가늠할 수 없는 운해 속에서 시뻘건 불덩이가 용솟음치고 있었다. 빽빽한 소나무 숲 사이 작은 공지에도 한줄기의 여명은 찾아들어 새벽을 열었다.

마유는 어깨에 지독한 통증을 느끼며 눈을 떴다. 살아 있는가! 어둠은 저만치 물러나 있었고 창백한 햇살이 칼날처럼 떨어지고 있었다.

마유는 등이 따스하다고 느끼며 몸을 돌리다가 유천복을 발견했다. 유천복의 허리 아래에서 몽땅 잘려 나간 옷자락은 아마도 자신의 어깨에 매어져 있으리라.

"제길, 더럽게 아프군. 그래도 팔 하나로 끝난 게 다행이지."

마유의 얼굴에 희미한 미소가 떠올랐다. 없어진 팔의 묵직한 통증을 한결 따스해진 심장의 피가 덜어주고 있었다. 그가 죽기를 각오하고 소취란과 혈전을 벌인 것은 그 자신을 위한 것이었다. 어차피 소취란의 얼굴을 본 사람은 모두 죽는다는 걸 알고 있었으니까. 그러나 일 푼쯤은 이 세상 물정 모르고 어리숙한 멍청이의 영향도 있었던 것인지 모르겠다.

"우욱!"

마유는 몸을 천천히 일으켜 보았다. 온몸이 부서지는 듯 욱신거렸다. 내공을 운용해 보니 단지 삼 할 만이 남아 있었다. 유천복이 무슨 재주가 있어 자신을 해독하고 치료하였는지 물어보고 싶었다. 그러나 곤히 자는 유천복을 쳐다보던 마유는 가부좌를 틀고 운기조식에 들어갔다.

유천복은 해가 거의 소나무 가지 끝에 걸려서야 기지개를 켰다.

"으…… 돌 바닥에서 잤더니 몸이 부서지는 것 같네. 또 그 소리! 이미 다 말랐어!"

유천복이 일어나자마자 고함을 질렀다. 일어나서 몇 번 허리를 이리저리 움직이다가 마유를 발견하고는 기쁜 표정을 지었다.

"마 형님!"

마유는 유천복의 손가락에 천 조각이 매어 있는 것을 보았다. 흐릿한 의식 속에서도 어렴풋하게 피맛이 느껴지던 것이 저것이었나! 괜한 짓을 했군. 마유는 갈수록 어깨의 통증이 줄어드는 것을 깨달았다. 유천복이 먹은 복령의 기운이 그에게도 효과를 나타낸 모양이었다.

유천복은 소양에 대한 이야기는 하지 않고 혈매화가 그저 심한 상처를 입고 사라졌다는 말만 했다. 마유는 창백한 낯으로 고개를 끄덕거렸다. 그래도 혀끝에는 여전히 '옷이 없어서' 로 시작되는 노랫가락이 매달려 있었다.

반산사(半山寺)라는 절을 지나 옥병루(玉屏樓)에 오르니 황산의 절경이 한눈에 들어왔다. 유천복은 황산에 오르는 것이 처음이라 그저 모든 것이 장엄하게만 보였다. 구름 사이사이로 삐죽 고개를 내민 봉우리들이 흡사 바다에 떠 있는 섬을 연상시켰다. '황산에 돌이 없으면 소나무가 아니고, 소나무가 없으면 기이하지 않다[無石不松, 無松不奇]'라고 했던가.

　유천복은 지금 그 말을 실감하고 있었다. 주변의 소나무들은 모두 단애의 절벽 틈에 그 뿌리를 내리고 있어 보기에도 아슬아슬해 보인다. 신구는 제 세상을 만난 것처럼 유천복의 어깨에서 내려와 소나무 아래로 사라졌다. 멀리 보이는 절벽은 꼭 물고기의 모습과도 같아 유천복은 실소를 금치 못했다.

　"하하! 마 형님, 저기 물고기 모양처럼 생긴 절벽 좀 보세요. 구름 사이로 나타났다 사라졌다 하는 것이 정말이지 꼭 바다를 보는 것 같아요."

　유천복의 말대로 절벽의 모양은 물고기나 새, 혹은 맹수처럼 생긴 것도 있었다. 마유는 호들갑스럽게 감탄사를 연발하는 유천복의 뒤에서 피식 웃음을 지었다.

　그러나 이 넓은 황산에서 어떻게 봉호문이라는 문파를 찾을 것인가?

　한나절 동안을 헤맸으나 사람의 기척은 발견할 수가 없었다. 유천복은 마침내 지친 듯 소나무에 기대어 숨을 몰아쉬었다.

　"너무 힘들어요. 좀 쉬었다 가요."

　마유는 저만치 앞서 걷다가 멈추어 섰다. 그 강인한 뒷모습을 보며 유천복은 쓸쓸해 보이던 소양의 뒷모습을 떠올렸다.

　다시 걷기 시작한 지 얼마 지나지 않아 유천복은 연화봉(連花峰)이 앞에 있다는 마유의 말에 고개를 들었다. 눈앞에 보이는 까마득한 봉우리에는 도저히 사람이 살 수 있을 것 같지 않았다.

　"여길 어떻게 올라가?"

옆에 통로가 있을 거라는 무지자의 말이 끝나기도 전에 마유는 절벽의 양 옆을 살펴보고 있었다. 유천복은 마유도 무지자의 목소리를 듣는 것이 아닌가 궁금하였다. 마유는 왼쪽에서 안으로 통하는 입구로 보이는 작은 동굴을 찾아냈다.

"이리 들어가야 한다구? …들어갈 수 있어. 지금은 말랐잖아!"

동굴의 입구는 협소했고 안에도 딱 한 사람만이 겨우 지날 수 있을 정도의 폭이었다. 예전의 유천복이었다면 동굴에 끼어 오도 가도 못했을 것이다. 그러고 보니 마른 것이 때로는 도움이 되기도 한다는 생각이 들었다.

마유는 유천복과 무지자의 대화에 이제는 묘한 재미마저 느끼고 있었다. 유천복의 말로 무지자가 무슨 소리를 했는지 유추하여 보는 것은 수수께끼를 푸는 것만큼 흥미로운 일이었다. 아마도 지금은 예전의 유천복의 뚱뚱했던 모습을 놀렸던 모양이다.

꼬불꼬불한 좁은 동굴을 세 개 정도 지나자 일순간 눈앞이 환해졌다. 마유와 유천복은 눈앞에 나타난 천혜의 절경에 저절로 입이 벌어졌다.

따스한 바람이 산들거리며 볼을 스치고 지나갔고, 백화만발하여 그 끝이 보이지 않았다. 왼편으로는 용틀임을 하며 떨어지는 폭포수의 우렁찬 소리가 들려왔다. 그곳은 주변이 전부 절벽이어서 사람이 하늘을 날 수 있다면 모를까, 그들이 들어온 동굴 외에는 어떠한 통로도 보이지 않았다.

"저기 석비가 있군."

마유가 앞을 가리켰다. 조금 더 앞으로 걸어가자 송백이 어우러져 울창한 숲 사이로 깎아지른 듯한 절벽이 나타났다.

두 사람은 오른쪽에 석비라기보다는 한 무더기의 돌덩이처럼 보이는 작은 둔덕 앞에 섰다. 높이가 다섯 자요, 폭이 두 자인 석비는 오랜 세월 풍상을 겪은 듯 여기저기 부서져 있었고 새겨진 글자는 다 닳아 제대로 읽을 수가 없었다.

"여기 대체 뭐라고 쓰인 거죠?"

"너무 닳아서 제대로 읽을 수 없겠는걸."

유천복과 마유가 주위를 살피고 있었다.

무지자는 이곳이 낯익었다. 들어오는 길도 낯익었고 이 석비도 그러했다. 아니, 소양이 유천복에게 구결을 일러주던 그 순간부터 어렴풋하게 어떤 것이 떠올랐다. 그동안 머리 속을 맴돌던 의미를 알 수 없던 단어들도 명확해졌다. 그건 방중술도 아니고 도가의 경문도 아니었다. 바로 여환무단신공(如環無端神功)이라는 무공이었다.

석비로부터 일 장 앞에는 초승달 모양의 구름다리가 하나 놓여 있는데 저 건너편 절벽의 숲 안쪽으로 뻗어 있었다. 도대체 누가 이런 곳에 다리를 놓을 수 있었을까?

유천복이 다리로 다가가자 무지자는 기관진식이 설치되어 있다고 알려주었다.

"네가 그걸 어떻게 알아? …마 형님, 저 다리에 무슨 장치가 되어 있대요."

유천복은 석비 앞쪽으로 걸어가 까마득한 아래를 내려다보며 머리가 어지러워짐을 느꼈다. 운무가 자욱한 골짜기는 보는 것만으로도 사람의 오금을 저리게 하기에 충분했다. 사방이 두 자씩 되는 청석이 다리 위에 깔려 있었는데 무지자의 말을 듣고 나니 은근히 두려운 마음이 생긴다. 마유는 고개를 끄덕거리며 등에서 검을 꺼내어 들었다.

"검은 왜요?"

"쉿! 소리가 들려."

마유의 눈이 앞을 쏘아보았다. 마유는 긴장하고 있었다. 덩달아 유천복도 조심스레 물었다.

"저 건너에 누가 있어요?"

"누군가 있다."

"나는 높은 곳은 딱 질색인데…… 왼쪽에서 세 번째 돌……."

유천복은 망설이면서도 무지자의 말을 앵무새처럼 따라 했다. 일러주는 대로 먼저 마유가 앞장을 섰다. 걷거나 건너뛰거나 하면서 한 걸음씩 조심스럽게 나아가다 보니 더디기는 하나 별다른 이상한 일은 생기지 않았다. 유천복은 문득 무지자가 자신을 놀리기 위해 거짓말을 하는 것이 아닌가 하는 생각이 들었다. 그래서 마유의 뒤를 밟지 않고 슬쩍 그 옆에 있는 청석을 지그시 밟았다.

―조심해!

무지자의 고함 소리와 함께 슈우웅 하는 파공음이 들리더니 어디선가 수십 개의 창날이 날아오기 시작하였다. 유천복의 얼굴이 새파랗게 질려 우왕좌왕하고 있는데 마유의 신형이 눈 깜짝할 사이에 유천복을 감싸더니 바닥을 굴러 피했다. 창날이 청석에 부딪치는 소리가 흡사 콩 볶는 소리와도 같다.

―이 멍청아! 돼지도 너보다는 낫겠다!

버럭버럭 소리를 지르는 무지자의 목소리에는 화급한 기색이 역력했다. 그도 그럴 것이 마유가 유천복을 안고 구르는 바람에 모든 기관진식이 작동하였던 것이다. 머리 위로 날아다니는 화살과 각종 예리한 암기들의 소나기를 피하며 마유는 간신히 오던 길을 되돌아 나갔다.

유천복은 석비를 붙든 채 떨리는 다리를 지탱하고 있었다. 순식간에 난장판이 된 청석교(靑石橋)의 모습이 눈앞에 들어왔다. 마유와 유천복의 몸 여기저기 찢겨진 상처에서 가느다란 선혈이 흘러나오고 있어 가뜩이나 초라한 몰골들이 더욱 낭패스러운 지경이 되었다. 유천복은 얼굴이 새파래져서 목덜미로 흘러내리는 식은땀을 손으로 연신 훔쳐 내었다.

"이제 어떻게 건너가야 하나?"

무지자가 무엇을 생각하는지 유천복은 알 수 없었다. 다만 아직도 벌렁거리는 심장을 두 손으로 꽉 누른 채 얼굴만 하얗게 질려 있었다. 마유는 이미 평정을 되찾고 청석교 앞에 서 있었다.

"아래 바구니가 있다구?"

유천복의 말에 마유가 살펴보니 청석교 아래에는 어른 손목 굵기의 쇠사슬이 양쪽으로 매달려 있었고 거기에 사람이 탈 만한 바구니가 달려 있었다.

"정말 어떻게 알았어? 너, 여기 와본 적 있구나!"

유천복이 감탄하며 쇠사슬을 당기자 바구니가 건너왔다.

유천복은 까마득한 아래를 내려다보며 마지못해 바구니에 올랐다. 두 사람이 흔들리는 바구니에 몸을 의지하고 중간쯤 건너왔을 때였다. 어디선가 까르르 웃는 소리가 들리더니 다리 건너편에서 청의를 입은 왜소한 인영이 나타났다. 거리가 가깝지 않아 그 용모를 확인할 수는 없었지만 얼핏 보기에는 여자인 듯싶었다. 아니나 다를까, 꾀꼬리같이 높고도 활기에 찬 목소리가 들려왔다.

"어디서 오신 분들인지 모르나 이곳은 사사로이 발을 들일 수가 없는 곳이니 돌아가시기 바랍니다. 만일 억지로 발을 들여놓으려 한다면… 호호, 이 비수는 강철도 자를 수 있는 것이라고 했는데 아직 한 번도 시험해 본 일이 없지요. 오늘 그 진위를 가릴 수 있게 되었네요.”

청의소녀는 날이 시퍼렇게 선 비수를 쇠사슬에 들이대었다. 날에서 풍기는 예기가 예사롭지 않아 한눈에도 보도임을 알아볼 수 있었다.

“저, 저는 백궁 어르신의 소식을……!”

유천복은 황급히 백궁의 이름을 언급하였다. 청의소녀가 멈칫하더니 이윽고 바구니가 다시 움직이기 시작하였다.

다리를 건너자 청의소녀가 가까이 다가왔다.

“또 만났네요.”

“어! 당신은?”

두 사람은 동시에 서로를 알아보았다. 소주의 태호루에서 보았던 젊은 청년이었다. 아니, 이젠 청년이 아니었다. 새까맣고 윤기가 자르르 흐르는 긴 머리에는 한 쌍의 청옥으로 만든 연화잠(蓮花簪)이 꽂혀 있었다.

팽소연의 본래 모습은 남장을 했을 때보다 몇 배나 더 아름다워 보였다. 몸집은 작고 야위었으나 균형이 잡혀 있어 온몸이 팽팽히 긴장되어 있는 것처럼 보였다. 그녀가 생긋 웃자 냉랭하던 주위의 공기가 한순간에 부드러워졌다.

유천복에게 대충의 설명을 듣자 팽소연은 두 사람을 앞서서 깡충거리며 걷기 시작했다.

“그때 알았더라면 좋았을걸. 그랬으면 같이 올 수도 있었을 텐테요. 그렇죠? 아이쿠!”

갑자기 팽소연이 눈앞에서 사라지더니 쿵! 하는 소리가 들려왔다.

유천복은 어리둥절하여 그 자리에 멈추어 섰다.

"아유, 아파라! 이놈의 돌부리가 언제 이리로 왔지."

팽소연은 무릎을 문지르며 제자리에서 깡충깡충 뛰었다. 그녀는 유천복의 앞에서 넘어진 것이 창피했는지 뒤도 돌아보지 않고 절룩거리며 걸어갔다.

얼마쯤 가자 소나무 울타리가 둥글게 쳐진 높은 담장이 보였다. 팽소연이 다가서니 저절로 열린다. 안에서 사람이 망을 보고 있었던 모양이다.

안쪽에는 소나무로 만든 웅장한 전각이 보였다. 팽소연은 그곳으로 두 사람을 안내하였다.

"이곳에서 잠시 기다리세요."

유천복은 탁자에 앉아 두 손을 꼼지락거리고 있었다. 문가에 기대어 앉은 마유의 모습에 그나마 안심이 되었다.

"마 형님, 우리가 잘못 온 것은 아니겠지요?"

"두고 보면 알겠지."

무지자는 유천복의 심기를 편하게 해주려는 듯 다시 엉덩이를 토닥거렸다.

"뭘 너만 믿어? …내가 여자냐?"

유천복은 이제 면역이 된 듯 왼손이 엉덩이를 주무르거나 말거나 신경 쓰지 않았다. 다만 오른손으로 앞을 가렸을 뿐이었다.

문이 열리며 몇 명의 사람들이 안으로 들어왔다. 그중에 청삼을 입은 중년인은 유천복도 본 적이 있었다. 바로 팽소연의 아버지였다.

잔뜩 긴장하고 있는 유천복을 향해 팽소연이 눈을 찡긋해 보였다. 먼저 입을 연 것은 청삼인의 옆에 서 있던 선비 차림의 애꾸눈 사내였다.

"여기 이 사람은 전룡(全龍)이라는 사람이오. 우리는 소협께서 우리가 궁금해하는 것을 알고 있다고 듣고 왔소."

유천복은 무슨 얘기부터 꺼내야 할지 머뭇거렸다.

"저는, 저는 경조부의 유가장에서 온 유천복이라고 합니다만……."

유천복은 아삼과 무신당에서 본 일에 대해 이야기하였다. 이야기를 시작하자 단숨에 봇물 터지듯 그간의 일들이 유천복의 입을 통해 흘러나왔다.

그 일은 이미 전룡이 짐작하였던 바라 모두 알고 있었으나 사실을 확인하자 침통한 분위기가 흘렀다.

"그렇다면 지금 강호를 벌컥 뒤집고 있는 수옥이 바로 본 문의 신물인 수옥봉의 수옥이란 말이군. 설마 했더니……."

전룡의 옆에 앉아 있던 청삼인이 수염을 쓰다듬었다. 그는 팽소연의 아버지이자 봉호문의 청룡단주(靑龍團主)인 팽총(彭聰)이었다.

유천복은 백궁의 부탁대로 바로 이곳에 와서 사실을 알리지 못한 것이 마음에 걸렸다. 어차피 수옥은 아삼이 가져갔다고 하나 그 일을 알려달라고 백궁이 죽으면서 신신당부하던 일을 이런 식으로 알리게 되니 마음이 편할 리가 없었다. 정작 이곳으로 올 생각은 전혀 하지 않고 있던 유천복이었다.

"내가 그럴 줄 알았다니까요. 강호를 떠들썩하게 하는 장본인이 본문일 줄이야……. 호호."

팽소연이 고개를 갸웃거리다가 귀엽게 웃었다. 전룡과 팽총이 서로 눈빛을 교환하였다.

"그건 내가 이야기하마. 제가 이 소란이 있게 된 후 어느 책에서 보기를, 빙림(氷林)이란 곳에 수옥이 있는데 신선지경(神仙之境)의 방도라 알려져 왔습니다. 이 빙림이라는 곳은 온갖 짐승이 범접치 못하고, 사람이 살 수 없을 만큼 추우며, 해와 달이 일 년 내내 조금도 비추지 않고, 교룡과 신수가 이를 지키며, 범인이 이를 볼 수 없는 곳이라고 하지요. 그러나 만일 인연이 닿는 자가 있어 수옥을 얻으면 필부는 인군(人君)이 되고, 토지를 가진 관장(官長)이 될 것이며, 제후가 이를 얻으면 제왕이 될 것이라 하였습니다. 이 수옥은 음벽수옥(陰碧水玉)과 양벽수옥(陽碧水玉) 한 쌍으로 되어 있는데, 음벽수옥을 얻으면 불로장생의 도리를 깨달아 신선이 되고, 양벽수옥을 가진 자는 신기묘산의 재주를 얻어 천하의 주인이 된다고 합니다. 그렇다면 오천 년 전에 수옥을 얻어 적송자가 신선이 되었다는 것은 음벽수옥을 말하는 것이고, 저희 봉호문의 신물인 수옥봉이 그 양벽수옥이라면 지금의 이 소란도 설명이 되겠지요."

전룡의 이야기는 봉호문의 사람들도 처음 듣는 것이어서 다들 신기해하였다.

팽총은 유천복을 유심히 살폈다. 영준해 보이기는커녕 어리숙하게 보이기만 하는 유천복의 모습은 그에게 전혀 신뢰감을 주지 못했다. 전룡이 말한 자가 과연 이 청년이 맞는지 의구심이 들었다.

구진단주(勾陳團主)인 전룡(全龍)은 천문, 지리, 역학, 기관 등에 빼어난 수재였다. 어렸을 적에 한쪽 눈을 실명하였으나 측자점(側子占)을 잘 쳤고 기이하게도 적중되지 않는 것이 없었다. 그는 문주의 실종 이후 점을 칠 적마다 반사반활(半死半活)의 괘가 나와 이상히 여기던 참이었다.

팽총은 어제 그에게 저울 형(衡)이란 글자를 써서 문주의 안위에 대해 물어왔다. 전룡은 글자를 이리저리 살펴보더니 얼굴이 환해졌다.

"두인변이 있어서 두 사람이 동행하고, 가운데에는 급할 급(急)이란 글자의 머리 부분이 있으며, 속에는 생각할 사(思)라는 글자의 머리 부분까지도 있으니… 문주님은 마음이나 머리 속의 생각이 급히 집으로 오고 싶다는 생각뿐입니다. 오늘 밤은 정축(丁丑)이고 정(丁)은 머무를 정(停)의 중심이 되는 글자이며, 축(丑)은 그칠 지(止)와 닮은 부분이 많아서 정지(停止)한 형상이니 내일 아침에는 틀림없이 문주님의 소식을 갖고 오는 자가 있을 것입니다."

과연 그 말이 틀리지 않아 오늘 아침에 두 사람이 찾아온 것이다. 팽총은 마유의 날카로운 눈빛을 주시하였다. 부상이 심해 보였으나 한 치의 허점도 찾아볼 수가 없었다. 마유는 소취란과의 일전 이후 생각이 많아지고 말이 없어졌다. 팽총은 자신들이 너무 경솔하게 사람을 믿는 것이 아닌가 걱정스러웠다.

"강호에는 지금 수옥 안에 장보도와 무공 비급이 있다고 소문이 나 무림인들이 혈안이 되어 찾고 있습니다. 저희 봉호문에서 이 수옥을 잃은 것은 문주님의 행방불명과 때를 같이합니다. 혹시 유 공자께서는 그 일에 대해 아는 바가 없으신지요?"

유천복은 무지자의 이야기를 해야 할지 말아야 할지 망설였다.

"문주님은 어떻게 행방불명되셨는데요?"

"문주님의 수련실인 천수당에서 수련을 하다가 갑자기 사라지셨습니다. 항상 들고 계시던 수옥봉은 수옥이 없어진 채 바닥에 버려져 있었지요. 바로 이것입니다."

팽총이 내민 것은 푸르스름하게 동녹이 잔뜩 낀 것처럼 보이는 봉이었다. 손잡이에는 둥근 고리가 있어 수옥을 끼우도록 되어 있었으나 지금은 비어 있었다. 끝 부분에는 수십 개의 홈이 패어 있었고 몇 개의 요철이 튀어나와 있어 열쇠처럼 보이기도 하고 무기로도 사용할 수 있도록 한 것이었다. 강철도 아니고 나무도 아닌 것이 몹시 가벼웠다.

"알았어…… 물어본다니까. 거기 연못도 있냐는데요?"

유천복의 이상한 말에 팽총과 전룡은 주위를 둘러보았다. 혹시 주위에 다른 이가 있어 유천복에게 전음을 보내고 있는 것이 아닌가 하였다.

팽총은 적을 안으로 들인 것이나 아닌지 걱정이 되었다. 사람의 속이란 본시 그 깊이를 알 수 없는 법이었다.

"수십 개의 연못이 있소. 한데 공자는 그걸 어찌 알았소?"

유천복은 무지자가 큰 소리로 외치자 얼굴을 찡그리며 귀를 막았다.

"어딜 가라구? 내가 왜?"

유천복의 이상한 태도에 사람들이 경계의 눈초리를 보냈다. 유천복은 자신이 이상해 보일 거라는 걸 알지만 무지자에 대해 어떻게 이야기를 해야 할지 몰랐다.

"저기, 제 속에 다른 사람이 있는데……."

유천복은 날아갈 듯한 기분이었다. 몇 달 만에 처음으로 편안하고 푹 쉴 수 있게 된 것이다. 무지자에 관한 얘기를 들은 사람들은 믿을 수 없다는 표정이었다. 그러면서도 은연중에 유천복의 몸속에 있다는 자가 봉호문주일지도 모른다고 생각하였다.

정작 문제는 무지자가 이들을 하나도 기억해 내지 못한다는 것이다. 연못에 빠진 것 외에는 떠오르는 것이 없다고 하였다. 정말 무지자는 사라졌다는 봉호문주인 것일까? 그게 아니면 염주행처럼 수옥을 훔치기 위해 왔던 자일 수도 있었다.

마유가 상처를 치료하기 위해 방을 나선 후 팽소연이 나타났다. 유천복에게 옷 한 벌을 내민다.

"목욕을 하시고 이것으로 갈아입으세요."

"고, 고맙소."

유천복은 얼른 옷을 갈아입고 싶었으나 멀뚱히 문 앞에 서 있는 팽소연 때문에 그럴 수가 없었다. 팽소연은 마치 무언가를 생각하듯이 천장을 쳐다보며 멍한 모습이었는데 그 모습이 한 송이 연꽃처럼 아름답고 품위가 있었다. 유천복이 흠 하고 헛기침을 하자 그제야 팽소연은 깜짝 놀란 체를 한다.

"아! 죄송해요, 유 공자. 그럼 편히 쉬세요."

문을 나가다가 다시 멈칫 서더니 고개를 천천히 뒤로 돌려 유천복을 보았다. 까만 눈동자를 옆으로 도르르 굴리는 모습이 아름다웠다.

유천복은 영문을 몰라 그대로 마주 보았다. 팽소연의 표정이 묘해지더니 고양이 걸음으로 살며시 다가왔다. 턱을 치켜세우고 눈을 살짝 내리뜬 채로 다가오는 팽소연을 보며 유천복은 놀랍고 당황했다.

'아니, 이 여자가 왜 이렇게 가깝게 오는 거지? 이러다가 얼굴이 부딪치겠구나.'

"소, 소저…… 무슨 일이시오?"

팽소연은 그의 귓전으로 입술을 가까이 갖다 대었다. 은은한 체향이 콧속을 파고들었다. 귓속으로 따스한 입김이 불어오자 유천복은 온몸을 비비꼬고 싶은 충동을 느꼈다.

"유 공자님, 사실은 저도 사람이 아니라 천년호(千年狐)랍니다. 여우는 여우를 알아보는 법. 저는 첫눈에 공자님께서 저희 일족임을 알아보았지요. 유 공자께서 문주님을 잡아먹고 그 흉내를 내시니 저도 사실을 말씀드리지 않을 수 없군요. 호호호호. 저도 얼마 전 팽 소저를 잡아먹고는 그 가죽을 뒤집어쓴 것이거든요.”

“그 말이 정말이오?”

팽소연은 유천복의 얼굴 위에서 긴 속눈썹을 깜빡깜빡거리더니 한 걸음 뒤로 물러나며 배시시 웃는다. 유천복은 볼이 간지러운 듯하여 긁고 싶은 것을 억지로 참고 있었다.

“물론 정말이고말고요. 유 공자님의 그 얘기는 정말이지 너무도 그럴듯하여 사람들이 모두 속아 넘어갔으니 기회를 봐서 우리 두 사람이 이곳 사람들을 모두 잡아먹기로 해요.”

유천복은 얼굴이 하얗게 질려 두 손을 앞으로 내밀며 흔들었다.

“나, 나는 거짓말을 한 것이 아니오! 정말로 내 속에는 무지자가 있단 말이오!”

“저도 거짓말을 한 것이 아니에요. 흥! 제 말을 믿지 않으신다면 할 수 없죠. 그냥 저 혼자 일을 치를 수밖에요. 더구나 그 수옥만 있으면 정말 인간이 될 수 있답니다. 호호호호.”

유천복은 팔뚝에 좁쌀만한 소름이 오소소 돋는 것을 느꼈다. 갑자기 무지자가 왼팔을 들어 팽소연의 치마를 들추었다. 유천복이 말릴 사이도 없이 눈 깜짝할 새 벌어진 일이었다.

“무지자, 안 돼!”

“무슨 짓이에요!”

짜악―

팽소연이 소리치며 몸을 확 돌렸다. 어느새 그녀의 손이 하늘로 치켜 올라가 있었다. 눈꼬리도 사납게 변해 있었다.

“나는, 나는…… 내가 한 것이 아니오!”

유천복은 얼얼한 뺨을 감싸 쥔 채 고개를 세차게 저으며 뒷걸음질쳤다. 그런데 언뜻 팽소연의 들추어진 치마 사이로 털이 북실북실한 하얀 꼬리가 내비쳤다.

“히익!”

유천복의 입에서 기이한 비명 소리가 새어 나왔다.

“꼬, 꼬리다! 설마! 그럴 리가!!”

팽소연은 조금 상기된 얼굴로 유천복을 한동안 흘겨보았다. 거의 기절할 듯이 보이는 그를 보며 얼음처럼 차가운 어조로 말하였다.

“손버릇이 나쁘군요. 감히 어디를…….”

그때 밖에서 그녀를 찾는 소리가 들려오자 입술을 깨물며 어쩔 수 없다는 듯이 문을 나섰다. 팽소연의 높은 웃음소리가 한참 동안 귓전을 맴도는데 또다시 콰당! 하는 소리가 들려온다.

유천복이 놀라 방문을 확 열어젖히고 밖을 내다보니 팽소연이 울상을 하고는 엉거주춤 일어나는 것이 보였다. 뒤집어진 치마 가득히 털투성이의 꼬리가 확 퍼진다. 그 곁에는 마유가 도통 모를 미소를 띤 채 다른 쪽을 보고 서 있었다. 팽소연은 마유를 잡아먹을 듯이 노려보다가 한아름의 꼬리를 손으로 잡고는 뒤뚱거리며 걸어갔다.

유천복은 얼이 빠져 있다가 돌연 무서운 생각이 들어 문을 소리나게 닫고는 얼른 이불을 뒤집어썼다.

“여우다, 여우야! 정말, 정말 이상한 일이로구나. 이십여 년 동안 나는 한 번도 이상한 일을 겪은 적이 없었는데 이 반년 동안은 이상하지 않은 일이 없고, 만나는 사람마다 다 요괴이니 정녕 내가 죽을 때가 다 되었지 싶다. 무지자, 너도 그 꼬리 봤지? 이곳 사람들에게 얘기해야 하지 않을까?"

유천복은 하루 밤낮으로 요사스러운 여자들을 만나자 봄날의 산들
바람처럼 부드러운 능초영이 절로 그리워졌다. 자신이 도 대협에게 그
같은 잘못만 하지 않았어도 그토록 차갑게 대하지는 않았을 텐데……
서러운 생각이 왈칵 밀려든다.

이튿날 아침, 창문 밖으로 새소리가 울려 퍼지자 유천복은 눈을 번
쩍 뜨고는 후닥닥 일어났다. 어제는 정오 이후로 한 번도 밖에 나가지
못하였다. 행여 팽소연과 마주치게 될까 봐서였다.

봉호문의 사람들은 무엇을 하는지 하루 종일 나타나지 않았다. 대신
에 팽소연은 식사 때마다 나타나 시중을 들었다. 눈을 내리깔고 다소
곳하게 서 있었지만 한시도 유천복에게서 눈을 떼지 않았다. 유천복은
밥이 코로 넘어가는지 입으로 넘어가는지도 알 수 없을 지경이었다.

이틀 사이로 큰일이 있었으니 피곤하기도 하련만 팽소연의 눈빛만
생각하면 뒤꼭지가 서늘해져 잠을 이룰 수 없었다. 대충 고양이 세수
를 한 뒤 어제 팽소연이 새로 갖다 놓은 백삼을 걸쳤다. 그리고 어젯밤
에 내내 생각하였던 일을 행했다. 유천복은 왼팔을 자신의 몸에 꽁꽁
묶어버렸다. 머리 속에서 무지자가 난리를 치고 있었다.

"흐흐. 무지자, 너는 손버릇이 나쁘니 이곳에서 또 무슨 일을 벌일지
알 수 없어. 한 번만 더 그런 일이 있으면 여우가, 아니, 팽 소저가 날
잡아먹을지도 몰라."

마유는 조금 창백한 얼굴로 창가에 걸터앉아 있었다. 봉호문의 사람
들이 어떻게 치료를 하였는지 몰라도 마유는 하루 만에 많이 치유가
된 듯 얼굴색이 좋아 보였다. 다만 덜렁거리는 오른 소매와 온몸에 감
긴 붕대가 유천복의 가슴을 아프게 하였다.

　마유는 어제의 결전을 떠올렸다. 소취란과 대등하게 싸울 수 있었다는 것이 그에게 팔 하나를 잃은 것보다 커다란 만족감을 주었다. 비록 상태가 좋지 않았었다고 하지만 소취란은 십대고수 중에서도 가장 잔인하다고 알려져 있었다.

　'그래도 이런 꼴로는 도둑질조차 할 수 없겠군. 앞으로 먹고 살 일이 걱정인걸.'

　마유의 입술 끝이 살짝 비틀어졌다. 고개를 돌리니 오른쪽 어깨에 매어진 천이 유난히 희었다. 팔은 없어졌지만 몸은 아직 그걸 깨닫지 못한 듯 팔이 있던 자리가 욱신거리며 쑤셔왔다. 누군가가 예리한 칼로 끊임없이 쿡쿡 찔러대고 있는 느낌이었다.

　유천복의 방 앞에 육 인이 나타났다. 봉호문의 육신단주들이었다. 청룡단주(靑龍團主)인 곡소구유(哭笑俱有) 팽총(彭聰)과 구진단주(勾陳團主)인 신기수사(神奇秀士) 전룡(全龍)이 가장 앞에 서 있었다. 그들은 밤새 한숨도 자지 못하였는지 신색이 피곤하고 지쳐 보였으나 눈빛만은 그간의 심려를 다 털어버린 듯 편안하였다.

　팽총의 옆에는 현무단주(玄武團主)인 철패(鐵覇) 포태화(浦太花)와 주작단주(朱雀團主)인 청충(靑蟲) 견위강(鵑爲强)이 서 있었다.

　현무단주인 포태화는 눈썹이 짙고 배는 무엇을 넣었는지 작은 산만하였다. 등에는 커다란 동곤을 꽂았는데 무엇이 그리 좋은지 연신 싱글벙글이었다. 이 반년 동안 봉호문은 그야말로 초상집 분위기였는데 문주일지도 모르는 유천복이 온 것이다. 그는 앞뒤 사정이야 어떻든 그저 좋기만 하였다.

　주작단주인 견위강은 얼굴에 기름기가 번질번질하고 비대한 사내였다. 얼굴이 얼마나 미끄러운지 혹시 파리가 와서 그 면상에 앉았다가는 낙상골절하였을 것이다. 게다가 목에 엽전 꾸러미를 두르고 열 손가락에는 커다란 반지들이 주렁주렁 달려 있어 흡사 예전의 유천복을 보는 듯하였다.

견위강은 강호에서 만금전장(萬金錢莊)의 주인으로 더 알려져 있었다. 만금전장은 이 일대에서는 제법 큰 전장이었다. 더구나 그가 엽전을 뿌리는 솜씨는 신기에 가까워 일시에 백여 개의 엽전을 던져 같은 수의 나뭇잎을 맞출 수 있을 정도였다.

전룡의 옆으로는 등사단주(螣蛇團主)인 비천홍사(飛天紅蛇) 사천(巳天)과 백호단주(白虎團主)인 쇄옥권(碎玉拳) 백호(白狐)가 어깨를 나란히 하고 있었다.

등사단주인 사천은 별호대로 독사의 머리처럼 세모꼴의 머리에 작고 검은 눈과 얇은 입술을 가진 사내였다. 그는 대꼬챙이처럼 마른 몸을 끊임없이 흔들거리고 있었다.

봉호문 내에서도 가장 비밀스러운 등사단은 원래 문주의 개인 호위대였다. 문주가 사라진 것이 자신들의 책임이라 여기고 있었다.

사천은 붉은 장포를 입고 손에는 가느다란 넉 자 길이의 홍죽(紅竹)을 들었는데 그 속에는 맹독을 품은 비천홍사가 있었다. 비천홍사는 그가 특별히 교배하여 얻은 독사였다. 지금껏 한 번도 그 독을 사용한 일이 없어 얼마나 독한지는 아무도 아는 바가 없었다. 단지 평소 그의 행동과 성격이 음험하여 사람들이 꺼려할 뿐이었다.

백호단주인 백호는 바로 백궁의 친형이었다.

마유는 이자가 바로 종남산에 나타나 시체를 수습해 간 사람이라는 것을 알았다.

　백호는 공사(公私)가 분명하여 평소에도 동생을 엄격하게 다루기로 소문이 나 있었다. 백궁이 죽은 걸 확인하였을 때도 감정의 흐트러짐이 없어 부하들을 놀라게 한 그였다. 그러나 백호가 황산에 돌아온 뒤 며칠 동안 물 한 모금도 입에 대지 못한 채 통곡하였음을 사람들은 알고 있었다. 그는 지금도 비분강개한 표정을 애써 감추고 있었다.

　육신단주들은 유천복이 한 팔을 묶어놓고 있자 의아하게 생각하였으나 묻지는 않았다. 다만 팽소연만이 잡아먹을 듯한 시선으로 그를 쳐다보고 있었다.

　유천복은 자신이 들은 말을 믿을 수가 없었다. 두 눈이 튀어나올 만큼 부릅떠졌다.

　"예엣? 저보고 문주가 되어달라니요?!"

　다들 밤사이에 머리가 어떻게 된 것이 아닐까 하는 생각이 들었다. 팽총이 앞으로 나와 예를 갖추었다.

　"갑작스러운 일이라는 것을 압니다. 그러나 유 공자께서 나타나기 전까지 본 문은 그야말로 풍랑을 만난 일엽편주와도 같이 갈피를 잡지 못하였습니다. 문주님은 행방이 묘연하시고, 수옥은 사라지고, 강호에서는 본 문을 핍박하려 하고 있습니다. 이러한 때에 유 공자께서 이곳에 오신 것은 정녕 하늘의 안배가 틀림없습니다. 더구나 저희들이 추측컨대 유 공자의 몸에 깃들어 있는 것은 저희 문주님의 영혼이라 사려됩니다. 문주님께서는 어찌 된 영문인지 육신을 잃고 헤매다가 본 문을 걱정하는 마음이 너무 절실하여 공자님의 몸에 들어가게 된 것입니다. 문주님의 기억이 돌아오시면 모든 것은 분명해질 것이지만 그때까지는 얼마나 시간이 걸릴지도 모르고 적들은 이제 이리로 몰려들고 있습니다. 더구나 유 공자님과 문주님을 따로 생각할 수 없게 되었습니다. 이제 저희 육신단주들은 문주님을 보필하여 본 문의 무너진 기강을 바로잡고 내외에 산재한 문제들을 해결코자 합니다. 속하들의 청을 거절하지 말아주십시오.”

“거절하지 말아주십시오!”

일제히 팽총의 말을 따라 하며 유천복의 앞에 넙죽 엎드렸다. 유천복은 그저 고개만 세차게 젓고 있었다. 그러다 가장 뒤에 있는 팽소연과 눈이 딱 마주쳤다.

유천복을 놀리려던 팽소연은 그 옆에 앉은 마유를 보자 이를 갈았다. 어제 일부러 자신의 옷자락을 밟아 넘어지게 한 것을 생각하면 치가 떨려 잠도 오지 않을 지경이었다. 그렇지 않아도 평상시 잘 넘어지는 바람에 무릎이 성할 날이 없는 그녀였다. 유천복의 앞에서 연달아 그런 보기 흉한 꼴을 보인 것이 어쩐지 마음에 걸렸다.

유천복이 이쪽을 보고 있었다. 검푸르고 가는 눈썹과 서늘하고 맑은 눈동자는 그녀가 봉호문에서 보아오던 어떤 사람과도 달랐다. 하나 팽소연이 유천복의 예전 모습을 보았더라면 결코 그렇게 생각지 않았을 것이다. 천금손가에서의 일 이후 유천복의 외모는 많이 변해 있었다. 그간의 피로를 말끔히 씻어낸 유천복의 모습은 유약한 백면서생(白面書生)으로 보였다.

‘무슨 사내가 계집보다도 더 곱게 생겼담. 바람이라도 세게 불면 날아갈 것 같잖아.’

팽소연은 유천복을 곯려주고 싶었다. 유천복의 눈에 서린 두려운 빛을 보자 자신의 연극이 통했음을 깨닫고 속으로 쾌재를 불렀다.

팽소연은 갑자기 몸을 부르르 떨더니 눈의 흰자위를 하얗게 드러내며 혀를 길게 빼어 물었다.

유천복이 비명을 지르자 사람들이 다 쳐다본다. 그는 부들부들 떨며 팽소연을 가리켰다. 그러나 팽소연은 생글생글 웃고 있을 따름이었다. 유천복은 헛바람을 들이켰다. 팽총의 말이 제대로 귀에 들어올 리 없었다. 팽소연을 생각하면 식은땀이 삐질삐질 흘러내렸다.

'그녀가 저토록 이뻐 보이는 것은 틀림없이 여우가 도술을 부린 것이다. 내가 능 소저를 본 이후로 다른 여자가 눈에 들어오지 않았었는데, 이제 저 여우에게 홀리게 되었으니 이 일을 어찌할꼬? 내가 이 이야기를 사람들에게 해야 하나 말아야 하나. 아니지. 다들 내 말을 믿어줄 리도 없으니 나 스스로 여우에게 홀리지 않도록 단단히 정신을 차려야겠구나!'

유천복은 도움을 바라는 듯 마유를 보았다. 어제 팽소연의 꼬리를 보았으니 그도 이제 그녀가 여우라는 것을 눈치 챘으리라고 생각했다.

마유는 유천복이 자신을 쳐다보자 팽총의 말을 듣고 자신에게 의논을 하고자 하는 줄 알았다. 그는 속으로 팽총의 말에 대한 진위를 따져보고 있었다.

'너구리 같은 영감들! 천복을 앞에 내세워 적들을 상대하게 하고 자신들은 수옥을 차지하겠다는 심보로군. 그러나 생각대로 될까?'

마유의 짐작대로였다.

봉호문은 강호에 그리 알려지지 않은 작은 문파였다. 사백 년 전의 조사 때부터 거의 황산에 틀어박혀 신선지도(神仙之道)만을 추구하였고 무림의 일에는 절대로 관여하지 않았다.

문주는 대대로 혼인하지 않았으며 전대 문주가 후임을 정하는 방식으로 이어져 왔다. 육신단주들 또한 모두 출신이 달랐으나 젊어서 봉호문에 몸을 의탁한 뒤 형제의 연을 맺었다.

현 문주였던 범중일은 팔십이 다 된 나이였으며 언제나 마음을 수련하고 바른 도를 닦을 것을 강조하였다. 욕심을 버리고 악을 버리며 기쁨과 근심을 모두 잊어야 신선의 비법을 깨우칠 수 있다는 것이 그가 늘 입버릇처럼 문도들에게 말하는 것이었다.

봉호문에는 여환무단신공(如環無端神功)이란 선대의 비법이 전해 내려오고 있었는데, 문도들은 이 수련을 통해 몸을 튼튼히 하고 깨달음을 얻어 선인이 된다고 믿었다.

그러나 어젯밤, 전룡이 육신단주들에게 말한 것은 의외의 내용이었다.

"이 사람이 여러 형제들에게 하고 싶은 말은 봉호문은 바로 수옥의 비밀을 풀기 위해 세워진 문파일지도 모른다는 것입니다. 이 사람이 생각하건대 대대로 문주에게만 전하여졌을 이 비밀은 봉호문이 세워진 후 사백 년간이나 풀리지 않다가 아마 범 문주의 대에서 실마리가 잡혔을 것입니다. 여러 형제들도 알다시피 우리 봉호문에는 '조사동(祖師洞)'이라는 것이 없습니다. 전대 문주들의 실종은 우리 봉호문으로서는 항상 수수께끼였지요. 항상 후임을 정하고 나면 전대의 문주는 어디로 갔는지 흔적도 없이 사라져 우리는 그것이 우화등선(羽化登仙)한 것이라고만 여겨왔습니다."

육신단주들이 서로의 얼굴을 쳐다보았다. 그동안 봉호문주의 우화등선을 본 자는 아무도 없었다.

전룡은 말을 이어갔다.

"범 문주는 수십 년 동안이나 천수당에서 수련에만 몰두해 왔소. 우리는 그것이 선도의 깨달음을 얻기 위한 것이라고 알고 있었으나 어쩌면 문주는 수옥에 대해 연구하였고, 그 비밀을 풀어냈을지도 모릅니다.

문주께서 다시 실종되고, 염주행이 수옥을 훔쳐 간 뒤 많은 사람들이 수옥에 대한 것을 알기 위해 이곳으로 몰려들고 있다는 사실은 이미 알려진 대로요. 이 사람이 여러 형제들에게 하고 싶은 말은 수옥에 대한 권리입니다. 대대로 그것은 우리 봉호문의 신물이었으니 당연히 우리가 차지해야 합니다."

들고만 있던 팽총이 전룡의 말을 받았다.

"사제의 말이 맞소. 어제 온 유천복이라는 자의 몸에 있다는 혼백은 범 문주가 확실한 것 같소. 지금으로서는 이 모든 비밀을 알고 있는 사람이 문주밖에 없으니 유천복이라는 자를 절대로 그냥 보낼 수가 없소."

이 같은 전룡의 말에 모두들 수긍하는 기색이었고 급기야는 유천복을 문주로 추대하기에 이른 것이다.

"무지자, 뭐라고 말 좀 해봐."

그러나 무지자는 팔을 풀어줄 때까지 한마디도 하지 않겠다며 버텼다. 무지자 또한 자신이 어쩌면 봉호문주일지도 모른다는 생각을 하고 있었다. 그렇다면 자신의 잃은 기억을 되찾기 위해서도 이곳을 떠날 수가 없었다.

"나는, 나는 그럴 수 없어요. 마 형님, 말 좀 해주세요."

유천복은 온몸을 떨면서 오른손을 결사적으로 흔들었다. 그러나 다들 유천복의 말은 무시한 채 앞으로의 일들을 의논하느라 정신이 없었다. 오직 한 사람, 팽소연만이 흰자위를 까뒤집고 유천복을 겁 주는 일에 몰두하고 있었다.

유천복은 봉호문의 사람들과 천수당으로 향했다. 아니, 억지로 끌려갔다는 표현이 맞을 것이다. 일단 천수당에 가서 무지자가 기억하는 것이 없나 알아보려는 것이다. 봉호문의 사람들은 이미 유천복에게 문주라는 호칭을 붙이는 것을 당연하게 생각하였다.

막 천수당에 당도하였을 때였다. 한 문도가 급히 뛰어오더니 청석교 아래 많은 사람들이 몰려와 소란을 피우고 있다고 알려왔다.

팽총의 얼굴에 잠시 근심이 스쳐 갔다.

"예상보다 빨리들 이곳을 찾아냈군. 하는 수 없다. 소연이가 마 대협과 문주님을 모시거라."

유천복이 만류할 틈도 없이 팽총은 육신단주들과 함

께 총총히 사라졌다.

천수당은 연화곡 내에서도 가장 깊은 곳에 위치해 있었다. 해가 중천인데도 소나무 숲이 하늘을 다 가리고 있어 한 줌의 빛도 들어오지 않았다. 주변의 기후는 온화하였는데 천수당으로 들어가는 동굴은 입구에서부터 차가운 한기가 훅 뿜어져 나온다.

팽소연은 콧노래를 흥얼거리며 앞서 걷고 있었다. 그녀의 뒷모습은 어두운 벽에 일렁이는 그림자를 만들어내어 더 기괴하게 보였다.

유천복은 불안한 기색으로 어정쩡하게 그 뒤를 따랐고 마유가 맨 뒤에서 따라왔다.

'마 형님은 왜 아무 말씀도 없으실까? 정말 내가 이곳의 문주가 되는 것이 좋을까? 무지자가 이곳의 문주라면 왜 내 속에 들어와 있는 거지? 능 소저와 도 형님은 어떻게 되었을까? 빨리 집으로 돌아가고 싶은데…… 으! 여긴 정말 춥군.'

그때 팽소연이 유천복의 속마음을 읽기라도 한 듯 냉큼 호피로 된 겉옷을 전해주었다. 그러고 보니 팽소연은 어느새 털로 된 덧옷을 입고 있었다.

천수당의 내부로 들어가는 좁은 통로에는 희미한 빛을 내는 야명주가 박혀 있었다.

유천복은 팽소연의 그림자가 커졌다 작아졌다 하며 흔들리는 것을 보다가 다시 어제의 일이 떠올랐다. 정말 어제 본 것이 여우 꼬리일까? 이 소저가 정말 여우일까? 이런저런 생각을 하며 걷다 그만 팽소연이 멈추어 선 것도 모르고 그녀의 등에 코를 박고 말았다.

팽소연이 냉랭한 옆모습을 보이며 턱으로 앞을 가리켰다. 유천복이 얼얼한 코를 만지며 앞으로 나서자 널찍한 석실이 나타났다. 장방형의 석실에는 별다른 특별한 점이 보이지 않았다.

"여기가 천수당이에요."

턱을 치켜들고 쌀쌀맞게 말하는 팽소연의 목소리에 유천복은 주춤 거리며 안으로 들어선다. 실내는 소박하여 돌로 된 한 개의 침상과 탁 자가 있을 뿐이었다. 벽에는 수백 권의 장서가 꽂혀 있었고 바닥에는 여기저기 책들이 흩어져 있었다.

"문주님이 행방불명되셨을 때 그대로예요."

유천복은 팽소연의 눈치만 보고 있었다. 그는 팽소연이 언제 여우로 돌변할지 근심하고 있는 듯했다.

마유는 천수당으로 들어서자마자 이곳저곳을 살펴보았다. 탁자에 펼쳐진 책은 어디서 불어오는지 찬바람에 책장이 몇 장씩 넘어가고 있 었다.

회남왕(淮南王) 유안(劉安)이 지은 회남자(淮南子)로 펼쳐진 곳은 천 문훈편(天文訓篇)이었다. 마유는 천천히 그곳을 읽어보았다.

'하늘과 땅이 형성되지 않았을 때 공간은 아주 텅 빈 무형의 상태였 다. 그래서 이것을 태소(太昭)라고 했다. 여기서 허공이 생겨났고, 허공 에서 우주가 생겨났고, 우주에서 기(氣)가 생겨났는데 기에는 중후하고 안정됨이 있었다……'

마유는 혹시 책 속에 다른 것이 있지 않을까 하여 유심히 살폈으나 이상한 점은 보이지 않았다. 벽장에 있는 책들 쪽으로 시선을 돌렸다.

무지자는 무지자대로 생각했다.

'이곳은 확실히 기억이 나는 것 같다. 이곳에서 연못에 서기가 서리 는 것을 보았지. 그래서 수옥봉으로…… 맞아! 내가 들고 있던 게 수옥 봉이었어. 수옥봉으로 물을 한 번 휘저었는데 갑자기 흰 안개가 뿜어

저 올라오고 수옥 속으로 빨려 들어간 것이다. 그리고 내 몸은… 내 몸은 연못 속으로 빠졌어!'

"무지자? 뭔가 생각났어? …어디? 저기?"

유천복은 팽소연을 외면하며 무지자가 말한 곳으로 걸어갔다.

"정말 문주님이 맞아요?"

팽소연은 자신이 말하기도 전에 유천복이 무룡천으로 향하는 것을 보고 뒤를 따라왔다.

"그, 그건 나도 모르오."

"솔직히 말해 봐요? 다 거짓말이죠?"

팽소연이 다그쳤다. 그녀는 혹시 유천복이 수옥을 노리고 온 것이 아닌가 의심하였다.

"뭐가요?"

"문주님의 영혼이 들어 있다는 거 말이에요. 설마 그게 가능하다고 우기는 건 아니겠죠? 어른들은 믿을지 몰라도 난 안 속는다구요."

팽소연은 캐묻듯이 바짝 다가섰다.

"무지자가 문주인지는 모르지만 내 속에 귀신이 있는 것은 틀림없소. 소저가 그 속에 있는 것처럼……."

유천복이 겁에 질린 표정으로 손가락을 들어 팽소연의 가슴을 가리켰다. 팽소연은 잠시 어리둥절했다. 이자가 대체 무슨 소리를 하는 것인가? 내 속에 있는 것이라니? 곧 실소가 터져 나왔다. 유천복은 자신이 털로 된 목도리를 치마 속에 감추고 천년호 흉내를 낸 것을 고스란히 믿고 있었다. 어제 자신이 한 말을 아직도 믿고 있다니 이자의 순진함이 생각보다 더한 모양이다.

소주에서 그를 처음 보았을 때 팽소연은 그가 거지치고는 특이하다고 생각하였다. 생긴 것은 멀쩡한데 하는 짓은 어리숙하여 바보처럼 보였다. 그런데 황산에서 보았을 때에는 또 순진하고 유약하여 보호해 주지 않으면 안 될 것 같았다.

"흥! 내가 여우인 줄을 알면 날 속일 생각은 말아요. 나는 어른들처럼 호락호락하지 않다구요."

팽소연은 서릿발처럼 차가운 어조로 말하며 돌아섰다. 그러나 천장에서 삐죽 튀어나온 종유석을 보지 못해 이마를 세게 부딪치고 말았다. 눈앞에 별이 번쩍 하더니 눈물이 쏙 빠진다. 무안하여 괜스레 유천복을 무섭게 쳐다보았다.

유천복은 웃음이 나기도 하고 오싹하기도 하여 저도 모르게 어깨를 부르르 떨었다.

"나는 소저를 속이지 않았소. 정말이오. 속이지 않았소."

유천복은 팽소연을 피해 부지런히 앞으로 걸어갔다. 뒤통수가 따끔거렸다.

안으로 들어갈수록 추위가 심해졌다. 무지자가 말한 연못은 가장 안쪽에 있었는데 폭은 한 사람이 겨우 들어갈 정도로 좁고 매우 깊어 보였다. 수면 위로 풍기는 한기 또한 예사롭지 않아 팽소연은 입술이 파랗게 질려 있었다.

"이곳이에요."

팽소연이 턱짓을 한다. 유천복은 연못을 한 번 보고는 다시 뒤를 돌아다보았다.

"마 형님은 왜 오지 않지?"

팽소연과 이곳에 둘이 있자니 무서운 생각이 앞섰다. 추위 때문인지 그녀의 얼굴도 새파랗게 질려 있어 더욱 요기가 서려 보였다.

"아이도 아닌데 길을 잃어버리기야 하겠어요. 문주님의 책들에 흥미가 있는 모양이지요. 혹시 또 알아요, 거기 수옥에 대한 비밀이 적혀 있는지. 아유! 굉장히 춥네."

팽소연은 덧옷 밖으로 드러난 어깨를 양손으로 세게 비비고 있었다. 유천복은 그래도 참을 만하여 아까 건네준 호피 겉옷을 벗어줄까 망설이고 있었는데 팽소연의 샐쭉한 표정을 보니 그도 용기가 나지 않았다.

대신에 연못 주위를 한 바퀴 돌며 그 안을 들여다보았다. 물빛은 너무 검어서 안에 무엇이 있는지 하나도 보이지 않았다.

―들어가 봐.

"뭐라구? 내가 여길 왜 들어가?"

무지자의 말에 유천복이 펄쩍 뛰었다.

"왜 그래요? 귀신이 연못에 뛰어들라던가요?"

팽소연이 방긋 웃으며 말했다.

"그, 그래요. 무지자가 나보고 저 밑에 뭐가 있나 보고 오래요……. 내가 그깟 나무뿌리 하나 먹었다고 다 나를 쥐 잡듯이 하는데, 나도 할 만큼 했다구. 여길 들어가느니 차라리 죽는 게 나아."

유천복은 다시 검푸른 연못 속을 들여다보았다.

"호호, 유 공자님이 죽으면 내가 그 가죽 속으로 들어가 볼까?"

팽소연이 간드러진 목소리로 말하자 유천복은 겁먹은 표정으로 돌아서려 하였다.

"난, 난 이제 돌아갈래. 마 형님! 마 형님, 어디 있어요?"

그때였다. 물속에서 누군가가 끌어당기기라도 한 듯이 유천복의 몸이 휘청거렸다.

풍덩!

유천복은 안간힘을 쓰며 자세를 바로잡으려 했으나 균형을 잃고 연못으로 빠지는 신세가 되고 말았다. 어렴풋이 째지는 듯한 비명 소리가 들렸다. 누군가 하얀 거품을 일으키며 뛰어드는 것이 보였다.

시커먼 물이 입과 코로 마구 쏟아져 들어오자 유천복은 이젠 죽었다고 생각했다. 아무리 허우적거려도 겉에 두른 호피가 물을 먹어서인지 몸이 자꾸만 아래로 가라앉았다.

눈앞에 팽소연의 얼굴이 나타났다. 그녀는 유천복의 팔을 잡아끌며 물 위로 올라가고자 애썼다. 그러나 아래에서 끌어당기는 힘이 어찌나 강한지 팽소연마저도 물속으로 끌려 들어갔다.

'윽. 나는 수영도 못하는데… 이렇게 죽고 마는구나. 역시 점쟁이 말이 맞았어. 결국은 이렇게 죽고 말 것을……'

무지자가 팔을 풀라고 소리쳤으나 유천복의 귀에는 들어오지 않았다. 그는 물을 벌컥벌컥 들이키며 한없이 아래로 내려가고 있었다.

'그날 아삼에게 가지만 않았어도…… 내가 죽으면 무지자는 내 몸 속에서 나오는 걸까? 능 소저도 조금은 슬퍼해 줄지 모르지. 아마 아버지는 기절하실 거야. 도 형님은?'

몇 달 동안의 일이 주마등처럼 스쳐 지나갔다.

유천복은 갑자기 입술에 닿는 따스한 감촉에 눈을 번쩍 떴다. 입 안으로 한 모금의 공기가 달콤한 내음과 함께 들어왔다.

눈을 뜨자 팽소연의 얼굴이 크게 보였다. 화들짝 놀라며 뒤로 물러서는 바람에 다시 물을 왈칵 마시고 말았다. 팽소연의 얼굴이 괴로운 듯 일그러졌다. 그녀는 참고 있던 마지막 숨 한 모금을 유천복에게 불어넣어준지라 이내 실신을 하고 말았다.

팽소연의 노력도 헛되이 유천복은 정신이 다시 몽롱하여졌다. 마지막으로 발버둥을 쳐보았으나 두 사람의 몸이 아래로 빠르게 가라앉았다.

어느새 팽소연의 손이 자신의 손을 꼭 잡고 있었다. 유천복은 그 손의 부드러운 감촉에 순간적으로 황홀감을 느꼈다. 그리고 냄새를 맡듯이 숨을 깊게 들이마셨다. 그러자 신선한 공기가 폐부 가득히 들이차는 것을 느낄 수 있었다.

─눈을 떠라.

'어라? 이게 어떻게 된 일이지?

눈을 살며시 뜨자 옆에 눈을 꼭 감은 채 떠 있는 팽소연의 모습이 보였다. 다시 고개를 돌리니 앞에서 커다란 검은 물체가 유유히 헤엄을 치고 있었다. 자세히 보자 어디서 많이 본 듯한 모습이다.

'귀동이다!'

반가운 마음이 와락 든다. 그러고 보니 소취란과 만난 이후 신구는 보이지 않았었다. 아마 다시 작아져서 몸에 붙어 있었던 모양이다.

희한하게도 신구의 입에서 나온 투명한 막이 두 사람의 몸을 감싸고 있었다. 그 투명한 막의 안쪽으로는 물이 침범하지 못하였고 맑은 공기도 들어차 있어 숨 쉬는 것이 편안하였다.

유천복은 팔다리를 움직여 보았다. 마치 허공에 둥둥 떠 있는 것 같았다. 머리 위로 시퍼런 물이 금방이라도 쏟아질 듯 보였다. 물은 두 사람의 주위에 원형의 수벽(水壁)을 만든 채 찰랑거리고 있었다.

"우와! 내가 꿈을 꾸는 건 아니겠지?"

유천복은 손가락으로 수벽을 쿡 찔러보았다. 차가운 물의 감촉이 손끝에 전해졌다. 장난기가 발동하자 열 손가락을 다 물에다 찔러 넣고는 꼼지락거려 본다. 손가락 끝에 감겨드는 묘한 느낌은 굉장히 기분 좋은 것이었다.

"하하! 간지러워. 물속에 있는 것도 괜찮은걸. 무지자, 이거 정말 재
밌는걸. 팽 소저는 안 깨어나려나? 깨워볼까?"

얼마를 갔을까? 한참을 아래로 내려오기만 하던 신구가 앞으로 나아
갔다. 연못의 구조는 깊은 우물과 같았는데 아래쪽에서 다시 다른 물
길과 합쳐지고 있었다. 다시 한참을 간 후에야 신구는 위로 올라갔다.

한편, 위에서는 마유가 연못을 들여다보고 있었다. 그는 팽소연의
비명 소리를 듣고 달려왔지만 아무것도 발견할 수가 없었다. 마유는
두 사람이 어딘가 비도를 발견하여 그리 들어갔을 것이라 생각하고 주
변의 벽을 주의 깊게 들여다보았다.

신구가 위로 올라가자 두 사람을 감싸주던 투명한 막도 상승했다.
그리고 축축한 공기와 마주치자 희뿌연 물보라를 두 사람의 머리 위로
뿌리고는 스러져 갔다. 다시 차가운 물로 떨어지자 유천복은 황급히
팽소연을 흔들었으나 깨어날 기미가 없었다.

기력없이 축 늘어진 팽소연을 안고 나와 누이고 보니 축축하게 젖은
얼굴이 반짝거려 평소보다 훨씬 아름다웠다. 볼에 달라붙은 몇 올의
머리카락을 쓸어주다가 그만 아까 팽소연이 자신에게 숨을 불어넣기
위해 입을 맞춘 것이 생각났다.

마치 나쁜 짓을 하다 들키기라도 한 것처럼 얼굴이 벌게져 황급히
일어났다. 그 바람에 팽소연의 머리가 바닥에 쿵 소리를 내며 세게 부
딪치고 말았다.

팽소연은 눈을 부스스 떴다. 주위를 살펴보니 유천복이 이미 물에서

나와 벌써 저만치 앞서 걷고 있었다.

"뭐, 저런 사내가 다 있담! 여자를 이렇게 버려두고 가다니 예의라고
는 찾아볼 수가 없구나."

팽소연은 유천복의 무심함에 그만 화가 났다. 그러다 문득 자신이
어떻게 살아났나 궁금해졌다. 유천복을 살리기 위해 남아 있던 한 모
금의 숨을 그에게 불어넣어 준 것이 마지막이었다. 신구의 존재를 몰
랐던 팽소연은 유천복이 자신을 살리기 위해 또다시 입술을 맞댄 것이
라 짐작하였다. 저렇게 무뚝뚝해 보여도 속은 다정한 사내라는 생각이
들자 저도 모르게 가슴이 두근거렸다. 손가락으로 살며시 입술을 쓸어
보자 왠지 평소보다 도톰하고 부드러운 것이 미묘한 느낌이 들었다.

"이봐요, 같이 가요."

팽소연은 황급히 일어나 옷자락의 물을 짜내며 유천복의 뒤를 따라
갔다.

땅은 축축하고 미끄러운 이끼가 잔뜩 돋아나 있어 발가락 끝에 힘을
주고 걷지 않으면 금방이라도 미끄러질 것만 같았다. 어둠침침한 동굴
은 그리 크지도 작지도 않은 터널로 이어져 있었다.

"같이 가자구요!"

팽소연의 높은 목소리가 동굴 벽에 메아리쳤다. 유천복은 신구의 모
습을 놓칠세라 부지런히 걷고 있었다. 신구는 이곳의 지리를 잘 알기
라도 하는 듯이 앞서 나갔다. 신구는 빠르기가 날랜 말과도 같아 유천
복은 허덕거리며 뛰어가다시피 하였다.

휘익—

갑자기 옆에서 바람을 가르는 소리와 함께 시커먼 그림자가 유천복
을 공격하였다. 유천복이 자신도 모르게 오른손을 들어 막으니 손목이

부러지는 듯하여 비명을 지른다.

"어이쿠! 이게 뭐야?"

"문주님!"

뒤따라온 팽소연이 뾰족한 비명을 질렀다. 유천복은 나타난 자의 모습을 쳐다보았다. 중키 정도에 본래의 얼굴색은 어떤지 모르겠으나 지금은 시퍼런 얼굴을 가진 자였다. 눈동자는 초점이 없이 제멋대로 이리저리 움직이는 데다, 한때는 화려했을 장포는 여기저기 흙이 묻고 찢어져 넝마 조각과 같았다.

팽소연은 이자가 바로 사라졌던 봉호문주라는 것을 알았다. 범 문주가 멀쩡히 살아 있는 것을 보고는 백지장처럼 새하얗게 질린 얼굴로 유천복을 노려보았다. 한순간이나마 그에게 호감을 가졌던 것이 분해 참을 수가 없었다.

"유 공자, 그대가 과연 거짓말을 한 것이로군요! 문주님은 이같이 살아 계시거늘……. 내 오늘 그대의 음모를 반드시 파헤치고야 말겠어요!"

만면에 노기를 품은 채로 팽소연이 손을 갈고리처럼 뻗으며 유천복의 안면을 향해 공격해 갔다. 유천복이 대경실색하여 세 걸음이나 뒤로 비틀거리며 물러난다.

팽소연이 옆구리에 찬 검을 빼 들어 연달아 세 번을 내지르며 유천복을 공격했다. 팽소연은 원래 무공은 그리 뛰어나지 않았다. 그러나 유천복은 도망치기에 급급했다.

"무지자! 뭐라고 말 좀 하라구! 저자가 정말 너야? 모르면 어떻게 해?"

—가만있어 봐. 나도 생각하느라 머리가 터질 지경이라구.

유천복이 팽소연의 검을 피해 이리저리 도망치는 사이에 봉호문주
는 뻣뻣한 자세로 일어나 아무 곳에나 장력을 휘갈기고 있었다. 팽소
연이 이를 갈며 말하였다.

"문주님에게 이혼대법(離魂大法)을 행해 신지를 빼앗았군요! 어찌
이럴 수가 있어요? 본 문의 아버님을 비롯하여 육신단주 어르신들은
유 공자를 믿었는데, 이미 이곳에 문주님을 가둬놓고 수작을 부렸군
요."

"아니오. 아니오. 팽 소저, 내 말 좀 들어봐요. 나는 정말로 거짓말
을 한 것이 아니라니까요. 무지자!"

"흥! 아직도 속임수를 쓰는군요!"

팽소연은 냉랭한 얼굴로 독 오른 암호랑이처럼 유천복에게 달려들
었다. 이 일초는 그야말로 유천복의 심장을 노리고 있어 유천복은 이
러다 팽소연의 손에 죽고 말겠구나 하는 생각을 하였다.

"소저, 앞을 보시오!"

어느새 봉호문주가 팽소연을 향해 일장을 날리고 있었다. 유천복이
저도 모르게 팽소연을 가로막았다. 덕분에 봉호문주가 날린 장력은 고
스란히 유천복의 가슴에 격중되었다.

유천복은 눈앞이 노래지고 심장이 부서지는 것 같았다. 처음 느껴보
는 고통인지라 바닥에 쓰러져 한동안 일어서지 못하였다. 팽소연은 이
제 아무에게나 공격을 해대는 봉호문주를 피하느라 유천복에게 가까이
오지도 못하였다.

"아이구, 아파라. 무지자! 나한테 이럴 수 있어? …그럼 네가 아니면
대체 누구야? 무슨 소리를 하는 거야? 내가 죽게 생겼다구! 어떻게 좀
해봐!"

유천복이 죽는다며 바닥을 이리저리 뒹굴자 팽소연은 안달이 났다.

"문주님! 정신 좀 차리세요. 저 소연이에요!"

아무리 팽소연이 소리를 질러도 봉호문주는 그저 미친 황소처럼 이리저리 날뛸 뿐이었다. 봉호문주는 뻣뻣하게 몸을 돌리더니 양팔을 크게 벌리고 쓰러진 유천복을 덮치려 하였다. 그러나 동작이 빠르지 않아 유천복은 쉽게 오른쪽으로 피하였다. 그러자 봉호문주는 오른쪽 팔을 높이 들어 위에서 아래로 내려치려는 시늉을 한다.

"도대체 왜 이자가 나만 따라다니는 거야?"

유천복이 피하기만 할 뿐 문주에게 위해를 가하려 하지 않자 팽소연도 제자리에 서 있었다. 봉호문주는 우와와― 하는 짐승 같은 소리를 내며 유천복을 향해 두 손을 내질렀다. 강한 바람이 유천복의 귓전을 스치고 지나간다. 유천복이 어이쿠 하면서 그 자리에 납작 엎드렸다.

"엄살이라니? 지금 죽지 않은 것만 해도 어딘데……. 천주혈(天柱穴)이 어딘데? 손가락으로? …잘난 척하지 말고 네가 해봐! 뭐가 안 돼? 움직이지 말랄 때는 하고 싶은 대로 다 해서 사람 골탕을 먹이더니 지금은 왜 꼼짝도 않고 있는 거야?"

―네놈이 묶어놓고서는 무슨 소리냐!

유천복은 그제야 왼팔이 묶여 있음을 알았다. 황급히 풀려고 하였으나 매듭이 너무 단단하여 쉽사리 풀어지지 않았다.

그사이 봉호문주는 더욱더 거세게 유천복을 공격하였다. 마음이 급하자 매듭은 더욱 엉키기만 한다. 식은땀이 흘렀다. 할 수 없이 무지자가 일러주는 대로 봉호문주의 몸 주위를 빙빙 돌며 기회를 엿보았다.

팽소연도 이제는 일이 어찌 돌아가는지를 몰라 그저 한쪽에 서서 봉호문주와 유천복의 모습을 지켜보고 있었다. 유천복은 눈앞의 봉호문주를 잔뜩 노려보았다.

머리 속에서 무지자가 중얼거리는 소리가 들려왔다. 유천복이 그동안 외워왔던 방중술이었다.

―무릇, 기(氣)라는 것은 존재하는 것도 아니며 존재하지 않는 것도 아니다. 태허(太虛)의 기가 모여서 만물이 되고 만물이 흩어져서 태허로 돌아가니, 아무것도 없는 허공이 곧 기이며, 기가 숨었다 나타났다 하는 것을 안다면 생성 변화와 하늘의 법칙이 둘이 아닌 것도 알 것이다. 천지 사이의 화기(和氣)라는 것은 온 만물에 있어 모두 똑같은 근원이 되는 것이다. 이것을 얻은 사람은 어떤 물건이든 그를 해칠 수 없다. 쇠와 돌 속에 들어가서 놀 수도 있고, 물과 불을 밟을 수도 있다.

유천복은 자신도 모르게 무지자의 목소리에 빨려 들어갔다. 그러자 단전으로부터 뜨거운 것이 올라와 사지백해에 고루 퍼지는 것이 느껴졌다.

팽소연이 한쪽에서 가만히 살펴보니 처음에는 어색하던 유천복의 몸이 어느덧 부드럽고 유연하여졌다. 그 손과 발의 움직임이 한 송이 꽃이 떨어져 물에 흘러가는 듯 자연스러우며 무리가 없었다. 어느새 왼팔에 감겨 있던 끈이 전부 끊어져 나갔다.

"유 공자님."

팽소연이 작은 소리로 불렀으나 유천복에게는 들리지 않는 모양이었다. 유천복은 그저 춤을 추듯이, 바람에 날리우는 나뭇잎처럼 흔들리고 있었다.

번쩍 하고 유천복의 신형이 움직이더니 바람처럼 뒤로 돌아가 봉호문주의 천주혈을 짚었다. 봉호문주가 괴성을 지르더니 쿵 소리를 내며 바닥으로 쓰러진다.

팽소연은 유천복이 문주를 해치려는 줄로 알고 분분히 검을 빼어 들고 유천복을 공격하려는데, 유천복은 아랑곳하지 않고 계속 춤을 추고 있었다.

"여환무단신공(如環無端神功)?"

―이것은? 생각났어! 이것은 여환무단신공이구나!

팽소연과 무지자가 소리쳤다. 무지자는 그제야 자신이 유천복에게 외우라고 강요했던 무엇인지 알 수 있었다. 그동안 단편적으로 기억나던 구결이 마치 봇물 터지듯 일시에 떠올랐다.

소양으로부터 화양조공 구결을 들었을 때 어렴풋하게나마 느끼던 것은 바로 이것이었다. 내공을 익히는 구결이라 일맥상통하는 점이 적지 않았던 것이다. 무지자는 자신이 정말 봉호문주인가 하는 생각이 들었다.

이때, 유천복의 몸 안에서는 비로소 복령의 기운과 여환무단신공의 기운이 화합하고 있었다. 그간 제각기 돌아다니던 두 가지의 기운은 이제야 서로 합일을 이루어 유천복의 온몸 구석구석으로 퍼져 나갔다.

지금껏 느껴보지 못한 충만감이 도도히 흐르는 장강의 물결처럼 둥근 고리를 이루어 끊임없이 돌고 있었다. 유천복은 무아지경(無我之境) 속으로 빠져들고 있었다.

손을 내밀어 꽃을 따고, 발로는 낙엽을 쓸며, 때로는 광풍이 휘몰아치듯, 때로는 봄바람이 살랑거리듯 만변만화(萬變萬化)하니 쳐다보는 팽소연의 눈도 아른해져 갔다. 그녀는 유천복이 크게 깨달음을 얻는 듯하여 섣불리 말을 걸지 않고 그저 옆에서 지켜보기만 하였다.

유천복은 그동안 무공에 대하여 전혀 생각지 않고 있었다. 도비류와 무지자, 소양에게서 각기 조금씩 무공을 배웠으나 실전에 사용할 일이 그다지 많지 않았다. 그것은 유천복의 유순한 성격 때문이기도 했고 마유가 나타났기 때문이기도 했다. 마유가 동행함으로써 유천복이 무공을 익힐 기회가 그만큼 줄어들었던 것이다.

그러나 이제 만물이 생성되는 이치와 천지간 음양의 조화가 한번에 깨우쳐지는지라 그동안 머리 속에 들어 있던 어지러운 구결들과 초식들이 자신도 느끼지 못하는 사이에 정리가 되었다. 유천복은 한 시진여를 어지럽게 움직이더니 마침내 가부좌를 틀고 조용히 앉았다.

유천복의 몸은 이미 천금손가에서 소주천(小周天)의 타통이 이루어져 있었고 무지자에게 배운 방중술(?)로 어느 정도 융통시킨 상태였다. 더구나 화양공의 덕으로 복령의 기운도 많이 흡수되어 있었다. 다만 운용의 묘를 깨우치지 못하여 제대로 활용할 수 없었을 뿐이었다.

한데 지금 복령의 기운이 여환무단신공과 더불어 그의 몸을 휘감아 대주천(大周天)의 타통(打通)에 들어가려 하고 있었다. 이때에는 옆에서 어린아이의 손가락 하나로 찌르기만 하여도 주화입마(走火入魔)에 빠질 수 있는 위험한 상태이다.

팽소연은 총명하여 유천복이 신공을 이루는 데 중요한 단계임을 알았다. 혹시 봉호문주가 벌떡 일어나 그를 해하지 않을까 하여 오히려 유천복의 주위를 경계하였다.

한참을 지나자 유천복의 코끝에서 점차 호흡과 함께 아지랑이와 같은 기운(氣運)이 생겨나더니 그 색이 점차로 짙어지며 가느다란 실뱀 같은 것이 유천복의 콧속을 들락날락하였다.

이는 공력이 일 갑자(一甲子) 이상 되어야만 가능한 백사입출(白蛇入出)의 경지였다.

'젊은 나이에 저토록 심후한 내공을 지녔으니 앞으로 무림의 대종사

가 되는 것은 따놓은 당상이겠구나. 호호.'

팽소연은 마치 자신의 일인 양 가슴이 설레었다.

다시 오랜 시간이 흐른 후에 유천복이 눈을 번쩍 떴다. 두 눈의 정광이 강렬한 것이 아까와는 비교도 되지 않았다.

"유 공자님 속에 문주님의 영혼이 들어 있다는 말이 사실인 것 같군요. 그렇지 않다면 어찌 본 문의 독문신공을 알 수 있겠어요."

"하하! 그것이……."

유천복은 어떤 일이 일어났는지 이해하지 못했다. 단지 날아갈 듯 기분이 상쾌하여 팽소연을 보고 활짝 웃으니 처음으로 두 사람 사이에 봄날 같은 분위기가 무르익었다. 유천복은 쓰러져 있는 봉호문주를 보았다.

"근데 무지자, 저 노인이 정말 너란 말이야?"

―나도 몰라.

무뚝뚝한 무지자의 목소리였다.

"문주님은 대체 무슨 일을 당한 것일까요?"

팽소연이 고개를 갸웃거렸다. 두 사람이 사이좋게 봉호문주를 살펴보는데 콧구멍에서 보일락 말락 하는 희미한 연기가 새어 나오더니 이내 사람의 형상만큼 커졌다. 이어서 아련히 울리는 듯한 나직한 음성이 어디선가 들려왔다.

[그… 몸을… 내게… 주시오…….]

유천복은 귀신이 나타난 줄 알고 팽소연의 뒤로 얼른 숨었다.

"힉! 소저, 귀, 귀신인가 보오!"

팽소연의 안색도 새하얗게 변하였다. 그러나 곧 허연 물체를 향해 호통을 내질렀다.

"감히 사령(死靈) 주제에 살아 있는 사람의 몸을 탐내다니, 네가 정녕 지옥에 떨어져 겁화(劫火)에 들겠느냐!"

사령은 한동안 이리저리 배회하더니 이윽고 한곳에 머물렀다.

[그 몸은… 내 것이오…… 내 것이오…… 내 것이…… 어어어…….]

그 말을 끝으로 사령은 한줄기 연기로 화해 유천복의 옆에 있는 바위틈으로 빨려 들어갔다. 팽소연이 자세히 보니 그것은 바위가 아니고 한 마리의 거북이었다.

어제 아버지로부터 유 공자가 신구으로부터 영약을 얻었다는 말을 들은 것이 생각났다. 볼수록 신통하여 손을 뻗어 머리를 매만져 주니 감고 있던 눈을 끔벅거리며 좋아하는 듯하다. 팽소연이 부드럽게 말했다.

"이제 문주님의 육신도 찾았으니 영혼과 육체를 어떻게 합치는가 하는 일만 남았군요. 그것은 수옥이 있어야만 될 것 같아요. 이제 이곳에서 나가는 방법을 찾도록 하지요."

"소저의 말이 옳소."

두 사람은 봉호문주의 몸을 이리저리 살펴보았으나 도무지 육신과 혼이 떨어진 이유를 알 수가 없었다. 봉호문주의 몸은 시체와 다름이 없었다. 게다가 그 석실은 사방이 벽이고 다른 통로도 보이지 않았다. 어디선가 한줄기의 빛이 희미하게 스며들어 와 조금씩 짧아지고 있었다. 유천복이 실망한 듯이 중얼거렸다.

"무지자, 네가 이 몸으로 들어간다 하더라도 살아날 수 있을지 걱정이 되는구나. 이건 시체나 다름없잖아."

땅바닥을 보고 있던 팽소연의 눈에 이상한 것이 들어왔다. 천장에서 비치는 한줄기의 빛이 어느 지점에 이르자 그 부분에 일렁이는 문양이 얼핏 보였던 것이다. 석실의 내부는 어두워 그 한줄기의 빛이 아니었다면 절대로 알아볼 수 없었을 것이다.

때는 오시(午時)였다. 하늘에서 화살처럼 내리꽂힌 빛은 정확히 그 글자를 비추게끔 되어 있었다. 팽소연은 이 석실이 혹시 사람이 만든 것이 아닐까 하는 생각이 들었다.

"저것 좀 보세요. 저게 꼭 글자 같지 않아요?"

유천복은 팽소연이 가리키는 바닥을 보았다. 두 사람은 빛이 비추는 곳으로 가까이 갔다. 그곳에는 작은 웅덩이에 물이 조금 차 있었다. 손으로 주변의 흙과 이끼들을 조심스레 걷어내고 물을 퍼내었더니 바닥에 정말로 글자가 새겨져 있었다.

"정말 여기 무엇인가 써 있소. 환… 희… 부… 족(歡喜不足)……. 기쁨이 좀 부족하다구? 이게 대체 무슨 뜻이지?"

"이것은 수수께끼로군요. '환희부족'이라 하면 감(坎)을 가리키는 말이니 감 방위를 보라는 뜻이군요."

"아니? 어째서 그렇소?"

"호호호. 환(歡)의 모자랄 흠(欠)과 희(喜)의 선비 사(士)를 합치면 구덩이 감(坎)이 되잖아요. 어서 와봐요. 또한 이 글자가 물속에 잠겨 있었으니 팔괘에서 물을 가리키는 것은 바로 감괘(坎卦)지요. 감괘이면 북쪽이니 이쪽이에요."

유천복은 팽소연이 잡아끄는 대로 석실의 윗부분으로 갔다. 그곳은 아래보다 조금 높은 둔덕이 있었는데, 너무 어두워서 도무지 무엇이 있는지 보이지 않았다.

"여기는 너무 어둡군요. 글자가 있다 하더라도 알아보기가 쉽지 않겠어요. 시간이 좀 지나 저 빛이 이곳으로 비추이게 하려는 의도였던 것 같은데… 우리는 시간이 없으니… 혹시 화섭자라도 있다면……."

유천복이 고개를 흔들자 어둠 속에서도 팽소연이 어깨를 으쓱하는 것이 보였다. 팽소연이 둔덕의 윗부분을 꼼꼼히 손으로 더듬어 나가는 것을 보고 유천복도 둔덕의 가장자리를 손가락으로 더듬었다. 더듬다 보니 이 둔덕의 크기며 모양이 관처럼 생겼는지라 더욱더 호기심이 일었다. 어느 순간 유천복의 손가락 끝에 요철이 느껴졌다.

"여기요, 소저. 여기도 글자가 있소."

팽소연이 손가락으로 글자를 더듬었다.

"여긴 빙, 조, 위, 심(憑弔違心)이라고 쓰여 있네요. 빙조라는 것은 선인이 원통하게 죽은 것을 슬피 여김을 일컫는 말이니 곧 충심(忠心)을 말함이고, 위심이란 사악하고 도리를 거스르는 마음을 말하지요. 결국 충심과 사심(邪心)을 뜻하는 것이군요. 어느 것이나 간절히 바라야 되는 행위는 똑같으니… 이것은 빌 도(禱)군요. 이자는 우리가 엎드려 빌기를 바라는군요."

팽소연의 말이 끝나기가 무섭게 유천복은 바닥에 엎드려 머리를 땅바닥에 쿵쿵 소리나게 박는다. 세 번째 머리를 박았을 때였다. 이마에 부딪친 돌 바닥이 밑으로 조금 내려갔다고 느껴졌다. 앞에서 기괴한 음향이 들리더니 팽소연이 화들짝 놀라 뛰어내려 온다. 둔덕이라고 생각했던 관의 뚜껑이 쾅 소리를 내며 열리고 갑자기 석실 내부가 환한 빛으로 가득 찼다.

"문주님! 굉장하군요."

관의 내부에는 유천복조차도 평생 처음 보는 진귀한 보석들로 가득 차 있었다. 팽소연도 할 말을 잊고 멍하니 눈앞의 광경을 바라보았다.

어린아이 주먹만한 금강석(金剛石)들과 홍마노(洪瑪瑙), 조모록(祖母

錄:옛 비취옥의 일종)과 묘아안(猫兒眼), 벽옥(碧玉)과 청금석(靑金石) 등
으로 장식된 각종 패물들이 여기저기에 돌처럼 흩어져 있었다. 팽소연
의 눈빛은 마치 물을 만난 고기처럼 반짝거렸다. 그녀는 탄성을 지르
며 보석을 향해 손을 내밀었다. 옆에서 불쑥 반투명한 장갑이 들이밀
어졌다. 팽소연은 의아한 듯 유천복을 올려다보았다.

"이게 뭐예요?"

그것은 소양에게서 얻은 천잠사로 짠 장갑이었다. 유천복은 아삼과
무신당에서 수옥을 발견했을 때의 일을 떠올린 것이다. 평소의 그답지
않게 굉장히 신중한 태도였다.

"이건 천잠사로 짠 장갑이오. 혹시 독이 있을지 모르니……."

팽소연은 유천복의 세심함에 감격한 표정으로 장갑을 받아 들었다.
봉호문에서 그녀의 차림새는 소박한 편이었다. 짧은 저고리와 긴 치마
에 흰 사슴 가죽으로 된 덧옷을 걸치고 머리에는 청옥으로 된 한 쌍의
잠(簪)을 꽂은 것이 전부였다. 그녀는 처음으로 이렇게 화려한 보석들
을 대하자 눈이 어지러워 정신을 차리지 못할 지경이었다.

보석들을 집어 들던 팽소연은 뚜껑에 장치된 수십 개의 화살을 보았
다.

"만일 관을 억지로 열려고 하였다면 지금쯤 화살 받이가 되었겠군
요."

"소저의 말이 맞소."

유천복은 그녀의 말에 몸서리를 쳤다.

그녀의 눈에는 유천복이 어리석음으로 지혜를 감추고 있는 자처럼
보였다. 정말로 지혜로운 자는 우매한 자와 같다고 하지 않던가? 팽소
연은 이제 진심으로 유천복을 문주라고 생각했다. 그녀의 방심(芳心)은

어느새 물오른 목련 봉오리처럼 한껏 부풀어 올랐다. 목소리마저도 봄날 산들바람처럼 간드러졌다.

"정말 아름답군요, 문주님! 저희 봉호문에 이런 보물이 숨겨져 있는 줄 정말 모르셨어요? 어쩌면 선조들께서 문 내에 어려운 일이 닥칠 때를 대비하여 미리 안배하여 두신 것인지도 모르겠네요. 이런 보물들이 있는 줄도 모르고 만금장을 어렵사리 운영해 온 견위강 아저씨가 불쌍해요. 이 가락지만 하더라도…… 아아아악!"

팽소연은 한껏 멋을 부리며 이것저것 패물들을 몸에 걸쳤다. 그러다 무심코 들어 올린 비취 가락지에 앙상하게 뼈만 남은 손이 딸려오자 비명을 질렀다. 그 소리에 놀란 유천복도 덩달아 비명을 질러 석실 안은 귀청을 울리는 높은 소리가 한동안 끊이지 않았다.

팽소연은 과장된 손짓으로 머리를 짚으며 까무러칠 듯 유천복에게 냉큼 안겨들었다. 비명을 멈추자마자 품에 안겨든 물컹한 여체에 당황한 것은 유천복이었다.

"소, 소저……."

팽소연의 볼이 잘 익은 연시처럼 홍조를 띠었다. 자신의 행동을 그제야 알아챈 모양이다.

두 사람의 눈빛이 얽혀들었다. 유천복은 말하고 싶었지만 목이 꽉 막힌 듯 아무 소리도 내지 못했다.

팽소연은 무엇인가 기대하는 표정으로 얼굴을 들었다. 물속에서 느꼈던 차가운 입술의 감촉이 떠올랐다. 차마 눈은 뜨지 못하고 두근거리는 심장 소리에 가슴이 터질 지경이었다. 아무렇지도 않은 척 내려오자니 조금 뻔뻔한 것 같고, 그냥 기절한 척해 버릴까?

"팽 소저! 대체 저것이 무엇이오?"

팽소연의 이런저런 생각은 꿈에도 눈치 채지 못한 유천복은 팔의 힘을 풀며 얼른 그녀를 내려놓았다. 팽소연은 무엇이 못마땅한지 입술을 뾰족하게 내밀고 있었다.

"뭘요? 저거요?"

팽소연은 가녀린 손가락을 들어 관의 안쪽을 가리켰다. 유천복은 속으로는 겁이 났으나 팽소연의 앞에서 내색할 수도 없고 하여 그녀를 자신의 뒤에 세우고 우물쭈물 관으로 다가갔다.

얼핏 보니 휘황찬란한 보석들 사이로 갈색의 흉물스런 손가락이 보였다. 눈살을 찌푸리며 보석들을 헤집자 한 구의 시체가 앙상한 모습을 드러냈다. 머리에는 황금의 관을 쓰고 가슴에는 황금 투구를 걸친 시체는 아주 오래된 것인 듯 바짝 말라 있었다. 한 손에는 오색찬란한 서기가 영롱한 보검을 꽉 움켜쥐고 있었다.

팽소연이 물었다.

"누구예요?"

"나도 모르겠어요. 무지자, 너는 누군지 알아?"

―몰라. 몰라. 몰라. 내 이름을 무지자라고 지은 게 멍청이 너잖아.

"아! 여기 뭔가 있어요."

팽소연이 해골의 머리맡에 놓여 있던 죽간(竹簡)을 집어 들었다. 일각 정도의 시간이 흐른 뒤 석실 안은 팽소연의 웃음소리로 가득 찼다.

"호호호, 정말로 이 많은 재물이 저희 봉호문의 것이군요. 문주님, 이자가 누군지 아세요?"

유천복이 다시 고개를 흔들었다.

"이자의 이름은 공수(公手)로 귀수신투(鬼手神偸)라고도 불렸지요. 당태종 때 소금장수 출신의 도적 괴수인 고개도(高開道) 밑에 있던 자예요. 고개도가 죽임을 당한 뒤, 그가 모아놓은 많은 재물들이 감쪽같이 사라져 사람들이 궁금해하였는데, 바로 이자의 짓이었군요.”

유천복은 팽소연의 말에 다시 귀를 기울였다.

“이자는 황산에 들어와 자신의 신분을 숨기고 많은 재물을 이용하여 대협 흉내를 냈어요. 그리고 불로장생할 수 있는 방법을 연구했지요. 그러자 주위에서 그를 기인이라 칭송하였고 흠모한 사람들이 모여들자 일가를 이루었지요. 그러나 공수는 고개도의 부하들이 자신을 찾고 있다는 것을 알고 있었기 때문에 평생 여색을 가까이 하지 않아 후손이 없었어요. 또한 자신이 죽은 후에도 소문이 나서 재물을 빼앗길 것이 두려워 강호의 일에 나서지 말 것을 명했다는군요.”

“바로 이자가 봉호문의 조사였군요.”

유천복은 그제야 이해를 하였다.

“문주님은 아직도 기억나는 바가 없으세요?”

팽소연이 유천복을 쳐다보자 유천복도 다시 마주 보았다. 왼팔이 움찔거렸다.

―없어, 전혀.

“아직 모르겠대요.”

“게다가 공수란 자는 만일 누군가 이곳에 들어와 관을 억지로 열려고 하면 저 화살들이 발사되게 장치를 해놓을 정도로 재물에 대한 집착이 강했어요. 그래도 한 가닥의 양심은 남아 있어 혹여라도 자신에게 존경의 빛을 표하는 자가 있다면 이 재물을 주리라 생각했지요. 정말로 어리석은 것이 사람이군요……”

무지자는 아까부터 말이 없었다. 기억을 돌이키려 하는 모양이지만 별 소용은 없는 듯했다. 유천복은 언제쯤 기억이 돌아올까 걱정이 되었다.

팽소연은 우울한 얼굴이었다.

"팽 소저, 왜 그래요? 오히려 재물이 들어왔으면 잘된 거 아니에요? 더구나 선조가 남긴 재물인데 누구에게 뺏길 염려도 없잖아요."

팽소연은 어느새 눈물을 흘리고 있다가 유천복의 말에 정신을 차렸다. 먼지와 눈물 자국으로 더러워진 얼굴을 소맷자락에 쓱쓱 문지르고 밝게 웃었다.

"문주님의 말씀이 백 번 옳아요. 전에야 어찌 되었든 이제 우리 봉호문이 세상으로 나가지 못할 이유가 없게 되었으니 오히려 기뻐해야 하겠군요. 이곳에서 빠져나가는 즉시 강호에 개파(開派)를 선언하자고 해야겠어요. 어쩌면 문주님께서 기억을 잃으신 것은 더 잘된 일인지도 몰라요. 그렇지 않고서야 어찌 이 같은 곡절을 알 수가 있었겠어요."

"팽 소저의 말을 듣고 보니 무지자가 좋은 일을 한 것이 되었군요."

무지자가 기세등등하게 소리쳤으나 유천복은 무시하기로 했다. 대신 팽소연과 머리를 맞대고 죽간을 살펴보았다.

"수옥에 대한 이야기는 없어요?"

그러나 어디에도 수옥에 대한 이야기는 나와 있지 않았다. 두 사람은 실망하여 죽간을 내던지고 관에 기대어 앉았다.

"아! 아까 문주님의 몸에 붙어 있던 사령이 혹시 이자가 아니었을까요?"

팽소연이 유천복을 쳐다보며 말했다. 두 사람은 동시에 조금 떨어진 곳에서 졸고 있는 신구에게 다가갔다. 팽소연이 부드럽게 신구의 등을 쓰다듬었다.

"귀동아, 귀동아, 아까 네가 삼킨 그 사령을 도로 나오게 할 수는 없니? 지금 생각해 보니 그건 별로 맛도 없고 기분도 좋지 않을 것 같아. 내가 나중에 이보다 백 배는 맛있는 음식을 만들어줄게."

신구는 팽소연의 말을 알아들었는지 느릿느릿 고개를 들었다. 유천복이 기뻐하며 재차 말했다.

"귀동아, 그 귀신을 불러내 봐. 우리가 물어볼 것이 있단 말야."

그러자 신구의 입에서 다시 하얀 연기 같은 것이 뿜어져 나왔다. 조금 시간이 지나자 그 형체가 아까보다 훨씬 진하여서 이제는 이목구비를 선명히 알아볼 수 있을 정도였다.

머리에 관을 쓰고 둥근 깃이 있는 백삼(白衫)을 입고 무릎 아래로는 흐릿하여 형체가 보이지 않았다. 유천복은 아직도 겁이 좀 났으나 팽소연은 아무렇지도 않은 듯 그 사령을 향해 말을 걸었다.

"아까는 미안했어요, 공 아저씨. 귀수신투라고 불리던 공 아저씨 맞죠?"

그 사령은 슬픈 듯한 표정을 지었다.

[그렇소. 다들 나를 공수라고 하지.]

그자가 자신을 공수라고 하자 팽소연은 기쁜 듯이 손뼉을 쳤다. 유천복도 그제야 두려운 기색을 지우고 다가섰다.

"정말로 당신이 그 공 아저씨로군요. 저는 옛날부터 아저씨 이야기를 정말 많이 들었어요. 아주아주 훌륭한 분이시라더군요. 그런데 죽었으면 저승에 가야지 왜 아직 이렇게 세상을 떠돌고 있는 거지요?"

공수는 오랜만에 이야기를 하는 것이 반가운 듯 입을 열었다. 그러다 갑자기 유천복을 뚫어져라 쳐다보더니 벼락을 맞은 듯이 부들부들 떨기 시작했다.

[으으…… 당신은! 당신은! 용서해 주시오. 용서해 주시오!]

공수의 신형이 세차게 흔들리며 삽시간에 사라지려 하자 유천복과 팽소연은 영문을 몰라 당황하였다.

"왜 그래요?"

―용서한다고 그래.

무지자가 다급히 말했다.

"용서할게요."

유천복의 말에 공수는 잠시 망설이는 듯하더니 흐릿한 신형을 일으켰다.

[나는 귀수신투 공수이지. 누가 내 재물을 훔쳐 갈까 봐 걱정이 되어 도저히 갈 수가 없었소. 그러나 나도 이제는 지쳤어……. 이곳은 너무 외롭고 추워. 나는 따스한 곳으로 가고 싶어. 내 고향인 운남으로 나를 데려다 주면 이 재물을 다 주겠소.]

유천복은 그자가 재물을 지키기 위해 아직도 이곳에 머물러 있었다는 말을 듣자 혀를 찼다. 죽어서까지 욕심을 버리지 못하다니 욕심이란 정말로 무서운 것이라는 생각이 들었다. 팽소연이 대뜸 승락을 하였다.

"좋아요. 우리가 공 아저씨를 운남으로 모셔가지요. 대신에 우리가 묻는 말에 대답을 해주셔야 해요. 공 아저씨가 훔친 물건 중에 수옥이라는 것이 있는데, 혹시 기억이 나시나요?"

[기억나고말고. 수옥…… 그건 내가 황궁 비고에서 훔친 것이란다. 원래는 그것이 두 개였는데 하나는 나오다 잃어버리고 말았어.]

"혹시 그 수옥이 무엇에 쓰이는지 알고 있나요?"

[그 수옥은 가루라(迦樓羅)라는 영물의 심장이지. 듣기론 천존(天尊) 께서 죄인을 가둘 때 사용하는 것이라고 하더군. 하나는 죄인을 가두

는 감옥이고 다른 하나는 죄인을 풀어주는 열쇠가 되는 거야. 두 개가 같이 있어야만 그 효력이 발생하는데, 그 죄인은 천신이라…….]

공수의 시선이 막연히 유천복의 머리 위를 헛돌았다.

[만일 인연이 있는 인간이 그 수옥을 얻으면 자신을 풀어주는 대가로 하늘의 이치를 모두 알려준단다.]

공수의 말은 발음이 정확하지 않아 알아듣기가 힘이 들었다.

[삼생의 인연이 닿고 무욕(無慾)한 자는 그 수옥의 주인이 될 수 있을 것이다.]

"잠깐만요. 여기서 나가는 방법도 좀 알려주세요."

공수의 사령은 손을 들어 자신의 관을 가리켰다. 그의 얼굴에 일말의 아쉬움이 스쳐 지나갔다. 자신이 평생에 걸쳐 모은 재물이 이제 남의 손에 들어간다고 생각하니 서글픈 모양이었다.

[저 밑에 통로가…… 사실 내가 이곳에 터를 잡은 것은 바로 이 연못 때문이다. 이곳은 천하에서 가장 무거운 물, 바로 천산중수(天山重水)이다. 바닥에 가라앉는 날엔 육신은커녕 혼이라 하더라도 도저히 빠져나올 수 없지……. 만일 적이 침입한다면 저리 유인해서 빠뜨릴 작정이었다…….]

공수는 유천복을 보는 것이 두려운 듯 그쪽으로는 고개도 돌리지 않았다. 대신에 봉호문주의 몸을 쳐다보았다.

[얼마 전에 뛰어든 저 몸도 내가 들어가지 않았다면 아마 지금쯤은 밑바닥에서 썩고 있었을 것이다. 몇십 년마다 한 번씩 우매한 인간들이 이곳으로 뛰어내리지만 시신은커녕 혼백조차 빠져나가지 못하고 있단다. 그러나 나는 이제 쉴 수 있어…….]

그 말을 끝으로 공수의 사령은 허공 중에 흩어졌다.

무지자가 가면 안 된다고 소리쳤으나 이미 소용이 없었다.

유천복은 무지자가 시끄럽게 떠들자 귀를 막았다.

"무지자, 왜 그래? 물어볼 게 있었으면 아까 물어볼 것이지, 왜 지금 난리야?"

—제길! 이렇게 빨리 사라질 줄 몰랐잖아!

팽소연은 지금까지 들은 이야기가 모두 신기하여 신구의 신묘함에도 이제는 놀라지 않았다.

"공수가 아니었으면 무지자의 몸도 찾지 못했다는 얘기네."

"그랬다면 정말 아무도 믿지 않았을 거예요."

팽소연은 유천복과 힘을 합쳐 관을 한쪽으로 밀었다. 공수의 말대로 관의 밑에는 작은 통로가 이어져 있었다. 두 사람은 환성을 지르며 서둘러 나가려고 하였다.

"아! 무지자의 몸도 가지고 가야지요."

"제 생각에 문주님은 이곳에 계시는 것이 더 안전하실 것 같아요. 제가 보니 이 관의 안쪽은 한옥(寒玉)으로 되어 있어 시체를 온전히 보전할 수가 있었던 것 같아요. 만일 문주님의 몸을 이대로 가지고 나갔다가 몸이 상하기라도 한다면 다시는 문주님이 되돌아갈 수 없으실 테니 우리가 문주님의 몸을 저 관에 눕힌 뒤 돌아가기로 하지요. 어차피 이 재물을 가지러 다시 와야 할 테니까요. 호호호…… 그동안 문주님과 공수어른은 사이좋은 친구가 되어 있으시겠죠."

팽소연과 무지자가 다 그렇게 말하였으므로 봉호문주는 공수와 함께 관 속에 들어가는 신세가 되고 말았다.

팽소연은 관을 닫기 전에 화려한 장신구를 꺼내어 몸을 장식했다. 그리곤 이곳저곳을 뒤적거리더니 돌돌 말린 나뭇잎 같은 것을 꺼내어 이리저리 살펴본다. 생긴 것은 채찍 같은데 유옥(乳玉)으로 만든 손잡이 부분에는 여환검(如環劍)이라는 세 글자가 선명하였다. 팽소연은 또한 여환무단신공이라 쓰여진 죽서를 발견하고는 뛸 듯이 기뻐하였다.

"이걸 가지고 가면 아버지께서 정말 기뻐하실 거예요. 항상 본 문의 무공이 칠 할밖에 전해지지 않은 것을 애석해하셨거든요. 그러고 보니 이자가 봉호문에 남긴 비급도 전부 훔친 것이네요. 여기에 여환검이라는 이름을 보니 여환무단신공과 인연이 있는 검인가 봐요. 문주님이 갖고 계시는 것이 좋겠어요."

유천복이 받아 들자 이내 챙 하는 소리가 들리며 뱀이 머리를 들듯 꼿꼿하여 검의 모양을 갖추었다.

"이렇게 하늘하늘거리는 검으로 뭘 어쩌겠소? 게다가 무기를 소지하는 것은 법에 걸리는 일이고, 나는 무림인도 아니니 오히려 귀찮기만 할 거요. 이건 팽 소저가 챙기시오."

팽소연이 기뻐하며 냉큼 여환검을 허리에 두르고 유천복에게도 한 움큼의 금붙이와 명주를 주었다. 유천복이 어리둥절해하며 쳐다보자 생긋이 웃는다.

"앞으로 어떤 일이 있을지 모르니 얼마간의 재물은 여비로 가지고 있는 것이 좋을 거예요. 저도 그래서 일부러 장신구를 많이 달았죠. 호호호. 그럼 이 검은 문주님이 갖고 계시는 것이 좋겠어요. 수옥봉 대신으로 본 문의 신물로 삼으면 되겠네요."

팽소연은 공수가 손에 쥐고 있던 화려한 보검을 꺼내어 유천복의 손에 억지로 쥐어주었다.

검에는 화려한 문양이 가득하여 한눈에 보기에도 귀한 것임을 알 수 있었다. 손잡이에는 용머리가 장식되어 있고 검신에는 다섯 가지 각기

다른 보석이 박혀 있었는데, 거기서 뿜어져 나오는 영롱한 빛이 눈을 부시게 하였다. 게다가 사람의 키보다도 커서 길이만도 칠 척(七尺)이 었다.

"이걸 가지고 가라구요?"

유천복은 손에 익지 않은 차가운 쇠붙이의 감촉이 영 마음에 들지 않아 우물쭈물하였다.

"이 정도는 돼야 문주님의 신물이라는 소리에 어울리죠. 아마 꽤나 값이 나가겠죠? 귀수신투가 저렇게 가슴에 꼭 끌어안고 있는 것을 보면 굉장히 귀중한 것일 거예요."

팽소연의 발랄한 음성을 들으며 유천복은 할 수 없이 보검을 손에 들었다. 그러나 허리에 걸자니 바닥에 너무 끌리고 손에 들자니 무거워서 가지고 다닐 수도 없었다. 팽소연이 어디서 가지고 왔는지 긴 천을 가져와 보검을 둘둘 말더니 지팡이인 양 유천복에게 건네주었다.

"호호. 수옥봉 대신이니 꼭 가지고 다니셔야 해요. 언제 요긴히 쓰일지 모르잖아요."

이마저도 거절한다면 팽소연이 언짢아할까 봐 유천복은 할 수 없이 검을 받아 들었다.

팽소연은 황옥(黃玉)으로 만든 머리 장식을 계속 황홀한 듯이 쓰다듬었다. 유천복은 그녀가 정말 몸에 걸친 장신구들을 팔아 여비로 쓰려 하는 것인가 궁금해졌다.

두 사람이 잠시 후 비도를 통해 밖으로 나오자 쏟아지는 환한 빛에 눈이 시려왔다. 상쾌하고 따스한 공기가 피부를 간지럽혔다.

팽소연은 이곳이 황산의 초입에서 조금 위로 올라온 곳임을 알았다. 연화봉과는 정반대인 곳으로 나온 곳이다. 나뭇가지와 돌을 주워 와 입구를 표시한 뒤 멀리 연화봉을 바라보았다.

'아버지는 무사하실까?'

잠시 잊고 있었던 봉호문의 일이 걱정되었다.

두 사람이 부지런히 길을 재촉하다 보니 숲길 한쪽에
웬 노인이 다리를 두드리며 앉아 있는 것이 보였다.

잔뜩 녹이 슨 철 지팡이를 바위에 기대어 두고 허리
에는 호로병을 찼으며 풍성한 흰 턱수염이 땅에까지 질
질 끌리는 뚱뚱한 노인이었다.

노인은 한 손에는 깃털이 다 빠지고 살만 남은 부채
를 덥다는 듯이 휘휘 부쳐 대고 있었다. 거기다 얼마 남
지 않은 머리를 애써서 틀어 올려 상투를 틀고 무거워
보이는 구리 동곳을 헐렁하게 꽂았다. 유천복은 그 무
게 때문에 뚱뚱한 몸에 어울리지 않게 가는 노인의 목
이 부러질까 염려가 되었다.

"휘유! 날씨 한번 덥구나."

유천복이 노인을 지나쳐 가려는데 팽소연이 냉큼 노인 쪽으로 쪼르
르 다가가 앉는다. 영문을 모르고 유천복도 팽소연의 옆에 나란히 앉
았다.

"문주님은 먼저 올라가세요. 저는 이 노인을 모셔야겠어요."

팽소연이 앉아 있는 유천복의 등을 떠민다. 하는 수 없이 일어나 가
다가 뒤를 돌아보니 팽소연은 어느새 노인의 부채를 뺏어 들어 솔솔
부채질을 하며 상냥하게 굴고 있었다. 노인은 부채질을 받자 기분이
몹시 좋은 듯 눈까지 지그시 감고 있었다.

"할아버지, 저 위에 올라가면 제가 시원한 모봉차(毛峰茶)를 대접해
드릴 수 있어요. 저희 집에 가시면 모봉차는 물론이고 군산은침차(君山
銀針茶)도 있답니다."

황산의 모봉차는 향기가 높고, 맛이 신선하며, 부드러워 많은 사람
들이 좋아하였다.

또한 군산은침차는 동정호(洞庭湖) 군산도(君山島)에서만 나는 차로
백호은침차(白毫銀針茶)와 함께 황제만 마시는 명차이자 불로장생의
약초로도 알려져 있었다. 군산은침은 찻잎의 외형이 곧고 가지런하며,
백호가 많고 탕색은 밝은 등황색이다. 찻잔에 찻잎을 넣고 물을 부으
면 찻잎이 가라앉는데, 가라앉은 모습이 아름답다. 다시 물을 부으면
수면으로 떴다가 다시 가라앉는데 그 모습이 무척이나 볼 만했다. 맛
은 깨끗하고 신선하며, 향기는 청아하고, 성질이 차서 열을 내리는 데
탁월하였다.

노인은 팽소연의 말에 마른침을 꿀꺽 삼켰다. 그렇지 않아도 목이
마르던 참이었다.

"켈켈켈, 시원한 모봉차라고? 거기다 군산은침이라니…… 젊은 소

저가 이 늙은이를 놀리는군. 차란 본디 그 성질이 뜨거운 것이거늘 어찌 시원한 모봉차가 있을 수 있단 말이냐?"

"호호, 모르시는 말씀 마세요. 저희 집에서는 청명(淸明)이 막 지난 후에 차싹 하나와 찻잎 하나씩만을 추려 모봉차를 만든답니다. 비비지 않고 잘 말려서 입하(立夏)가 되기 전 옥단지에 담은 다음 뒷산에 있는 빙굴에 가져다 놓지요. 그 빙굴에는 또한 한담(寒潭)이 있어 한여름에도 찬 서리가 끼지요. 저희는 그 서리를 모아 찻물을 만드는데, 그 때문에 여름에도 항상 시원한 모봉차를 즐긴답니다."

팽소연이 말짱한 얼굴로 막힘없이 술술 이야기하자 노인은 믿지 않을 수도 없었다.

"그래, 그 말이 정말이란 말이지? 내 그 같은 일이 있다는 소리는 처음 들어보니 반드시 그 차를 한번 마셔봐야 하겠구나. 그러나 그전에 배부터 채워야겠다."

"당연히 그러셔야지요. 제가 얼마나 음식을 잘 만드는지도 한번 보세요. 대구가(大救駕)는 물론이고 강소의 황교소병(黃橋燒餠)에다 호남의 장어석(長魚席), 수정효제(水晶肴蹄)와 함께 절강(浙江)의 소흥주(紹興酒)를 드시면 황제라도 부럽지 않을 거예요."

노인은 팽소연이 주워삼키는 음식들을 떠올리며 연신 입 안에 고이는 침을 삼켰다. 마침내 참지 못하겠다는 듯이 주섬주섬 행장을 차려 일어선다. 팽소연은 배시시 웃으며 노인을 부축하더니 함께 황산을 다시 내려갔다.

팽소연은 갖은 정성을 기울여 요리를 하고 있었다. 그녀는 유천복과 헤어진 뒤 노인과 산을 내려왔다. 객잔 주방에 직접 들어가 구운 오리

고기와 야채 볶음, 고추를 넣은 두부 요리 등을 만들고 있었다.

팽소연의 요리 솜씨는 별로 좋은 편이 아니었다. 그도 그럴 것이 봉호문에서는 수도를 위해 항상 간단한 소채 요리가 전부였다. 그나마 지난번 소주에 들렀을 때 어깨 너머로 보아둔 것이 다행이었다.

"이게 네년이 말하던 장어석과 수정효제란 말이냐?"

노인은 눈앞에 나온 바싹 탄 오리 고기와 흐물흐물해진 야채 볶음을 보며 눈살을 찌푸렸다. 팽소연이 애매한 미소를 지었다.

"이곳에는 재료가 신통치 않네요."

노인이 흘겨보았다. 그래도 배는 고팠는지 접시에 코를 박고는 그릇마다 싹싹 비웠다.

"내 평생 이렇게 맛없는 음식을 먹어보기는 처음이로다. 계집년이 음식 솜씨가 이러니 아직도 시집을 가지 못한 게지. 누가 너같이 솜씨 없는 계집을 데려갈까. 쯧쯧!"

실컷 먹고 나자 노인이 팽소연의 흉을 보았다. 평소 그녀의 성격대로라면 발끈해서 한마디 하였을 것이나 짚이는 바가 있어 꾸욱 눌러 참았다.

팽소연은 배를 두드리는 노인을 독촉하여 당삼고가 뿌려놓은 독연의 앞에까지 이르렀다. 가까이 다가가기만 하여도 욕지기가 치밀고 머리가 어찔한 것으로 보아 예사로운 안개가 아니었다. 난색을 표하며 노인을 돌아보았다.

"어쩌죠, 할아버지? 집에 가려면 이 길을 꼭 올라가야 하는데……."

"허! 이제 보니 네년이 늙은이에게 저 시커먼 연기를 몰아내라고 여기까지 끌고 온 것이구나."

노인이 힐책하는 듯이 말하자 팽소연이 웃으며 노인의 말을 받는다.

"저는 할아버지께 시원한 모봉차를 대접해 드리고 싶은데…… 일이
이렇게 되었으니 어쩔 수가 없네요."

"허허, 고약한 노릇이로군. 내 그 차 한번 얻어 마시기가 이리 힘들
줄 알았다면 간다는 소리도 안 하였을 것을. 에이! 여기까지 와서 돌아
갈 수도 없고, 얻어먹은 것도 있으니 밥값은 해야겠지."

노인이 투덜거리며 독연 앞에 섰다. 통통한 볼이 이내 바람이 잔뜩
들어간 돼지 오줌통처럼 부풀어 올랐다.

주변에 불던 바람이 따뜻해지고 있었다. 따뜻한 바람은 어느새 뜨거
운 기운으로 화하더니 하늘로 맹렬하게 솟구쳐 올라갔다. 그 빈 공간
을 메우려는 듯이 산허리를 휘감고 있던 독연이 노인의 몸을 중심으로
빙글거리며 몰려들었다. 거대한 검은 연기가 몰려오자 팽소연은 속으
로 생각하였다.

'대승범천신공(大乘凡天神功)! 저것은 소림의 대승범천신공이 틀림
없다! 소림에서 유일하게 무애 대사만이 연성하였다고 들었는데…….
내 설마 했더니 저 노인이 무애 대사가 틀림없구나. 이 노인을 만나지
못했더라면 산 위로 올라가지 못하였을 게 뻔하다. 과연 소림이군. 내
공만으로 주변의 공기를 데운 뒤에 저 독연을 빨아들이다니…… 문주
님의 어떻게 올라가신 걸가? 별일은 없으시겠지?

팽소연은 불안한 표정으로 산 위를 올려다보았다. 대체 어떤 일이
벌어지고 있는 것인지 알 수가 없어 초조하였다.

무애 대사의 길고 풍성한 수염은 허공 중에 올라가 마치 공작의 깃
털처럼 펼쳐져 있었다. 몸 주위를 두르고 있던 흑연이 점차 위로 상승
하였다. 까마득히 하늘로 올라간 흑연은 어느 한순간 흔적도 없이 사
라져 버렸다.

"와아! 대단해요! 정말 멋져요. 어떻게 하신 거죠?"

팽소연은 팔짝팔짝 뛰며 어린애처럼 달려가 무애 대사의 품에 안겼다. 마치 정다운 손녀와 할아버지처럼 보였다.

무애 대사가 아까보다 더 죽는소리를 해댔다. 살 오른 굼벵이처럼 포동포동하던 몸이 축 늘어졌다.

"아이고, 이년아! 겨우 밥 한 끼 먹여놓고 노인을 이렇게 혹사시키다니, 먹은 것 다 내려갔겠다."

"아이 참, 할아버지두……. 산에 올라가면 제가 이전보다 더 맛있는 요리를 대접해 드릴 테니 걱정 마세요. 그건 그렇고, 어떻게 하신 건지 제게 얘기 좀 해주세요."

팽소연은 애교를 부리며 매달렸다. 연화봉에서 무슨 일이 벌어지고 있는지 알 수 없으니 어떻게든 무애 대사를 모시고 가야 했다.

"뭘 어떻게 해? 또 요리를 해준다구? 내 속을 줄 아느냐? 흥! 궁금하면 너도 머리 깎고 산에 올라가 비구니나 되려무나. 그럼 내 가르쳐 줄 테니. 이렇게 다리가 후들거리는데 가긴 어딜 가. 난 이대로 갈란다."

무애 대사는 투덜거리며 몸을 돌려 산 아래로 향했다. 놀란 팽소연이 쪼르르 달려가 앞을 막아섰다.

"할아버지, 그럼 아무 말도 마시고 그냥 올라가세요. 제가 좀 주물러 드릴게요."

안마를 하는 척하며 등을 미는 팽소연에게 이끌려 무애 대사는 다시 산 위로 걸음을 옮길 수밖에 없었다

*   *   *

곤명(昆明).

운남성의 성도이며 사계절 내내 꽃이 끊이지 않고 피어 화성(花城)이라고도 하고, 사시사철 따스하여 춘성(春城)이라고도 불리우는 곳이다. 곤명에서 울창한 대나무 숲을 지나 서쪽으로 여러 날을 가면 황폐한 고원에 거대한 바위들이 삐죽삐죽 솟아 있는 것을 볼 수 있다.

마치 창날이 빽빽하게 세워져 있는 듯한 석림 중앙에는 눈이 부실 듯이 하얀 탑이 들어서 있었다.

탑은 모두 세 개로 이루어져 있는데 그중 중앙의 것은 하늘을 찌를 듯 높게 솟아 있고 양쪽에 서 있는 두 개의 탑은 중앙의 탑을 향해 조금 기울어져 있어 마치 군주에게 예를 올리는 신하의 모습을 하고 있었다. 세 개의 탑 안쪽은 사시사철 자욱한 안개에 뒤덮여 있어 그 안에 무엇이 있는지 아는 사람이 없었다.

곤명에 사는 사람들은 이곳을 악마가 사는 곳이라 하여 극도로 두려워하였다. 중앙에 있는 세 개의 탑 가까이 간 자는 아무도 살아 돌아오지 못하였다. 근처에만 가도 하늘에서 하얀 번개가 떨어져 사람들이 새까맣게 타 죽었던 것이다. 자욱한 안개를 지나갈 수 있는 자가 있다면 탑 안쪽에 세워진 거대한 원형의 구조물을 볼 수 있을 것이다.

"대체 들어가는 문이 어디 있는 게야?"

현성 진인(玄成眞人)은 저주의 말을 퍼부었다. 벌써 한나절이나 원루(圓樓)를 빙빙 돌며 들어갈 곳을 찾고 있었던 것이다. 이 빌어먹을 건물에는 아무리 둘러보아도 문이라고 부를 만한 것이 없었다. 운해비영(雲海飛影)의 신법을 펼쳐 꼭대기로 올라가 보려 했으나 워낙 가파른 데다 미끄럽기까지 하여 번번이 중간에서 내려오고 말았다.

이번 운남행은 그의 단독 결정으로 장문인인 현기 상인(玄氣上人)도

모르는 일이었다. 곤륜의 원로들은 그저 뒷방에서 진언이나 외며 우화
등선만을 꿈꿀 뿐 무림의 일에는 관심이 없었다. 젊은 세력들은 그것
이 불만이었다. 지금처럼 무림이 어지러울 때 패권을 잡지 않으면 곤
륜은 영원히 무림의 변방으로 남을 것이다. 현기자의 나이도 어느덧
고희(古稀)를 넘겼으니 곧 장문인 자리가 공석이 될 터였다. 이번 기회
에 입지를 단단히 굳혀놓겠다는 것이 현성 진인이 노리는 바였다.

　　송나라가 건국된 지 삼십여 년이 지나는 동안 강호무림은 진정한 패
자가 없는 춘추 전국 시대를 맞고 있었다.
　　그것은 송의 건국에 일조를 하며 무림의 양대 거목으로 우뚝 섰던
소림과 천왕문이 침묵을 지키면서 시작되었다.
　　송태조 조광윤이 달마비기(達磨秘技)의 전승자였다는 것이나 전대
천왕문주인 검황 능소천과 막역지우였다는 사실은 무림에 어느 정도
알려진 사실이었다.
　　그러나 천자(天子)의 자리에 오른 조광윤이 가장 먼저 한 것은 중앙
집권 체제를 확립하는 일이었다. 이는 자신이 조직적인 군사 변란을
통해 황제에 올랐기 때문이다. 그는 무신들이 다시 난을 일으킬 것이
두려워 문신 관리들을 기용하고 무신들의 권리를 박탈하였다.
　　또한 무림의 일에도 관여하여 일반 백성이 무기를 소지하는 것을 엄
격히 금하였다. 이어 송의 이대 황제인 태종도 문(文)을 장려하고 무(武)
를 억제하였다.
　　그에 따라 소림사는 봉문을 선언하였고, 검황 능소천은 천왕문주의
자리에서 물러나 어떤 일에도 개입하지 않았다. 그리하여 무림은 강자
가 없는 공백 상태에 놓여지게 된 것이다.

십여 년간은 다들 눈치를 보느라 쉬쉬거리고 있었다. 그러나 암중으로 구파일방과 오대세가는 물론 군소방파까지 저마다 목소리를 높이기 위해 안간힘을 쓰고 있었다. 곤륜도 예외는 아니었다.

그러던 중 수옥이 나타난 것이다.

전 무림이 숨을 죽였다.

수옥득자 불로불사, 송옥득자 천광지귀(水玉得者 不老不死, 松玉得者 天光之貴).

이 여덟 글자는 삽시간에 마른 장작에 불이 붙듯 전 무림으로 퍼져 나갔다. 무림 전역이 들썩거리기 시작했다. 비어 있는 무림맹주의 자리를 누가 차지하느냐가 최대 관심거리가 되었다. 서로 눈치만 보던 세력들이 움직이기 시작하였다.

화산파, 청성파, 종남파가 삼천교와 손을 잡았다는 소문이 들려왔다. 삼천교는 현 황제인 진종의 비호 아래 강력한 세력을 구축하고 있는 도교 집단이었다.

곤륜파는 도가무학(道家武學)의 발상지라고 할 수 있을 만큼 뿌리가 깊고 또한 역사가 오래된 문파였다. 예전에는 가히 최고봉이라 할 만큼 높은 명성을 지니고 있었으나 이제는 새롭게 발전하는 다른 문파들에 눌려서 위세가 전만 못하였다. 젊은 도사들은 그것이 항상 불만이었다.

현성 진인은 불현듯 옛일을 떠올렸다.

십 년 전 자식이 없어 곤륜산으로 치성을 드리러 온 부부가 있었다. 남편 되는 자는 우악스럽게 생긴 평범한 장사치였는데 그 부인의 미색이 가히 경국지색이었다.

현성 진인은 사십 대였다. 결국 끓어오르는 욕정을 참지 못하고 그 부인을 겁탈하다 남편에게 들키고 말았다.

어디까지나 실수였다.

그는 반항하는 두 부부를 살해하게 되었고 사형이자 곤륜사성의 일 인인 현무자(玄武子)가 그 일을 보게 된 것이었다. 평소 강직하기로 소문난 현무자가 그걸 용서할 리가 없었다. 장문인에게 알리지는 않을 테니 스스로 자결하라고 협박하지만 않았어도 사형을 살해하도록 마림에 사주하지는 않았을 것이다.

현무자를 마림에서 온 자가 이상한 능력을 써서 단 삼 초 만에 제압하는 것을 보았을 때의 두려움이란 지금 생각해도 아찔하였다. 현무자는 실종되었고 그 대신 현성 진인이 곤륜사성의 일 인이 되었다.

현성 진인은 원루를 다시 한 번 쳐다보았다. 하나의 거대한 돌덩이를 그대로 파서 만든 건물 같았다. 이럴 줄 알았으면 제자 놈 몇 명이라도 데리고 올 것을 괜히 혼자서 오겠노라 고집을 부렸구나 내심 후회가 되기도 하였다.

"이자들이 나를 정녕 말려 죽이려는 것인가."

쨍쨍 내리쬐는 불볕이 더욱 기승을 부리고 있었다.

현성 진인은 곤륜사성 중에서 나이가 가장 어렸다. 아무리 도가의 수행을 쌓은 몸이라지만 열화와 같은 성미를 억누르기 힘들었다. 마침내 화를 버럭 내며 쌍장을 들어 옥심장력(玉心掌力)을 연거푸 발출하였다. 무형의 강맹한 장력이 성벽을 후려쳤으나 성벽은 여전히 묵묵부답이었다.

현성 진인이 다시 한 번 장력을 발출하려 할 때 갑자기 동쪽 벽에서 불쑥 사람이 나타났다. 말 그대로 불쑥 벽을 뚫고 나온 것이다. 현성 진인은 안력을 돋우었으나 도무지 나타난 자의 면목을 알아볼 수가 없었다. 나타난 자는 말없이 손짓을 하였다.

"이보시오, 난……."

일곱 걸음을 떼고 막 여덟 번째를 옮기려는 순간, 현성 진인은 자신의 눈을 의심하지 않을 수 없었다. 지금까지 있던 사내의 모습이 갑자기 사라지고 주변은 온통 검은 안개로 둘러싸여져 있었다.

"헉! 이것은 진법이구나."

어디선가 웅웅거리는 목소리가 들려왔다.

"정면으로 다섯 걸음, 다시 우측으로 삼십 걸음을 옮기시오."

현성 진인은 내심 불쾌하였으나 목소리가 시키는 대로 따라 하였다. 벽에 부딪치리라 생각했지만 한참이 가도록 벽은 나타나지 않았다. 그는 자신이 안으로 들어온 것을 느낄 수 있었다.

검은 안개가 사라지자 현성 진인은 한동안 밝은 빛 때문에 눈을 뜰 수가 없었다. 조금 시간이 흘러 빛에 익숙해지자 그의 눈에 들어온 것은 엄청나게 큰 회랑(回廊)이었다. 둘레만 해도 삼십 장은 족히 되어 보이는 거대한 공간에 그 혼자만 덜렁 서 있었다.

현성 진인은 자신이 개미가 된 듯한 기분이 들었다. 주위 어디를 둘러보아도 사람의 흔적은 보이지 않았다. 그는 문득 불안한 생각이 들었다. 자신이 이곳에 온 것을 아는 사람은 아무도 없었다. 여기서 저자들에게 죽임을 당한다 하더라도 아무도 모를 것이었다. 그러나 자신이 여기 온 것은 그만한 위험을 감수할 만한 자신이 있기 때문이 아니었던가!

어디선가 다시 목소리가 들려왔다.

"이곳에 온 이유를 말하시오."

현성 진인은 평생에 걸쳐 이렇게 무례한 대우는 받아본 적이 없었다. 현무자를 살해할 때는 중간에 다른 자가 있었다.

일파의 명숙이라 할 수 있는 현성 진인이었기에 이런 식의 대우는 익숙치 않은 것이었다. 그러나 어떻게 생각해 보면 이런 방식이 뒤처리가 더 깨끗할 수도 있었다. 할 말만 하고 끝내면 되는 것이다.

"거래를 하러 왔소."

"거래?"

들려오는 목소리는 남잔지 여자인지 감을 잡을 수가 없었다 그러나 건방진 것만은 틀림없었다. 현성 진인은 분을 애써 억누르며 말을 이어갔다.

"그렇소. 설마 당신들이 모를 리는 없을 텐데. 수옥득자 불로불사 송옥득자 천광지귀라는 여덟 글자를 모른다고 하지는 않을 테지요?"

"호호, 수옥이라… 구미가 당기는 말이긴 하오만… 그래, 그 수옥을 현성 진인, 당신이 가지고 있기라도 하다는 거요? 행방이 묘연하다고 알고 있소만."

"강호에 나왔다고 알려진 것은 수옥 하나요. 그렇다면 송옥은 어디 있는지 혹시 알고 계시오?"

"송옥? 그대가 정말 그 소재를 알고 있기라도 한단 말이오?"

현성 진인은 속으로 쾌재를 불렀다. 이제 미끼를 물었으니 거래를 성사시키는 것은 식은 죽 먹기라는 생각이 들었다.

"물론 나는 그 소재를 알고 있소. 그러나 이런 식으로는 말할 수 없소. 림주와 직접 얼굴을 보고 말하겠소."

"림주를 대면하시겠다? 흥! 여기가 어딘 줄 알고 그런 망발을 입에 담는 것이냐!"

우르르르.

갑자기 천지가 진동하는 듯한 소리가 들리더니 사방에 빙 둘러서 있던 기둥들이 좌우로 흔들리기 시작했다. 여덟 개의 대리석 기둥은 둥글게 원을 그리며 현성 진인을 압박해 들어왔다.

"왜, 왜 이러는 거요!"

당황한 현성 진인이 소리쳤다. 그러나 기둥들의 움직임은 멈추지 않았다. 기둥들이 일 장여의 원을 그리며 삽시간에 현성 진인을 가두었다. 그는 신법을 펼쳐 기둥을 벗어나려 하였으나 기둥의 끝이 궁륭(穹窿)의 형태로 구부러져 완전히 밀폐된 공간을 만들었다.

"너희 놈들이 대체 무슨 짓을?!"

현성 진인이 펄펄 뛰며 장력을 발출했으나 아무 소용이 없었다. 그는 발 밑에 있던 하얀 대리석 바닥이 서서히 일어서는 것을 보았다. 현성 진인의 눈이 믿을 수 없다는 듯이 확대되었다.

하얀 돌덩어리가 서서히 사람의 형태를 갖추어가고 있었다. 이윽고 그것은 대리석 바닥과 똑같은 색깔의 흰옷을 입은 여자로 변하였다. 그마저도 반투명하여 마치 유령처럼 보였다.

현성 진인은 터져 나오려는 비명을 억지로 참고 있었다. 그러나 고개를 숙이고 있던 여자가 마침내 얼굴을 쳐들자 현성 진인은 자신도 모르게 신음을 흘려내고 있었다.

"으으으으……!"

검은 눈동자와 새빨간 입술의 여자는 말 그대로 귀신의 모습을 하고 있었다. 현성 진인은 여자의 외모가 어디서 들은 듯도 하였으나 머리 속이 두려움으로 엉망이 되어 정상적인 사고를 할 수 없었다. 흰자위 없는 눈동자가 앞으로 바싹 다가왔다.

"하고 싶은 얘기가 뭐냐?"

여자의 목소리는 높고 뾰족하며 귀를 왕왕 울려 머리를 아프게 만들었다. 현성 진인은 두려움을 애써 감추며 가슴을 펴고 호기를 부렸다.

"설마 당신이 마림주는 아니겠지? 나는 마림주와 이야기하고 싶소."

"주제도 모르는 자! 꿇어라!"

입술이 달싹거리더니 여자의 손이 높이 올라갔다. 현성 진인의 고개도 여자의 손을 따라 올라갔다. 그리고 그 손이 서서히 아래로 내려오는 것을 느꼈다. 현성 진인은 문득 바닥이 물컹거린다고 생각했다. 그 생각은 곧 현실이 되었다. 여자의 손이 내려올수록 자신의 발이 대리석 바닥으로 빠져들고 있었던 것이다.

"으악! 이, 이게 무슨 짓이오! 나는, 나는 그대들을 도우러 왔소!"

여자는 들은 척도 하지 않았다 그녀는 현성 진인을 목까지 대리석 바닥에 파묻은 후에야 손을 멈추었다.

현성 진인은 공포를 느끼고 있었다. 눈앞에 차디찬 대리석이 보였다. 발 밑에는 아무것도 없는 허공이었다. 마치 구름 속에 갇힌 느낌이었다. 대리석은 점점 조여들고 있었다. 심장이 거칠게 뛰어 이대로 가다가는 터져 버릴 것만 같았다. 점점 폭주하는 심장과 함께 눈알도 앞으로 돌출되고 있다는 것을 알 수 있었다. 그제야 미친 듯이 소리쳤다.

"살려주시오! 살려주시오!"

여자는 이미 뒤돌아선 상태였다. 현성 진인은 극도의 공포심으로 거의 경련을 일으켰고 입에는 거품을 물고 있었다.

"말하겠소! 말하겠소!"

"송옥은 어디 있나?"

"그것은, 그것은⋯ 원래 곤륜에 있었소. 당(唐) 현종(玄宗)이 태산(泰山)에서 봉선(封禪)을 드린 후에 은밀히 곤륜에 맡긴 것이오. 곤륜에서 송옥의 비밀을 풀어달라고 했었소. 당이 망하고 송이 건국되자 송옥도

잊혀졌소. 그런데 전대 장문인이 어떤 연유인지 북해(北海)로 가져갔다
고 하오."

현성 진인은 실성한 사람처럼 단숨에 말을 내뱉었다.

여기서 '봉선(封禪)' 이란 천자가 행하는 거국적인 제사를 말하는 것
이었다. 각기 천신(天神)과 지신(地神)에게 올리는 제사로, 새로운 왕조
의 탄생을 알린다든지 아니면 태평성대(太平聖代)를 하늘과 땅에 고함
으로써 천자의 권위를 세웠다. 자연히 봉선의 의식은 성대하기 이를
데 없었다. 이때가 되면 온통 나라 안이 떠들썩했다. 그랬던 만큼 민폐
도 이만저만이 아니었다. 막대한 물자와 인력이 동원되었다. 그래서
어지간한 태평성대가 아니고는 감히 봉선을 행할 엄두를 내지 못했다.

역대로부터 봉선을 행했던 제왕은 진시황(秦始皇), 한(漢) 무제(武
帝), 당(唐) 현종(玄宗) 등 손으로 꼽을 정도였다. 대당(大唐)의 기초를
닦은 당태종(唐太宗)도 충신 위징(魏徵)의 직간으로 포기해야만 했던
것이 봉선이었다.

봉(封)을 행하던 곳은 태산(泰山)이었다. 태산을 하늘과 가장 가까이
있다고 여겼기 때문이다. 태산의 정상에서 하늘을 보고 올렸던 것이
아니라 반드시 북두칠성(北斗七星)을 향해 올렸다. 그것은 북두칠성을
뭇 별의 중심이라고 생각했기 때문이다.

한편 선(禪)은 태산 옆에 있는 양보산(梁甫山)에서 지냈다. 이번에는
지신(地神)에게 올리는 제사인데, 이것 역시 아무 데나 보고 제사를 올
렸던 것이 아니라 반드시 태산을 향해 올려야 했다. 지신이 깃든 곳이
라고 여겼기 때문이다.

현성 진인은 당의 현종이 태산에서 봉선을 드린 후에 곤륜파에 송옥
을 맡겼다고 말하고 있는 것이었다.

"북해?"

여자가 우뚝 멈추어 섰다.

"그, 그렇소. 확실히 북해라고 들었소. 전대 장문인이 임종 시 현 장문인에게 하는 말을 내가 틀림없이 이 두 귀로 똑똑히 들었소!"

그랬다.

전대 장문인인 공덕 상인(空德上人)이 임종할 당시 차기 장문인이었던 현기 상인에게 남긴 유언이었다. 그때 현성 진인은 몰래 그 말을 엿들었던 것이다. 공덕자는 앞으로 송옥으로 인해 겁란이 오리라는 걸 예감하고 송옥을 북해에다 숨겼다는 것이다.

어떤 일이 있더라도 곤륜은 수옥과 송옥이 무림에 나타나는 것을 막으라는 유언이었다.

"북해 어디쯤이냐?"

"그, 그건 모르오. 북해 어느 곳에 비밀스러운 문파가 있다고 들었소. 소문에도 북해의 깊은 곳에는 빙림(氷林)이 있고 그 안에 빙궁(氷宮)이 있다고 하지 않소."

"북해 빙궁이라고?"

여자는 현성 진인의 말을 잠시 생각하는 듯하더니 그대로 몸을 돌렸다. 대리석 기둥들은 여자가 다가서자 벌어졌다.

"이보시오. 나 좀 꺼내주시오. 꺼내……!"

현성 진인의 애처로운 목소리가 울려 퍼지다 뚝 끊어졌다. 대리석 기둥 중 한 곳에서 은빛으로 번쩍이는 것이 나타났다 사라졌다.

현성 진인의 눈동자는 크게 돌출되어 금방이라도 쏟아질 것만 같았다. 혀는 입술 밖으로 길게 빼어 물었고 입 양쪽으로 거품이 부글부글 일고 있었다. 목과 대리석 바닥이 아교처럼 달라붙어 있던 지점으로 서서히 붉은 선이 번져 갔다.

대리석 기둥들은 천천히 움직여 제자리로 돌아갔다.

딸랑!

경쾌한 방울 소리를 내며 어디선가 하얗고 작은 물체 하나가 쏜살같이 튀어나왔다.

그것은 짙은 녹광으로 눈을 빛내는 한 마리의 여우였다. 놀랍게도 여우의 엉덩이에는 풍성하고 길며 끝이 아홉 가닥으로 나뉘어진 커다란 꼬리가 달려 있었다.

여우는 앞발을 들어 현성 진인의 얼굴을 할퀴듯이 툭 쳤다. 마치 공이 굴러가듯 현성 진인의 머리통이 바닥을 데구루루 굴렀다. 이내 시뻘건 선혈이 분수처럼 뿜어져 나와 바닥을 흠뻑 적셨다.

캥.

기쁜 듯이 여우가 제자리에서 폴짝폴짝 몇 바퀴나 돌더니 쩝쩝 소리를 내며 선혈을 할짝거렸다.

"구미(九尾)!"

날카로운 목소리에 구미는 불만스러운 듯 눈을 세로로 가늘게 떴다. 은빛으로 빛나는 수염 끝에 아롱진 붉은 구슬이 비릿한 혈향을 풍기고 있었다.

여우는 아쉽다는 듯 잠시 머뭇거리더니 이내 소리가 들린 쪽으로 훌쩍 뛰어 사라졌다. 입맛을 다시는 소리가 오랫동안 실내에 여운을 남겼다.

어디선가 흰옷을 입은 건장한 사내 둘이 재빨리 들어와 시체를 옮겼고, 다시 하늘거리는 백의의 시녀들이 들어와 핏자국을 닦아냈다.

실내는 아무 일도 없었다는 듯이 이내 고요해졌다.

"팔령(八靈)."

목소리는 어느 곳에서 들려오는 것인지 감을 잡을 수가 없었다. 그러나 실내에는 희뿌연 덩어리가 서서히 몸을 드러내었다. 여덟 개의 기둥들이 하나둘씩 사람의 형체를 갖추고 나타나기 시작했다.

나타난 자들은 모두 키와 체격이 같았으며 용모와 형체를 알아볼 수 없도록 흰 면구를 쓰고 있었다.

팔령은 북쪽을 향하여 부복하였다. 구미가 사라진 벽 속에서 들릴 듯 말 듯 웅웅대는 소리가 울려 퍼지고 있었다.

"흐흐…… 드디어 선문(鮮門)이 있는 곳을 알아냈구나. 쥐새끼처럼 북해에 틀어박혀 있었단 말이지. 천비의 후예들이라고? 크흐흐, 선문이 앞으로 어떻게 나오는지 두고 볼 테다. 흐흐… 과연 막을 수 있을까? 크하하하! 멍청한 구파일방 놈들이야 가짜 수옥에 눈이 멀어 서로 죽고 죽일 테지. 팔령, 재미있지 않은가? 마모충이 나타나면서 재미있는 일이 많이 생기는군. 구미도 요즘에는 오래 산 보람을 느끼고 있을 거야. 수옥득자 불로불사, 송옥득자 천광지귀라고? 크하하하! 사람들이 그 다음 구절을 알면 어떤 표정을 지을지 정말 궁금해. 불로불사는 등활무구(等活無救)요, 천광지귀는 중합규환(衆合叫喚)이라는 것을. 크크크!"

〈2권으로 이어집니다〉